跨度新美文书系
Kuadu Prose Series

跨度新美文书系
Kuadu Prose Series

the Man and
His Dog

人与狗的欢

刘海生
◎著

中国文史出版社

目　　录

第一辑　多雪的冬天

第二辑　散步的火车

第一辑　多雪的冬天

从此我有了故乡

我的故乡在哪里？我一直这么默默地问着自己。过去，我的故乡就是父母的家乡，就是我在档案里填写的籍贯。当我的父母离开这个世界的时候，我曾经到他们生活的地方去寻找故乡的痕迹，我想打开一直压在心底的一个问题，我的父母为什么那么苦苦地思恋着故乡。可是，我在父母的故乡里逡巡了很久，也没有找出答案。

我要离开我生活和工作的哈拉海农场的日子越来越近了，我终于在平静里感到了失落。我一生里头一次出现了坐卧不安，头一次感到了人生的凄凉，头一次体会到了离别是这么艰难，艰难得连心都在抖起来，连看到的世界都亲起来。那片碧绿的草原，那片开花的田野，那片冒着袅袅烟尘的房舍，那在院落里冲出的一只快乐的小公鸡，一只摇摆的鸭子，一头干净的毛驴，都让我激动。我在问自己，这里就是故乡吗？

当我要离开她的时候，我才知道这里是故乡。

一个漂泊的灵魂有了归宿，一颗赤子之心有了着落。回想起来，在这里我已经生活了四十余年，我童年的梦、年轻的梦，铸造在这里。我看着母亲在荒原上的土屋里给我做鱼吃，给我缝制衣服。现在我才知道，荒凉带给人的恐惧是多么可怕。我的母亲在土屋的外面用芦苇夹起一个院子，一捆一捆的芦苇是母亲在草原上自己割回来的。春天里母鸡就在芦苇夹的院子里下蛋，敬业者会孵化出小鸡来。我的父亲更忙。他宠爱我的方式就是给我弄好吃的。我跟在父

3

亲的后面，在他办公的地方玩耍。我认识了他所有的朋友。在齐齐哈尔的南味饭店吃到了我一生都不能忘记的熘肉段，父亲就开始研究怎么做出饭店里一样好吃的熘肉段来。吃着吃着，我就长大了，我站立在了这片土地上。我把这里作为我的故乡，因为我父母在这里把爱给了我，在这里履行了生命的经历，他们最后把生命留在了这里。我父母安息的地方不就是我的故乡吗？

童年我已经忘却了。我记忆里是我懵懂初开的时候，我就在这里。我看到的第一个漂亮的女人就在那片草原上，于是我知道了世界上还有爱情。我从初中开始，就知道女同学好看，从高中开始就梦里惦记着班级里漂亮的女同学。参加工作后，我开始了恋爱。我有了一个又一个介绍到我身边的女人，有了一个又一个我爱慕的女人。最后，在这块土地上我娶了妻子，成立了家庭，有了自己的孩子。我的初恋留在了有花的原野上，我的爱情留在了广阔的沼泽里，我的失恋留在了空旷的教室里，我的迷惘和意识留在了无边的麦海中。于是，我就想，成家的地方不就是故乡吗？结婚的地方不就是故乡吗？爱恋滋生的地方不就是故乡吗？我知道，这里永远是我的故乡啊！

我在这里生活着，我的亲人也在这里生活着，我的朋友在这里生活着。于是我就有了亲人们的亲人，我有了朋友中的朋友。我已经像大树下盘根错节的根须，牢牢地抓紧这块土地了。我是这里的一块土，一节草，一只燕子，一片砖瓦。如果说人的亲情是父母，是兄弟姐妹，是妻子儿女，其实更重要的还有那一丝丝的感情的牵挂和眷恋。家庭的感情是树，亲情就是土地。有了感情的树和亲情的土地，这里不就是故乡吗？我的故乡啊！

我不知道我做过什么，对于一个人的事业感来说，也许很多很多。我知道我自己教过书，做过工人，后来在机关做了干部。干部是有台阶的，我到了台阶的最后一级。我满身伤痕地站在这高高的台阶之上，遥望着生命的远方。我把疲累当作了知足，我把奋斗当作了娱乐，我把爱当作了奉献。我不知道什么叫事业的成功，我只知道我做过了。做了，就是满足。我做过事的地方不就是我的故乡吗？

这是一个秋阳高照的中午，我来到了我新的工作岗位。坐在陌生的桌椅前，我第一件事是给家人打个电话。用新办公室的电话打过去，电话里传出一声提示：请在被叫号码前面加拨0。噢，我已经在异域他乡了！

我的心酸酸的，酸酸的……但是又甜甜的：因为从此我有了故乡。

这是我留在故乡的最后一篇文章。再见了，朋友们！

有谁轻轻地喊了一声家乡

　　最近喜欢读诗歌，喜欢听歌曲，我也不知道这种心态是一种什么心态。电视《北风那个吹》里的片尾歌，非常好听。听了几遍，心都飘飘的。那雪，那泪，就那么飘飘洒洒地，留在了心头。

　　最近《北大荒文学》的主编玉林兄来，把他新出版的诗集《回首与歌唱》送给我。我夜里把每一首诗歌都读完了，玉林兄激动地说他找到了知己，于是玉林兄在酒桌上给我吟诵了他的几首著名的诗歌。我说我喜欢你诗集里的两首诗，一首是写草帽的，那挂在墙上的草帽，带给你的回忆也感染了我。另一首，就是这两句。于是我就背诵下来：

　　　　在长城往北三千里的地方
　　　　有谁轻轻地喊了一声　家乡

　　写北大荒的诗歌很多。优秀的赞颂北大荒的诗歌让很多写诗的后人都无法再写北大荒了。可是玉林兄的这两句诗，把我的心撩起来，撩得很热，很激动。

　　是啊，那片荒原，那片沉寂而广阔的土地，是谁在轻轻地喊，把它喊作家乡呢？是十万官兵吗？是支边的山东移民吗？是那些所谓的盲流吗？是谁呢？是我，是我的父母，我的兄弟姐妹。在这肥沃的土地上，在这严酷的环境里，在寂寞和孤独的岁月里，那颗火热的心，在喊，喊一声这片养育我的土地，喊一声这为你流尽了汗水奉献了生命的土地，喊一声拼出了信仰和忠诚的土地。轻轻地，喊着；轻轻地，述说。当这片土地已经翻身，成为北大仓的时候，人们依然轻轻地喊一声，是儿女喊着父母，是情人喊着恩爱——我的家乡。

在我的记忆里，上个世纪，共和国的早晨，长城以南的火车在跨过山海关的瞬间，汽笛长鸣，在那个沸腾的时代，大潮涌入这片沉睡的荒原。火车上的人，无论是将军或是士兵，父母还是儿女，心里都在念叨着"北大荒"这三个字，因为那里是他们未来的家乡。他们不知道北大荒是什么，更不知道在北大荒的这片原野上，他们会怎样生活。记得我的北大荒的家乡，那些来了的移民，有的住了一夜就跑了，有的住了几天就跑了。办公室值班的一位老同志经常和我说起，他在山东就入了党，来的时候就是支部书记。可是因为一天夜里值班，乡亲们跑了十多个，他的书记也当不成了。现在那些移民的孩子们都做了领导，他却在值班，连个干部都不是。我看着他的一脸皱纹，懂得他人生的沧桑，心里就不免有几分同情。直到有一天我在一个破旧的土屋里再一次看到一个老年的移民因为生活的困难需要救济的时候，我才知道，开垦北大荒的人，除了奉献，他们自己并没有得到什么。那种注定的寒冷和艰苦以及清贫，而被呼唤了很久的北大荒，他们的最后的家乡，已经是复转官兵、支边移民和下放的知识分子以及游走而来的盲流们铸就的北大荒精神了。我们喊一声北大荒，我的家乡，迎面而来的是那飘扬的旗帜和呼啸的机车，是壮实的汉子和结实的妇女，是田野上永不枯竭的绿色。

我作为北大荒的后代，我正在沐浴的北大荒的季风里寻找前辈们播撒的种子。我不仅在广袤的山川和大地上寻找，我还要在文学艺术里去寻找。我的散文的启蒙最早是林清的《大豆摇铃的时节》。完达山下的林涛红叶和乌苏里江的鱼汛冰凌，清晰地印在我的脑海里。今天，玉林兄的诗歌，再一次唤醒了我，我正循着玉林兄的诗行，看着我家乡的收获。

人在病中读诗，是一种解脱；人在病中写诗，是思想的深刻。

　　而我在病中读诗，是因为诗歌的短小和易读。可是我没有想到竟然会被玉林兄的诗歌感染，心里不平静起来。我几次和玉林兄喝酒，第一次他就喝多了。我对能喝醉酒的人是很敬重的。那时我还没有读他的诗，还不知道他的诗写得这么好，可是我已经知道他的人很好了。读了他的诗歌之后，我再看他的那张长脸，在面目的表情里面，我看到了他的深沉。那仿佛完达山一样的面孔，我就看出了松涛的翻滚和大江的涌动。他的脸上最好看的是那双眼睛，可是他永远不舍得睁开，而是微微地眯着，含满了诗情。如果我们都平静下来，对望着，我就会感到，他的整个的脸上，飘逸而出的正是那轻轻的呼喊：家乡。

老屋及厕所

《雨中的太阳》说到了我家的老楼，我心里就生出几分回忆。由于工作的原因，很久没有见到那座灰色的老楼了，老楼里面的邻居也好久没有见到了。

这座老楼是农场最早的一座住宅楼，建设的时候也引来了很多的争议。当时场里很困难，但是场长还是要建一座楼，改善人们的生活。这座楼里有招待所、食堂。住宅部分是想给场里的领导，后来因为争议，而给了离休的老干部。我因为我的父亲是离休的老干部而住进了楼里。那时候人们还没有住楼的观念。住进去的人因为是老干部也没有引起议论。但是住进去的人都明白，这座楼建的时候因为没有人明白，图纸是让一个设计师套改来的，所以虽然面积大，但是不合理的地方也很多。

当时领导为什么要建楼，其实大家都是理解的。当时这个农场还归沈阳军区管理。每年都有各级领导要来，来的领导都住在招待所里。招待所是当年建场后和办公室一起建起来的平房，里面没有卫生间，上厕所就要到招待所后面的大厕所里去。夏天还行，冬天上厕所就很难。后来领导就安排了尿桶，晚上放在房间的走廊里，领导就不用上外面的厕所了。领导晚上喝足了酒，又喝足了茶水，睡觉的时候，尿就会很多，常常是尿桶里的撒尿声把走廊震得嗡嗡响。第二天，女服务员就会提一桶尿倒出去。走廊里弥漫着臊味，但是服务员也喜欢这样做。因为没有尿桶，人们出了门就在院子里尿，冻起来的冰还要刨。

我说的领导是大校以下的。如果来了将军，就安排在办公楼里住。把办公楼里的接待室和办公室腾出来，放上床，将军和服务的士兵就住进去。这座办公楼建的时候，因为当时的场领导的观念没有转变，所以就没有设计厕所。办公室里办公的人上厕所都要到外面去。离办公室十几米远的地方是个简易的厕所。关于这个厕所的故事我在《远去的马群》和《我爱》这两篇小说里都描写过。男女厕所之间是一堵墙，因为是起脊的房子，支起的三角架没有用砖封闭上，所以男女厕所之间是通的。男的在这边说话，女的在那边说话，就像面对面说的一样，听得很清楚。所以，场里的很多秘密都是在男女们上厕所时随意说话而传出去了。常常是一方说得热烈，就忘记了对方还有人；如果对方还有人，那么对方就会停止一切声音，听着这面的动静，只有出厕所的时候才会发现。更有好事者每天观察领导和哪个女人好，一个一个地派对，写成小的字报，贴在厕所里，引起大家的注意，还有的就直接用粉笔写到墙上。那时候，男女关系是打倒别人的唯一武器。在我的意识里，这种厕所是最伤风化的。人们对于声音的想象要比直接面对更有杀伤力。

将军们住在楼里也没有厕所，很是别扭。虽然将军们理解场里的艰苦，但是想起上厕所的难处，在讲话的时候也会从别的方面批评农场。后来上来个小学文化的大校，说话直率，做事利索，声音洪亮，聪明异常。他在会上直接批评农场的场长，说光想着发展，来的人都没地方住，住下没地方上厕所。我一批评，你们的领导说走几步就行了。谁给你走几步啊？冬天上厕所，冷风从下面吹上来，屁股啥的都冻硬了；要是小便，也要跑一趟，光着脚跑到厕所，手也冻得解不开裤腰带了。我这是最后一次来，下次再没有厕所，我是不来了。

领导一说，场长急了，领导一走，就把楼房的仓库改成了厕所。我们办公的人很高兴，因为这下不用上外面的厕所了。厕所刚弄好没有几天，就堵了。于是领导把厕所锁上，专门等领导来再用，机

10

关的人都有了意见。场长一来气，建个楼，于是就有了我现在住的老楼。我任领导期间，因为招待食堂的管道堵了，也出现过厕所的事件。这个故事我就不想写在这里了，以后可以在我的小说里面读到。我十分感谢《雨中的太阳》给我带来的回忆，祝愿那轮雨水洗礼的太阳更加明亮！

过桥米线

我的妻子说你一定是喜欢上她了。

妻子说的"她"，是过桥米线饭店里的女人。她和丈夫开着一间过桥米线店，生意很好，每天的人都是满满的。那是去年冬天的一个中午，妻子说，我们去吃米线吧。我说，我不愿意吃米线，我在北大进修的时候吃过一次，就是大米做的面条，吃起来还不如真正的面条好吃。妻子说，这儿的过桥米线很好吃，你去尝一尝吧。我就去了。

过桥米线的饭店里都是一样的布置，墙上是一块红色的图版，上面写了一个故事，说是一个书生吃了一个女子的米线，考取了功名。故事的旁边是米线的价格表，我们要了一碗十元的米线。这时候我看到来吃米线的人很多，有的呼噜呼噜地吃着，有的耐心地等着。灶房里正忙碌着。妻子说，忙的是男的，端米线的是女的，他们是一家。我妻子来这里已经吃过多少次了。她又说，那女的服务还好，人长得也顺溜。

于是我就注意了一下女老板，确实生得顺溜，看着干净。把一碗过桥米线端过来，就有着一种清爽的感觉。妻子见我目不转睛地看，就偷偷地说，看上了？我就笑。只见她瓜子脸，白皮肤，细瘦的身材。虽然是服务，脸上也没有刻意的笑容，但是看着就舒服。白白的一双手，把过桥米线放在桌子上，食欲就来了。

我吃了过桥米线，确实好吃。碗里有米线，有丸子，有鹌鹑蛋，有蟹棒，有豆芽，有干豆腐丝，好不丰盛。尤其那味道，香，咸，麻，辣，热气腾腾，吃得人浑身舒服。就这一次，过桥米线就牢牢地印在了脑子里。一到饿了的时候，过桥米线的麻辣味道就在肚子里飘出来，于是就和妻子跑去吃米线。

"多热的天还去吃呀！"妻子有些不想去了。我说就是想吃。于是我们跑了几里地来到过桥米线店，吃得满头大汗。女老板依然不苟言笑，认认真真地服务着。她穿了一件白色 T 恤，一条牛仔裤子，一双旅游鞋，进进出出地忙碌着。我和妻子从热汗里走出来，我的眼睛还要看她几下。于是我就想，服务员不一定非要笑容可掬，长得干干净净，脸上像蓝天样的清洁，一样能使顾客满意。

我和妻子吃着过桥米线，女老板在餐厅里走动着。我想，有一天，我和妻子也开一家这样的过桥米线店，我在里面做米线，妻子在外面忙碌，劳动和成功的快乐，一定会使我们很幸福。

同学的晚餐

同学约我吃这顿晚餐已经很长时间了，但是因为每次回到齐市，就只有一两天的时间，根本安排不出吃饭的时间。这次同学又邀请，我再不吃也就不好了。另外，也很想念这些同学。于是我在周六的时候，来到和同学约好的海鲜饭店，一问，大家早都到了。

在这座城市吃海鲜，是很奢侈的事。我对海鲜没有太大的兴趣，主要是我吃海鲜吃不饱，我是那种喜欢吃猪肉的人。可是，偶尔吃一次海鲜也是令人高兴的。我知道，在我的同学里面，能请同学吃海鲜的，也只有这位同学。我的这位同学文雅而又美貌，在上学的时候就是班级最漂亮的，后来事业也很好。她的丈夫就更优秀了，比我的年纪还小，已经是一个富翁了。所以，她请我吃饭，我心里很舒服。如果是其他同学请我吃海鲜，我都会咽不下去。因为他们除了自己的工资之外，没有请客的钱。我也不知道我的这些同学们为什么会这样，我们都是高中同学。上学的时候，我们的家长都在场里面做官，都很有能力的。可是到了我们这辈，都没有赶上父辈们的地位，最好的也就是找个别人去结个饭费什么的，有一种欺凌的味道。在这座城市里面，都老老实实做人，轻易不会请谁吃饭的。就拿在座的一个公务员来说，他要请一顿海鲜，半月的工资就没有了，家里面的日子怎么过呢？

我们今天被请的同学，都是有职业的，最次也是开了个小公司，能够吃上饭的。大多数同学都在场里面种地，同学聚会的时候，种

14

地的同学是不会参加的。不要说种地的同学，就是养牛做买卖挣了钱的同学也不会参加。同学里面都有这样的想法，觉得低人一头似的。参加的都是有工作的，在人群里面混得有样子的，做着领导的，有的还开了高级的车来参加。我们班级的同学都是军马场里领导的孩子，最高的是场长的儿子，政委的姑娘，办公室主任的儿子，连队指导员的姑娘，最差的也是粮食科的助理，管着全场的粮食。所以，在学校，我们班级里的同学穿得是最好的，长得也是最漂亮的（我也奇怪，为什么当官的孩子会这么漂亮）。多少年后我妻子还对我说，为什么不找你班级的女同学啊？她的意思是我们班级的女同学都漂亮。我就笑了。真是那样，这些女同学那时候漂亮得都不知道北了，结果都嫁给外面的人了。因为都是干部子女，都很神通，毕业就都进了城，按照官员的大小，找到了工作。而我就在农场里面守候着，直到今天。

我进到包房的时候，同学们还没有坐下，正等着我，我十分不好意思。还有两个同学没有来，一个是政委的姑娘，现在在很好的职位上工作，身体突然不舒服，不来了。另一个是场长的儿子，自己也开了一个小厂，正在外面催款，马上就能到。落座以后，我给身体不舒服的原政委的姑娘发了一个慰问短信，祝她早日舒服。这时候，原场长的儿子到了，我们就开始喝起来。

我们毕业已经三十四年了，也就是说，我们已经工作了三十四年。现在看，都有些老了。虽然都开着玩笑，但是头上的白发和眼角的皱褶都掩饰不住岁月的侵蚀。但是大家的精神都很好，春风得意的样子。我请客的同学还做了头发，黑色的头发很光亮。她的丈夫很有文采，讲了很长的祝酒词，说得很恰当。我端着酒杯认真地听着。我经常会听到祝酒词，我都不听到耳朵里面去，以为是装饰。而他的祝酒词我就很认真地听。人家是拿自己口袋里的钱请我，我得尊重人家啊。不仅如此，我们还在一起很投机地说着生活里面的体会。其他同学就是喝酒。这种很高档的酒喝下去，很柔软，大家恨不得多喝几杯。场长的儿子依然有他父亲的劲头，在桌子上高声大嗓不住地说着，好像当年他父亲在主持着一个会议。我知道，这种遗传是谁也阻挡不了的，当官的儿子也会是官。在他的发号施令下，几乎都喝醉了。

　　大家坐在饭桌边，谁也不愿意离去。可是再喝酒，我是喝不动了，那么贵的酒，我也不希望再喝了，而他们并不客气，仿佛还能喝。我就悄悄地离开座位，来到了大街上，城市的夜晚，灯火正辉煌着。我不知道为什么喝了那么多的酒，连一点酒意都没有。

儿时的宇宙梦想

在新浪博客上看到"神七"征文《儿时的宇宙梦想》。题目起得非常好，年轻人会很喜欢，而且能够写出很漂亮的文章来。而我这样年纪的人，就很难了。

我在一片荒原上长大，那时候的梦想是什么呢？

我饥饿的时候，家里的玉米面饼子很硬，但是我会嚼得很香。在嘴里形成颗粒的玉米面，是甜的；牙齿艰难地咬下来的饼子在嘴里是软的。我一边吃着母亲贴的玉米饼子，一面在寒冬里和伙伴们玩。凉风和凉的玉米面饼子一起在肚子里消化，我的肚子也不会疼。和现在的孩子比起来，这是我的骄傲。但是我绝不会想到宇宙的事，这是我不如现在的孩子的地方。母亲也想把玉米面饼子做得软一些，在玉米面里面加入苏打，或者把玉米面发酵之后再贴成饼子，如果这样做出的饼子我吃在嘴里，就像在天堂里一样幸福了。

再想的就是老师病了，或者老师有事，学校放假了，我可以尽情地去玩。这种梦想在那个工作认真的时代，是很难实现的。老师往往是带病工作，有事也是利用节假日去做。所以，偶尔放一次假，我会高兴得跳起来。放假了，我可以到草原上打鸟，可以在草丛里捉蝈蝈，可以在大地上飞一样地跑。我的班长知道我的心理，有一天，老师来晚了，他就逗我说，今天放假了。我也没有细问，就跑走了。后来，我没有看到一个同学像我一样出现在草地上，我才知道上当了。我站在前面，听老师训斥我，我的梦躲在大脑的角落里

17

再也不敢出来了。我不爱上学，我怎么会知道宇宙和宇宙的秘密呢？就是爱学习的班长，也不知道宇宙是怎么回事啊。我的班长已经和我一样老了，他会坐在电视前，看着"神七"的放飞，激动得热泪盈眶。可是他会突然把电视关上，我问他为什么。他说，他怕。怕什么？怕"神七"会飞不上去，他怕见到那个情景。直到大家欢呼的时候，他才敢把电视打开。

然后，他会痴痴地望着飞船里的翟志刚，看很久很久。我知道他想翟志刚了。我们住的离翟志刚家不远，都是一个县城的，他的家和我们只是一趟树木之隔，我的班长还和他家里有来往。班长说，都是咱农民出息的。这么危险，敢看吗？我说是，不敢看。他说，翟志刚小的时候，想过到宇宙里去吗？做梦都不会想啊。是呀，我们这些农村的孩子，哪有这么伟大的理想啊，连宇宙和飞船都是城里人的专利呀。可是为什么我们上天了？为什么？

为什么？

我看着班长，我说不知道。

咱农民的身体好。小时候，干活爬树，练的啊。

我说是吗。

班长看着我，说，你咋不去飞船呢？

我说为什么说我啊。

班长说，你小时候最淘气呀。

是的，我儿时的梦想就是淘气。要是那时候就有宇宙飞船，我可能也会被选上。可是我现在老了啊。

我还有什么梦想呢？人一旦老了，就什么梦想也没有了，所有的就是回忆儿时的梦想。

班长说，你说得不对。

我说，怎么不对呀？

班长说，翟志刚就是把咱们的梦想实现了。

等待冬天

居住得越往北，离冬天越近，离冬天越近，心里就越害怕寒冷。当我在兴凯湖畔看湖水翻腾，岸边的女人竟有穿裙子而招摇过市的时候，面对着在阳光下裸露脊背的司机们都要大叫一声的时候，我工作的地方则来电话说，现在已经降温，我的朋友穿着薄衣服正跑步走过大街，回到住处去。

北大荒之所以为人惧怕，当年就是因为寒冷而著称。对于北大荒的寒冷，有很多的传说。许多山东河北来的移民，都先把御寒做好。他们做的棉裤和棉袄厚得像个棉花包。棉裤棉袄一般都是黑色的，只有棉裤腰是白布的。高高的裤腰一直到心口窝，裤腰很肥大，扎腰带的时候，裤腰要折叠一下，在胸前缅一个褶，然后用很长的布做的腰带才能把裤子扎上。山东人高大的身躯，站立起来，加上厚厚的棉裤，站在东北的大地上，就像一棵粗壮的白杨树。任北风呼啸，在晴空里发出撕心裂肺的叫声，山东汉子在雪地里勇猛地行走着。

我曾经讲述过我的母亲为我缝补棉裤的情景。我的母亲把新棉裤做好，做好的棉裤可以站立在炕上，厚厚的棉花絮在棉裤里，恨不得厚到一尺。我穿进去，腿是回不来弯的。我直着腿，在外面要玩上一个月，膝盖才可以活动。因为我很调皮，在第二个月的时候，膝盖就开始破损，雪白的棉花就会露出来。于是母亲就要不停地为我缝补。我不知道整个冬天我的母亲为我缝补了多少次，各种补丁在膝盖屁股裤裆蔓延着。等到春天来到的时候，我的棉裤已经不能再穿了。好在那时候还不懂得好看，后来懂得好看的时候，我就尽量把穿棉裤的时间往后推，我对家里人说不冷，其实冷得我都要受不了了。我羡慕那些穿着薄薄棉裤而不冷的人。我本来肥胖的身体加上厚厚的衣服，比北极熊还要臃肿。可是那些不穿厚棉衣的人，却没有看到他们冷。我的肥胖并不像北极熊那样，一点抵御寒冷的用处都没有，而且腿脚的疼痛折磨着我。

后来，我才知道，我的感觉大家都有。谁都想在寒冷里把衣服穿得薄一些，美观一些。于是二十世纪七十年代就有人开始做薄棉袄，外面加一件外罩。棉裤做得很瘦，第一次试穿要费很大的力气才能穿进去，关节也是直的。到了二十世纪九十年代，保暖内衣开始出现，就是那句广告语："地球人都知道。"可是穿了一阵子，也就淘汰了。我就有着深刻的体会。这种衬衫一样的保暖内衣，在外面还可以，好像很暖和，可是坐在屋子里，就热，衬衣不透气，身体里面都是汗。汗多了就是水，只好把衣服解开，才算好受些。就像在屋里面蒸馒头，热气满屋都是，这得开门放一放。这种衣服流行了一年，就销声匿迹了。

也就是这时候，暖冬开始了。人们在大自然的原谅下，开始度过漫长的不冷也不暖、雪下得很少、感冒却很多的日子。但是，冬天好过，进入冬天的这段日子却很难过。晚上睡觉，褥子被子都是冷的，冷得像冰。在里面睡了好一会儿，才有热气。可是我喜欢热的时候蹬被子，把被子蹬开，一点热气也就没有了。早晨穿了好多衣服，屋子里还是冷得受不了。本来还想在单位多待一会儿，可是天气的煎熬我实在受不了了。

回到家里的第一件事，赶紧买一件羽绒服，好让我迎接扑面而来的冬天。

冬天近了，春天也就不远了。

那就先等待冬天。

喊一声北大荒

喊一声北大荒，心里就有一种说不出的感情。

五十年过去了。那个春水萌动春歌响起的岁月，蒸汽火车把我的父辈们留在那个小站上的时候，空旷寂静的原野被革命者高尚的战斗热情搅得翻滚起来。没有人烟的地方有了人烟，没有歌声的地方有了新的歌唱，转业官兵们新的人生在这里开始了。我曾经读过美国南北战争后的一段故事，这段故事从另一个侧面验证了我们开垦北大荒的伟大。当时，华盛顿带领凯旋的将士们接受检阅，检阅后这些功勋们的去路是上层领导者们担心的。检阅完毕，华盛顿来到队列前面，脱下军装，向总统要求，回家种田。列队的卓有功勋的将士们被华盛顿的举动感动了。大家正准备向上面要求最合适的安排，居功自傲的心理膨胀得已经使当时的国家无法接受了。但是，华盛顿的做法，给战争后百废待兴的国家找到了出路。大家也效仿华盛顿，解甲归田。峰回路转。同样的题目也出现在刚刚从战争风云里走出来的中国人面前。这些身经百战战功赫赫的军人，从硝烟的弥漫里走进城市，快乐和幸福还没有停留在他们的眉宇间，儿女的亲情，夫妻的爱恋正在新房里培育着，这场进军北大荒的新的生活就开始了。

我无法追忆那些军人们在面临着新的考验时是如何表现的。但是，我知道，服从命令正是那个时代最神圣的号召。到最艰苦的地方去，正是那个时代最光荣的职责；跟党走，正是那个时代的最强音。他们从南方，从山海关以南，从安逸的生活里向北大荒聚集。那扑天蹈海的黄色军装组成的队伍，在同样是黄草萋萋的荒原上形成了一道景观，一道用生命书写的崭新的共和国的历史。拖儿带女，夫妻相扶，老少同在，南腔北调，一个前所未有的人群，在北大荒出现了。这个新的人群，是闯关东之后，最大的一次迁移，是新中国建设史上最辉煌的一笔。

　　说起这些人，说起这件事，当然就要记下这个人，王震。

　　我在850农场的展馆里看到这位将军在点燃一片荒火的时候，我看着他巨大的身躯在弯下腰的瞬间，火，已经在他的手上开始跳跃了。他的慈祥而坚定的目光，在火苗的照耀下，如一片晴空，可见万马奔腾。虽然我早就知道他，知道这位共和国的军人，无论是新中国成立前还是新中国成立后，都在做着一件伟大的事，但是只有这次，我才看到了他的身影，他的举动。在密山火车站的动员大会上，他站在主席台上，挥手讲话。主席台的一侧，立着毛泽东草书的诗，"红军不怕远征难"。在丰收后的田野上，我看到他骄傲的笑容。但是，有一个谜我永远也解不开，那就是在野战军二次党代会上的合影里面，其他人都站立着，只有王震席地坐在大家的前面。为什么只有他这样坐着呢？也许他开了大家一个玩笑，也许他劳累了，也许他就是这样一个放荡不羁的人。我无从查找，这是个永久的谜了。

　　我一直在想，北大荒在哪里？黑龙江就是北大荒。直到共和国以后的运动里，受处分的人还是以发配黑龙江为惩罚。这里有着很多部门建立的监狱，随着事业的发展，这些监狱都变成了农场。但是，黑龙江作为北大荒的地位一直没有变，直到王震将军带领大军开发北大荒以后，真正的北大荒就是农垦了。农垦，把北大荒凝聚在一起，团结在一起，树立成一面旗帜，在黑龙江的大地上迎风飘扬。

　　喊一声北大荒，喊一声农垦，喊一声一百一十四个国有农场。在黑龙江的腹地和边陲，城市和乡间，国营农场像珍珠一般散落着。

一个农场，就是一个农业机械化的中心，一个小城镇的示范，一个紧密团结的有知识和文化的团队。当那些垦荒者开始退出种地队伍的时候，他们的儿女正挑起他们的担子，行走在广阔的田野上。这片凝聚着垦荒人无限感情的土地，曾经磨砺了知识青年下乡后的思想和意志。但是，他们又像潮水般地回到了城市，这里成为他们永久的回忆。在这里汲取的精神食粮喂养了他们在城市里的饥饿和挣扎，使得他们有力气度过城市的寂寞和孤独。云一样来又云一样飘走的知青，也给北大荒留下了文化。可是，北大荒属于真正的北大荒人。现在，在这里耕耘的第二代或者是第三代，几乎都是当年开发北大荒的后代。一代代耕耘下去吧，我们的后代子孙。世界上有一粒种子埋在这片土地上，就会生生不息，直到永远。

喊一声北大荒，就是喊一声我的爹娘，他们化作了这里的泥土，儿女们又开始了新的成长；喊一声北大荒，就是喊一声我的故乡，前辈们带走了他们的故乡，留给了我们新的故乡北大荒；喊一声北大荒，就是喊着美好，喊着幸福，喊着新的生活新的希望。

喊不够的北大荒，喊不够的情和爱。

再喊一声北大荒。

盛世北大荒

从我所在的九三分局到宝泉岭分局有一千零三十公里。也就是从黑龙江这个天鹅形状的地图上看，我早晨七点钟从天鹅的脖子下面出发，到达天鹅的尾巴，整整用了十二小时。中间吃了一次饭，在路边上了一次厕所，到达宝泉岭的时候是晚上七点钟。如今的北大荒，横亘在黑龙江的土地上，黑龙江有多大，北大荒就有多远。喊一声北大荒，黑龙江大地都在回应。

宝泉岭号称垦区第一局。来到这里一看，果然很大。因为我是后到垦区的，对垦区还不了解。来到垦区一直在九三范围内活动，以为九三就是大局了。后来到了东部的分局和农场看，发现那里的一些农场都要比九三大，今天看了宝泉岭分局，才知道小城是什么。这里的农垦城建设已经初具规模了。

我是带领九三的演出团来参加文艺会演的，我是第一次来参加这么大的活动。过去地方的事我也知道一些，但是没有这么大的，也没有北大荒这么关心文化事业。

演出的团体很多，水平也很高，评委都是国家级的。节目都是自编自导自演的。突出的主题都是歌颂北大荒的。我只看了不多的几个节目，印象最深的是歌舞《盛世北大荒》，很有气势。九三的节目我没有参与，我是替别的领导带队参加这次会演的。如果我参与的话，这个节目我们也会排演。我们不能比服装，比演技，但是我们可以比气势，比主题，比新意。这个节目既有气势，又很简单，还能表现北大荒的精神。

我也不懂演出的事。我整体看这个会演是成功的，节目都很好。我坐在第一排，麦克风的声音震耳欲聋，让人心惊肉跳，我也没有细看。

我最得意的是我来到农垦之后去北京大学学习一年，有了很多的同学，遍布在垦区的各个角落。来到宝泉岭，自然会有同学相见。于是我舍弃了观看节目，去见同学了。好在这些同学都有职位，天天请我吃饭喝酒。演出结束，我也喝得只有逃跑了。

当然我是领完奖回来的。我告诉家人，可以在电视上看到我，妻子说都看了，就是没有看到你。我才知道我等了一周的领奖，根本没有我的镜头。

夜幕下的哈尔滨

在哈尔滨度过这么长的时间我是第一次，在哈尔滨和这么多与文学有关系的朋友们见面我也是第一次。还有许多可以见面的文学方面的大家，因为怕在一起喝酒，就没和他们打招呼。我的好朋友，北大荒文学界当今的举旗人国春同志意犹未尽，还想把更多的文学朋友以及我熟悉并且很好的作家请来陪我，我的身体真是不能承受吃喝之重了，于是，才停顿下来。

每当夜幕降临的时候，我们就急忙钻进出租车里，向酒店驶去。我们每个人的身体都很肥胖，十分艰难地填充在狭小的车厢里面，车厢就会立即沉落下去。我们谁也不愿意坐在后面中间的位置上，只有高尚的文秀被安排在里面。他很不情愿地笑着。出租车像鱼一样在黑夜里穿行，我们好像已经闻到了飘来的酒香。

我已经好多年没有在深夜里写作了。因为工作的繁忙，尤其是晚间的酗酒，夜晚对于我，已经成为醒酒和讨回身体恢复的最好时机了。可是在这个夜晚我却要把这里的故事记录下来。听说八十多岁的老作家郑加真老师正在创作北大荒方面的小说，我尤其敬佩。这个世界上是没有年龄和时间限制的。去年我和《插树岭》的作者在一起的时候，我就问他，我说陈老师，你这样有精神，年纪不小了吧？他一边健步如飞，一边说：七十二岁了。我就大吃一惊。原来这精神产品是不论年纪的。小的可几岁，大的可以是耄耋之年。所以，这些天在一起的作家，年纪小的是小说家徐岩，小说成绩相当优秀；年纪大的宋老师，昔日在图里河跑车，写的长篇小说《胭脂沟》，描写金矿上的故事，就在嫩江一线，积累了素材，写出如此大作，正准备拍电视剧。他新染的头发已经露出白色的发根，但是仍然健谈。

最有意思的是诗人小马，昨天请我们吃饭的时候，还带来了两个女友。一个不到二十岁，青春焕发。他说他离了四次婚，我们以为他开玩笑，但是离婚确是事实。他兴高采烈地向我讲述他离婚的故事，并且告诉我，电影《周渔的火车》就是根据他和第二个老婆的故事编写的。那时候他在林区，他的第二个老婆正经受着失恋的挫折，在一列行驶的火车上，他们相遇了。这个女人去哈尔滨，但是却坐反了方向。他把她领到下一站转车，把她从迷途里领进自己的婚姻。他把和第二个老婆相遇的故事讲给作家阿成，阿成又把这个故事让给另一位作家，这位作家就写了这个电影。为什么叫"周渔的火车"？他说"周渔"是这位作家的第一个恋人的名字，他还惦记着，就写出这个名字。于是，我大吃一惊。我就想，我的《散步的火车》有了失误，为什么不用我第一个恋人的名字来说事呢？他叫周渔，我叫别的渔不就行了吗？可是来不及改了。但是，我知道，很多故事都和现实是有联系的，文学家的创作和自己的恋爱婚姻偷情是相联系的。凡是在男女之间有着解不开的情意的人，就必然会成为作家；凡是在男女之间的恋情上创造出奇迹的就是名作家。历史上国外的如普希金，国内的就更多了。于是，我在酒后和国春开玩笑，他千里迢迢来到鹤城，我在快到深夜时分接待他，他于风尘仆仆之后落座，第一句话就是，我要喊我的女同学如何？

我当然不能让他失望，但是他却让我失望。来的几名女同学，都已经老了；老了还不说，都生得不好看。他看出我们的失望，吃罢饭就急忙领着女同学走了。后来，他作为知名作家对我谈起体会。他说，上学的时候觉得漂亮的女同学，过去多少年之后，千万不要见面，见面后的失望把过去脑海里的美好都驱逐光了。大家都有同感。有人说，网友也一样，千万不要见面啊。我和他们不一样的是，女同学在我的心里只留下衣服和头巾的色彩。

这些作家里面，我说的美男子是常新港了。他文质彬彬，一派大家风范，席间还会开别人一个玩笑。我看着他漂亮的脸和脸上青青的胡须，我就想，他有这么多的胡子，还会写出那么好的儿童文学。看来，表面和心灵是有距离的。

文人们在一起，就是喝酒，就是说女人，就是比试着语言的艺术。看着这些放浪形骸的人，谁去想他们会在纸间旅行，在心灵里旅行，在人生的坎坷里面旅行呢？

哈尔滨的初冬还不冷，暖风在黑暗的天空里飘落下来，吹拂着人们的脸颊。正赶上一位知名作家兼编辑老师的妻子过生日，大家借着这个机会，把祝福送给他美丽的妻子。

欢笑在静谧下来的哈尔滨的夜空回响。

哈尔滨知青

　　我的一个中学时代的老师有一天给我打电话，说她刚回哈尔滨。她回哈尔滨是探望亲人的。在哈尔滨见到了她返城的同学，大家在一起聚会，很高兴。她说了这些同学的名字，我都认识。他们还问起我来，我也很感激他们。

　　空闲的时候，我想起这些哈尔滨知青，心里就有一种特殊的感觉。用大范的话说，"俺们哈拉滨的"。他故意把哈尔滨说成哈拉滨，声音里的自豪可见一斑。他高高的个子，很好的膛音，吹、拉、弹、唱，样样都会。很小的一张脸上眼睛大大的，流露着城市人的自豪。他在场里是个名人呢！

　　老王也是从场里走的，他和大范在学校不是一派的，到场里还有矛盾。现在都老了，也没有什么了。老王的脾气不好，性子也急。当时他做宣传部长，宣传干事和他一起去沈阳开会，在齐齐哈尔坐火车。宣传干事被朋友请去吃饭，火车快开了，干事才到，他气得一路上都不和干事说话。

　　记得二十世纪六十年代末，他们作为农职校毕业的学生，集体来到哈拉海。他们住在招待所里，父亲去看他们，还领着我。我是第一次看到城里的学生，他们活泼而有气质，很快就分到了各个连队，好点的去了文艺宣传队和学校。我的这个老师就是去的学校。她的个子很矮，但是找了一个身材高大、相貌堂堂的男人。后来她得了类风湿，腰就很弓，哈着腰走路。但是她的口才好，聪明。虽然是教授政治课，但是她教授得有滋有味，并一直教授到退休，退休后还在一些学校教课。我记得我的同学说她教小学的时候，正在搞对象。学生们在杨树林看到她和她的男朋友，她就对学生说，她是出来看狗的。明明看到一个狗跑过来了，怎么没有了呢？她以为小学生不会想那么多，也不懂得恋爱。可是她想错了，孩子们啥都懂啊。

这些知青虽然都是农业职校的学生，连中专都不是，后来才相当于中专，可是在哈拉海已经成为栋梁，各主要部门都有他们的身影，女性做教师和财会的多，男性做领导的多。无论是连队还是场部，都有他们在工作着。到了二十世纪八十年代后期，他们才像风一样刮回城市里去了，最后只有一个放马的老肖留下了。他在偏远的连队做工人，后来做了出纳员。但是他还是爱着农活，每年都种地，家里还养了两匹马，膘肥体壮的，他十分喜欢。到场部和乡下去，就赶着马车，他坐在车上，摇晃着鞭子，快乐着。他是这些农职校来的学生里面唯一没有转成干部的，可是他并不在意。我们到他住的那个连队去，就在他的家里吃饭。他老婆会烙饼，烙的油饼层多还软，吃起来很香。我们到他家里吃饭，就是为了吃这样的油饼。他的老婆很愿意场部来的人吃她家的饭，告诉我们最好提前告诉她，因为好吃的油饼要提前把面和好。和好的面醒的时间越长，油饼越好吃。我们在他家吃着油饼，菜是在大锅里炖的小鸡，喝着小烧酒。老肖就会把脸喝得通红，瘦长的脸上挂满了微笑，向我们讲述他的生活。他已经对哈尔滨没有了追求，在这里生活得很好。孩子都出去了，结婚成了家。他们两口子种点地，很幸福。目前这是唯一一个留下来的哈尔滨知青。

那些到哈尔滨的知青也都到了退休的年龄，可是和他们生活过的哈拉海还有着很多的联系，场庆的时候他们都来了。看到日新月异的当年的故乡，他们都很激动。我知道，他们的青春在这里的草原和土地上生长，已经收获过了。现在生长出来的原野，他们已经感到了陌生。虽然是故乡，也没有了昔日那种集体主义的火热。熟悉的邻居和朋友有的老了，还有的没有了音信；那泥土的路和屋前的鸡鸭鹅狗，看了也不习惯了；城市的那种拥挤和繁华，淹没了他们许多的梦想和希望，现在把故乡就留在了城市的喧嚣中了。

　　天地之间就是这么的狭小，人们看到的也是这么有限。我们在遥望着城市，他们在高楼的阻隔下，连天空都看不到了。他们也只有在静下来的时候，把大脑里的记忆打开，享受一番当年那些高兴或苦恼的碎片，然后满足地睡去。我们看去的所谓的城市，就化作了楼宇的森林。而哈尔滨知青，就是连历史都无法追寻的一片消失的雾了，也许只有我还记得他们。

风来云去看北大荒

　　写这个题目我是随意的，因为我注意到这里的风很大，而云却很少，我不知道是为什么。

　　风在广阔的原野上肆无忌惮地放纵着，无论是这片原野裸露着的时候还是长满了庄稼的时候，风，从来就没有停止过，从来就没有惧怕过，从来就没有躲避过。风在土地上扬起烟尘，时而如海浪般地汹涌而来，时而如一群孩子在平整的土地上奔跑，时而如一个武术高手腾空拔起，旋转着在浮尘上滚动，时而如一个裙装的女子姗姗而来，在房屋间游走，如一个走街串巷的仙人。冬天这里的风挟着寒冷扫荡在大平原和丘陵之中，夏天这里的风搀扶着炎热居住在树梢和田垄之上。

　　我在这里居住之后，惧怕的就是这风。本来就没有多么冷的天气，可是小风一吹，衣服就吹透了，脸就吹红了，红得和高粱地里没熟透的高粱穗差不多。所以，这里女人戴口罩的多，男人低着头走路的多。

　　在这里我还没有看到云彩。如果下雨，就是漫天的雾团，浓浓的，深深地堆积在天空上，雨水不是下来的，是雾团里漏出来的。到处都湿漉漉的，最后天地之间都是雾，都是雨，都是水了。冬天也雾，雪也是从雾里面飘落的。只是这雪花好像是天空的雾在蜕皮，绵羊般地在掉毛，有时大，有时小。

　　我喜欢在秋天里看堆积的云朵在天空上形成的高山和雪峰，喜欢仰起头看洁白的云朵旁边的湖蓝色的天空，但是在这里我没有看到。天，要么是蓝色的，就不带一片云彩；要么是云彩，就没有一片蓝天。这种绝对的布局，给人以清纯和简单。

当然也有风卷着云雾的时候，那是冬春之交，是春夏之交。那云也不是云朵，也是弥漫的幕布一般的海潮。风在下面翻卷，云在上面行走，飞沙走石，天翻地覆，鸟兽逃遁，人烟皆无。这般景象，就是风和云的斗法，就是风和云的追逐，就是风和云的恋爱，就是风和云的交媾。于是，夏日里庄稼在风里倒伏，树木在风里挣扎，云在空中歌唱，天地一片云与风的世界。

北大荒不能没有风，不能没有这雾一样的云。

珍 宝 岛

最近有事到东部局去。

因为进入农垦的时间短，对东部局和西部局的感觉不深，后来才知道我所在的分局是西部局，而佳木斯那边的分局是东部局。相隔上千公里，横跨好几个县市，坐最快的汽车也要一天到。大路小路高速路，下车的时候，腿都直不过来了。人家都说做官好，我就感觉做官要有基本功。第一个基本功就是能憋尿，坐在主席台上一上午，不散会就不能上厕所；坐车一去几百公里，领导不下来撒尿，你就得憋着。我最佩服那些喝了一肚子啤酒，上车到下车，一二百公里，不尿。

我坐车还怕发短信。现在人们都有了发短信的手艺，动不动就发。接到短信不回复，有点不礼貌，可是在车上发短信，我就晕车。如果发短信的字数少我又觉得吃亏，所以，我上车之后就不给大家回短信，但是朋友又问起来没有个完。这次去的是红兴隆分局，外界不知道红兴隆分局的概念，以为是九三分局的一个农场，或者是一个小单位，而红兴隆分局要比九三分局大，在垦区排第二。在中国很出名的美国人韩丁工作过的友谊农场，就是红兴隆的一个农场，国家级湿地保护区饶力河自然保护区就在红兴隆分局。日本有一种最珍贵的鸟就在饶力河繁育，日本每年都给保护区钱做鸟巢。雁窝岛是北大荒的象征，当年开垦北大荒的时候，铁道兵就在雁窝岛上安营扎寨。著名的电影《雁飞塞北》就是写的雁窝岛。红兴隆分局有三岛：雁窝岛、长林岛、珍宝岛。接到短信之后，我就回短信。可是我不能用最短的时间和最少的文字把事情说明白，但是我还要回复。于是我就在短信里面回答：我去珍宝岛，珍宝岛。

我知道，只有珍宝岛在大家的心目中有印象。其他两个岛再大，再有名，地方上的人不知道。只有珍宝岛，因为中苏流血冲突，才给人们留下印象。我在环保局工作的同学告诉我，珍宝岛是最小的。再小，人们也知道啊。我的农场归属部队管理的时候，珍宝岛上的英雄孙玉国就在我们上级部门工作，一个很和蔼的领导。没想到多少年后，我会来到珍宝岛。我记忆的画卷里面，还有一个战士冲锋，头上是带血的绷带，一个女护士在后面呼喊，口号是"宁为革命前进一步死，不为自己后退半步生"。那个岁月就这么过去了，一寸领土，演绎着无尽的故事。我的短信达到了效果，给我发短信的人不仅知道了我的去处，还为我能够去那个地方而羡慕。其实，珍宝岛是什么样子，我根本不知道。

但是我的远行，使我的心里有一种放松的感觉，就是坐车呜呜地向前走。工作就是坐车，不用思考，不用周旋，不用担忧，不用忙碌，坐得舒服一些就行了。我很快就睡了一觉，可是醒了的时候，看着外面灰暗的天空，明明是上午，还以为是傍晚了。田野几乎是相同的，黑色的肌肤上面是黄色的草，因为广阔而没有了凄凉；树木也是相同的，光秃秃的树木如绳索一样编织在道路和山野里。这些都是不能左右的，只是沿途的城市和乡村几乎都是一样的，确实令人遗憾。如果没有路标，走到哪里都不知道。我看路边的牌匾，名字起得千篇一律，就是没有地名。没有个性的村庄和城市，就好像一个流水线制造出来的一样，即使搞得再好，也留不下印象。所以，我的朋友知道我远行，谁也不会问起那里会是什么样子，因为每个人的心目中城市和乡村都是一样的。除非大自然制造的痕迹，鬼斧神工，才是记忆的去处。我为过去的城镇和村庄悲哀的同时，我也担忧着今天建设的雷同。历史上我们有长城，有故宫，有颐和园，有许许多多曲径通幽的园林，我们在建筑上很聪明，可是我们为什么现在要建设同样的房屋，住进同样的人群呢？

还是不说这些了。我经常和人们谈起生活里面的人，于是就有了刁民之说。而我想，所谓的刁民，其实是思维和常人不一样的人。也只有这样的人存在，社会才进步啊！

也许我想象中的珍宝岛，会给人们带来惊喜，而对于我，确实是一段漫长的路程啊。当我从公路的一个点下来，这就是我的珍宝岛了。

谁是第九个人

谁是第九个人，这一直是个谜。

九三分局明年就是建局六十周年。在建局的庆典还没有到来的时候，人们在忙着回忆历史了。在六十年前的今天，是一群荣转军人来到了这里，他们在战场上负伤，身体上有了残疾，不能打仗了。但是军人的血液里流淌的都是战斗的血。既然不能用枪去面对敌人，那么就用镐来养活自己和给前线补充给养。一旦成为战士，就永远不能离开战场。于是他们拖着残缺的肢体，来到北方，最北方，他们在寻找一个可以开垦的地域，准备安定下来，种地打粮，奉献余热。

他们在寒冬里走来，选择了很多的地方。那时候，这北方还没有多少人烟，广阔的土地也没有人去耕种。闯关东的人也不是很多，偶尔有个村屯，也是当地人和外来人的结合。他们熬过了冬天和春天，又在秋天里开始寻找，终于在一个漫长的冬天过去后，经人指点，来到了这里。

他们来到这里，就被这里无边无际的黑土地惊呆了。起伏的田野，莽原般的壮阔；肥沃的土地，女人般的深情。山林正在吐绿，河流正在苏醒，大雁正北飞。他们披着寒冬里追随的棉袄，站在大地上忍不住欢笑。于是，家园找到了，战场找到了，生命的归宿找到了。他们把这里叫荣军农场，荣誉军人的家乡。

开垦的时刻到来了。还没有拖拉机，就用人来拉犁杖；还没有居住的地方，就用茅草搭起了窝棚。大家聚集在田野的边缘，要开始第一犁了。

带队的场长，举起了战场上带回的那把老枪，我们叫"三八大盖"，枪身已经被场长的大手摆弄得发黑，枪托上是和场长的衣服上一模一样的油腻。场长只要把它举起来，射向哪里，都能命中目标。战场上，就是这杆枪，给场长带来了荣誉。他以为他会把所有的子弹射进敌人的胸膛，然后就离开战场，到家乡种地，度过人生最后的时光。但是，他负伤了，他勇猛的身躯没有了支撑的力量。他以为就这样结束了生命，血液会在硝烟与火的土地上流光。可是他醒来的时候，他才知道他还活着，还有和他一样的人在他的身旁。他所庆幸的是，这支枪，还在他的手上。

有了枪，他就感到没有离开战场。

垦荒开始的时候，他就举起了这把老枪。他说，我们没有冲锋的号角，没有上工的铁钟，但是，今天开荒，我要用这支枪，来宣告我们向荒原开战的开始，来告诉大家，我们新的战斗就要打响。

枪声响了，枪声在寂静的天空里炸响。

被震撼的荒原，在枪声里抖动，在枪声里发出最后的呻吟。

这枪声在这块天空里飘动了六十年，跟随了六十年，涌动了六十年。六十年里，一代人老了，一代人成长起来了，一代人出生了。处女地变成了热土，拓荒者变成了老干部，新人变成了领导者，荒原变成了故乡。我来到这里的第二个月，老干部办的主任找到我，说老干部搞活动，你给写一副对联吧。我问了老干部的情况，心里就很激动，于是，情不自禁地写下了下面几句：

想当年一腔热血燃大荒圣火
看今朝终身不悔唱夕阳欢歌

横批：

大爱无疆

38

当清华大学的美工要做一个雕塑来纪念那荒原上的第一枪的时候，人们开始寻找那第一次到这块土地上来的九个人。

他们一个一个地离开了这个世界，只剩下最后一个。

在明媚的春阳里，这位老人正在新建的房屋里晒着太阳。过去的苦难没有让他有任何的痛苦，今天的幸福好像早就知道。他在自己的感知里微笑着，微笑着，对谁都是这样。这样的微笑，正是他一生的希望。他什么都记不得了，只记得那枪，砰砰砰，在田野上响，响啊！

这么美好的记忆，谁忍心去打扰他呢？让他在这枪声里经历着那段快乐和历练吧！

可是不知道是谁，用手指算了一下，加上这一个开荒的老人，才八个人。那第九个开荒者是谁呢？

雕塑一天天地增长，美工们不在意那第九个是谁，他们已经在雕塑的胚胎上雕塑出九个人了。雕塑家就是雕塑家，他们可以还原当时的九个人，除了拿枪的场长之外，那八个人都安排了角色。山峰一样的雕塑很快就完成了，年轻的雕塑家得意地看着自己手里诞生的新的人物。这座雄伟的雕塑就屹立在广场的中央，成为人们旅游参观的必看之物。

一天，一个老人站在这里，看了很久，说，不像。

人们都说这老人糊涂了。

是呀，老了，糊涂了。

老人说，我不糊涂。那是几个人？

九个人。

不对，那上面是八个。

老人真的糊涂了。数一数，正好是九个人。老人是不会数啊！

我会数，你们不会数。那上面是九个男人，没有女人。女人呢？没有女人，就不是九个人。

人们在吃惊里听着老人说：

第九个，是女人，是场长的老婆。

周末走笔

来到九三已经有两个月了,这是第一次在这里度过周末。过去无论多忙,我都会坐上南下的火车回到故乡去。这一次我也准备在错过火车之后,到下一站讷河去坐火车回去,妻子劝阻了我。繁忙的工作也使我不能离开,更何况我的领导和我部里的人都在忙着会议的事,我就没有理由走开了。

本以为到了部里会清闲一些,但还是有那么多的工作在等待着我去做,还有那么多信任我的人在和我沟通,还有那么多的事情还不熟悉。当各个器官开始迟钝的时候,新的工作却使我感到了年轻,感到了新的生活的美好,感到了人生实现的价值。

昨天早晨,是一个明媚的天气,温暖和阳光都光顾了这座小城,我和武装部年轻的上校走在路上。他突然说,你会在这里干很多年,会干到退休,会在这里一直干下去吗?我听了就笑了,是那种不得已的笑。这位年轻的上校是从遥远的锦州调过来的,到这么远的大北方做官,做正团,可见什么力量都抵挡不住官本位的吸引。我不是也向北几百里地谋一个职位吗?当年闯关东是为了生存,现在合理的调动也是为了生存。所以,生存的意义是重大的、唯一的。天涯之处,只要有人在,就是合情合理的。

我无法回答这位年轻上校的问题,我也没有想得那么遥远。我常常鼠目寸光,好像这个词不好。其实我觉得一个人真正的快乐正是这个词制造出来的。你要看得太远,那就是结局。看到了人生的结局，还有快乐吗？你要是看得不远，就是担忧和竞争，在这种争夺里面、虚荣里面活着，还有快乐吗？你要是看得更近一些，人人为我，我为自己；钩心斗角，你升我降；在这种泥潭一样的日子里，还有快乐吗？所以，鼠目寸光，自在自乐。所以，人应该往远了想，也应该往近了想。我的原则是什么都不想。

周末的夜晚是宁静的。我们家室不在这里的几个人还喝了几口酒。几个小菜，两份咸菜，一碗饭，一碗粥，大家都很快乐。傍晚的暖风袭来，使我们有兴致地在路上散步。说起散步，我常常笑我自己。每次和领导在一起走的时候，迎面过来的人就会热情地打招呼，我就会笑着点头。过去之后，我就想，人家也不认识我，我有点自作多情了。我的领导也是我的大哥，每次进门前我就会把拖鞋放好，可是每次都被先进来的参谋穿上进了屋，我就忍不住暗笑自己。我知道，我会在生活里面制造和发现快乐。我喜欢每一个人，无论做什么工作，因此我生活得很满足。和大家在一起的时候，我就说我的道理：拿自己的没有心眼去面对很有心眼的人，一切都是平和的。

周末坐在办公室里面，看着外面的阴雨，反而没有感觉到凄凉。回忆起这一段经历，好像风一样在眼前刮过去，一回头，竟然没有一丝痕迹。突然想到农垦报出的书里面经常用走笔这个词，就想用一下，走到哪里就是哪里。心灵是真的，写在这里也是真的，但是人们的感觉就会发生不同的变化。可是无论人们怎么看，自己还是要自己地活着。

原来农场的几个人来看我，我留他们吃饭，他们说要赶火车，这么匆忙地吃饭不过瘾，要吃就狠狠地吃一顿。我很理解。感情在吃饭里面，也在吃饭的外面。朋友的交往不是以社会地位为标准的，而是以互相信任为基础的。信任的朋友是永远的，敬畏的朋友是暂时的。虽然农场的人没有吃饭就走了，走多远，心都在一起。

世上本无事，庸人自扰之。我就是这样一个人，一个庸人。有时候想得细致，就会生出担忧；有时候快乐，就会马上考虑到会有不快乐降临，这就是活的沉重。不愿意活动，身体就发胖；睡的时间长，想的事情就多，也有惩罚。几天不喝酒，以为轻松了，接着就是喝醉。醉了，就后悔，后悔酒桌上说多了，开玩笑开大了，吹得高了，教育别人了，反正后悔几天，刚不后悔就又喝上了，我才知道人的劣根性是多么沉重。

我知道思考很累，但是既然进入这个怪圈，就坐而论道吧。可是我发现我的一个好朋友也有了思想，有了哲理，有了对世界的认知和疑问，我就害怕。懂得了思考，就是放弃了轻松；懂得了真理，就没有了幸福。我就这样看着我的朋友向真理滑落下去，我还不敢说。

人们活着，是一种真实的状态。但是要知道为什么活着，就是进入了精神的状态。这种精神的东西是沉重的，这种沉重就是把世界担在了肩上，压着自己往前走，永远不会解脱。

大家都活得很好，只有想得多的人活得累。我换了工作之后，最愉快的是可以把手机关上，过一会儿自己的日子。当然，永远没有人打你的手机，你也会没有意思的。什么也不能过，也不能少，这种度是难掌握的。但是真正地掌握了生活的度，也就像机器一样没有了乐趣。

大地和天空周而复始，谁也没有力量去真正地征服它们。可是就是这种自然的存在，才这样随意。我就喜欢人们在一起，没有身份和道理的束缚，天真地相融，厚道地相处。然后就像没有灾害的庄稼一样，在秋天里收获，在冬天里睡着了。

以后的周末和大地上生发出的植物，就都是新的了。

最后一只爱情鸟飞走了

　　她退休的日子早就到了，但是没有合适的人来接她，她就一直工作着。就在昨天，已经有人来接替她的工作了，她还是把工作总结写好，交给领导。在傍晚的阴雨里，她来到朋友们中间和大家一起喝着告别酒，享受着最后的快乐。

　　我不是喜欢夸赞上海人，但是只有上海人才会把工作做得这么细致，这么认真，这么彻底。她不会计较别人说什么，但是她会把自己的工作做好，做得让人家无可挑剔。自从我认识她之后，我就看到她在认真地做着工作，所以，大家都给予她很高的评价。

　　上海人能在北大荒工作，自然是上山下乡的结果。我以前在农场里认识的上海人，老的是转业官兵时期来的，年轻的就是上山下乡来的。我在生产队时，指导员两口子都是上海人。妻子说上海话很浓，到处都是她"阿拉"的声音，后来她病去了，整个生产队都没有了声音，大家感到缺少了什么。她的当指导员的丈夫很老实很认真的样子。每次开动员会，他都会写几句顺口溜当作诗歌给大家朗诵，大家听着好玩。我到了场部，又认识了一个上海人。她是一个法官的妻子。因为她的能干，年年被评为先进分子。她在上海的家庭很富有，但是她爱着丈夫，没有回城。我们看着她认真地工作，都说没见过这么傻的上海人，看着她不回上海，家里的财产等着她去管理，她不走，我们也说她傻。她就笑一笑。到了九三，我认识了这位上海人。她在农垦一干就是四十年，十七岁来的，五十七岁回上海去。她对在这里工作这么多年，还是很满意的。她很实在，和很多上海人一样，工作认真，对自己却不会说什么。

吃饭的时候，她只会不住地说，十七岁来这里，现在都是老太婆了，在生产队的时候，什么工作都做遍了。

她一点都不老，皮肤白皙，脸上一点褶皱都没有，是那种南方女人的脸，脸蛋鼓出来，嘴巴凹下去，眼睛很有神，她的话语里面还有着上海的口音，普通话很别扭，但是很健谈。

她说，要不是爱着丈夫，她也早回到上海去了。

很多上海女人都是为了丈夫而留下的，为了爱情而留下的。大上海的女人，最懂得感情。我接触到的上海女人嫁的北方丈夫，这些男人在长相上并不一定优秀，但是都很聪明，很有心计，在大众里面表现得很有套路。由此可以看到，上海的女人都是务实的。

我计算了一下，上山下乡的知青，女人都到了退休的年龄，她是多干了两年，那么，在北大荒土地上的上海人，都应该离开了这片土地。

她是最后一个离开的。

最后一只爱情鸟飞走了。

头发的故事

在很多年以前，我就读过鲁迅的文章《头发的故事》，但是记忆里却没有多少内容了。我记得在很小的时候，我就不愿意理发，都是父亲强行让我理发的。父亲对理发一向关注。他的理论是不理发和不经常理发的人就窝囊，不利索。为此，父亲专门买了理发的工具，给我们理发，或让别人为他理发。我没有看到父亲的头发长过，刚长长，就马上理发了。即使有病住医院，也会让理发师傅到病房里来理发。结果，理发的师傅成了父亲的朋友。

父亲的理发水平不高，但是在那个年代，理短了头发就可以了。于是，你就会看到，所有的男人几乎是一样的头型。把头的四周理干净，剩下头顶的一片头发，像个黑色的盖一样盖在头上。这种傻呵呵的头型，在都是这样的头型里，就是很美好的了。直到我开始恋爱，我的未婚妻才开始重新为我设计发型，而不让我的父亲再为我理发。这时候我的头发开始变长，并且有了鬓角。我知道，我的未婚妻不愿意领一个剃着傻瓜头的人在一起走。我的父亲就只能给他的大儿子和他的孙子理发了。

于是我开始有了头型。尽管我生得不漂亮，但是起码不傻了。后来每次理发，妻子都提醒我，我也把理发当作了一件大事，只是我的白头发多起来。染过之后，很快地也会变白。如果是白还好，染过的头发褪了色，就是红色或淡灰色的。白黑夹杂，很是难看。即使再好的发型，也挽救不了苍老的样子。

我之所以要叙述这样一个故事，是因为我昨天在九三理了第一次发。本来还要等几天，也不算长，妻子说，你既然开会，就少理一点，齐齐边吧。我知道，这样可以对我的形象有些改变，可以精神起来，我心里就想着理发的事。昨天下午在接待客人之前的一小时的工夫里，我跑到九三的大街上去寻找理发店，离办公室近的地方有一个，牌匾是很老实的三个字"理发店"，一般现在的理发店都叫了现代的名字，如美发美容等。这个店肯定是传统的店。我在门口从窗户里望进去，看见一个中年人正给一个老头刮脸。我看了几分钟，因为担心他会把我的头理回到我的童年，而放弃了这个地方。我在迷茫的时候，遇见一个机关干部，他告诉我，再往前走，有很多的理发店。果然，过了马路，就看到一片理发的店铺，都很现代地装饰着，名字也五花八门，让人眼花缭乱。我被第一个店铺里扎着黄色围裙的正在洗衣服的女人叫住了。她说到店里来吧，有地方。我看到里面的人很多，以为这里会理得很好，就进去了。

　　那个洗衣服的女人走过来，为我洗头。看她的样子也有四十多岁，我以为她是聘来的服务员，可是她给我洗了头，就叫我坐在椅子上给我理发。这种年纪的人理发都是很陈旧的那种，我担心她会把我的头理坏。看她一脸严肃认真的样子，我还不好说啥。我只是不住地说，修一修就行，不要理得短了。她说知道，我就不好说了。我在镜子里面，看她熟练地用剪子把长头发剪掉，在这种不住地修剪的过程里，我还在提醒她，不要剪短了，她也应答着。当她把长头发剪完，就用推子推起来。这时候我就想起了以前在农场时的那个女的老理发师，也是这样熟练地理发。她几乎可以用剪刀把你的头发理完，而且还很整齐，于是我就有了一种温馨的感觉。最后她理完发，用木梳梳我头发的时候，我的头发是偏分到右侧的，她给我梳到前面，像小孩的刘海儿，我知道她给我理短了。我说，你把头发梳成我原来的样子。她说这不很好吗。看着她一张没有笑容的妇人的脸，我没有说话。她接着给我洗头。她啪啪地按电热水器，也没有热水。她冲着大家喊了一声，回答是水压力不够，用盆里的水洗吧。于是，这个老妇人就把盆拿过来，用凉水给我把头洗了。我说凉，她又啪啪地按热水器，说不好使。只得忍耐了。

凉水洗过头，她给我吹干。在镜子里看着被她理短的头发，而且成了小孩那种带刘海儿的样子，我说什么都晚了。本来没有几根头发，还是这样的胖脸，我就变得十分滑稽可笑了。我要把钱给她，她也没有理我，又到外面洗衣服去了。正在给顾客烫头的女孩说，钱给我吧。我把钱交给这个染着黄色头发的小姑娘的手里。她说给我理发的是她妈妈，问我，理得好吧？

我点着头，说理得好。

我在镜子里看到，我年轻了，年轻得仿佛回到了童年。

广阔的广场

　　站在我住所的窗前，向外望去，对面是九三局最大的广场。广场的四周有草坪，体育锻炼的路径，中间是用大理石铺就的广场。我没有问广场的面积有多大，它的边缘在我住所的五米远之处，尽头在对面的马路边上，有几万平方米吧。每当傍晚，这里就有九三的人在散步，在扭秧歌，这片广场成了欢乐的海洋。于是，我就想把广场比作一个湖，人们在湖水里嬉戏。无论是明亮的月光下，还是在光明的路灯旁，湖水里的人们把一天的劳累和忙碌，在这清澈的湖水里洗净了。当然，这个湖里的水，是人们制造出的快乐和音乐，是优美的舞步和窃窃私语。这个广阔的湖啊，荡涤了多少污泥浊水、酸辣苦甜。田野的清风在这里飘过，灿烂的太阳在这里舞过，清纯的月色在这里走过，风霜雨雪在这里驻足困倦过。广场已经成为这座小城沉淀喧嚣、过滤烦恼、澄清浑浊的地方。是这座小城的脸，是这座小城的爱恋，是这座小城的世外桃源。

　　爱这座小城的人，都爱着这座广场。

　　面对这座广场，我最感到不能理解的是另一幅画面。我看到了作为人的痛苦，作为人的无奈，作为人的挣扎。我好像在广场的边缘，正触摸着人类的神经。人们的另一面也暴露在这里了。

　　我当然说的是那些晨练的人。

　　每当我懒惰地起来的时候，我不用向窗外张望，就知道广场上已经有很多锻炼的人们了。年轻人的朝气在奔跑里面变得更加鲜活，仿佛每一个人的头上都跳跃着一颗太阳。老年人也在跑步，而且很多；再多的就是患病的腿脚不方便的人了。我看见一些腿脚难以迈动的病人，在孩子和伴侣的搀扶下，一步一步地在广场上跑着，我就想，他们的努力能够克服这冷酷的病魔吗？有的认真到一定程度，他们贴着广场边上砖砌的花池子跑或走，一个角都不丢下。这种执着和毅力，是多么顽强。

我知道，人无论多么老，都要活下去，活得更久；人无论病得怎样，都要追求完美，直至恢复。我这时看到的广场就从一湖清水变成了一个赌场的轮盘，人们在这赌回人生的轮盘上，把生命放在上面，和老、和病赛跑。虽然，赛跑的姿势不一样，速度不一样，但是目的是一样的。

无论是清晨和傍晚，这广场都在展示着人的感情和思想。他们既要在湖水里洗去污垢，也要在赌盘上夺回自己的美好。于是，我知道了这广场为什么会经常起雾，会经常水汪汪的一片，会在阳光里变成金子一样的光芒，会在暗夜里面沉重地睡去。

广场，晾晒的是人生。

太阳照在屋脊上

太阳趴在屋脊上，不知道是我望着太阳，还是太阳望着我。

我的办公室在三楼。办公室真正的窗户在东面。窗户外面是九三有名的红楼，是建场初期建设的办公楼，一共两层，但是高高的屋脊（建筑术语叫作马尾的房盖），就有一层楼高，面对着我的窗户的马尾面呈梯形，老式的红瓦绣出一条条的花边，整齐而好看。我坐进办公室的时候，正是夏季。雨水在凹槽里面流淌，好像专门设计的景观；冬季来了，瓦上面铺了一层积雪，白白的，镶嵌在上面，柔软时天鹅绒一般，冷硬时就如玉了。

夏季的时候，太阳升起得早，我来到办公室的时候，太阳已经掠窗而过，只有早到的暑热敲打着透明的玻璃，麻雀在柳树的枝条上烦躁地叫着。而到了冬天，我走进办公室里面，太阳正趴在对面的屋脊上看着我的办公桌。我坐在椅子上，太阳就贴在我的脸上了。我喜欢这种太阳的温暖和明亮，我从不把窗帘拉下来，把太阳挡在外面，我不知道这是为什么。即使我坐汽车坐在车的前面，太阳直射进来，我也不把遮阳板落下来。司机把遮阳板给我落下来，我就又弄回去。我喜欢那种在阳光的直射下，冲着色彩斑斓的激流般的阳光，好像在中流击水，浪遏飞舟；好像在家乡的水坑里面和伙伴们潜入泥水里憋气，在阳光里面扎猛子的感觉似乎更加舒服。如果我眯起眼睛，阳光会渗透我的眼皮，把一块光亮贴在我的眼睛上，就像我把玻璃条搭建成三角形做成的万花筒，眼前出现的是彩虹的世界，而且还暖暖的，惬意地穿过我的大脑，在我的心里酝酿着美好的向往。我就这样常常地在阳光里面陶醉着，把世间的烦恼煮化在阳光中晶莹光芒的碎片里。

我就是在阳光里面调养着自己，把人生的病态晒成鱼干，然后收藏起来，成为过去。我以为我远离了车，那种阳光的享受就没有了。可是，阳光是钟情于每一个生命的。在这冬天的寒冷里，她就趴在对面的屋脊上，向我问候了。看着梯形的屋脊，看着太阳一点点地把头露出来，向我开怀大笑，我就一下子扑在阳光里面，融化了一样。我知道，有了这阳光，我的冬天就不冷了；有了这阳光，苦难就甜蜜了；有了这阳光，我好像什么都不怕了。我成熟得像一个巨人，像一只飞鸟，在阳光里面升华。我感恩太阳，她让我在旅途上健步如飞地行走。

我也喜欢对面的屋脊。虽然它的高大遮蔽了我东面的一切，但是它还是把太阳送给了我。对面这座老屋，曾经寄托了许多开拓者的感情，虽然红砖已经斑驳，窗户的框子已经老朽，但是它是创业者用感情堆积起来的纪念碑。它既挺得住风雨，也能为人送来阳光。据说，创业者们在保护这座房子，以免拆迁后失去灵魂的寄托。于是，我就把趴在屋脊上的太阳，看作是过去老者们对我的期望，他们的殷殷情意，就这样深深地感动着我。也许这样想很沉重，生活里面背负得越多，也许令人愉快的时候就会减少，而锐意就会磨损。其实，一切都是自然的，阳光也每一天都是新的啊！

就说这座小城吧，在我的感觉里，好像上帝把一盆水泼出去，剩在盆里的就是首都，泼在盆边上的就是都市，而飘泼在很远的地方溅落的水珠就是这样的小城了。那颗明亮的水珠在阳光里面飘了这么远，才落下。好在太阳的公平，使这里的人们看淡了歧视和冷遇，成为美满的人群。

我知道人类和太阳的距离。太阳是爱，人类是恨。太阳浇灭了人类的欲望，又抚育出嫩芽般的爱意，才使得地球平静地存在着。

我望着屋脊上的太阳，心里就这么想。我不知道趴在屋脊上的太阳是怎么想的，她不会那么白白地照耀着我。我坐在办公室里面，慢慢地咀嚼和阅读着。

办公室里的太阳

又是在这一刻，太阳照进了我的办公室。我知道，这是昨天那个太阳，那个远远地望着我的近近地抚摸着我的太阳。在这个办公室里，我们是最后一次相遇，最后一次拥抱，在秋天的艳阳里我们都化作光明，在一起厮守，在一起问候，在一起眷恋难舍。我们是这个地球上最相知的男女，亲吻着融化在对方的眼神里。

在这个办公室里我坐了一年又五天。翻开去年今天的一页，当我打开这个房门的时候，它正是午后。远离东面窗口的办公桌，静静地靠在墙角上。阳光已经过去了，太阳已经忘记了这里。暗淡的房间和我新鲜的心理互相撞击着。我坐下来，先打开那部陈旧的电脑，打开我的博客，开始记录我那一天的心情。当我走进网络的时候，我远离故乡的战栗才平复下来，我懂得了世界的远和近。我的以后和故乡的联系就在这个窗口上了。我会永远记住那一天，奥运会结束后的第二天，我在这里上班，奥运会开幕的第八天我走进这个办公室。这一段距离里面，我在想我自己的事。

也就是我坐在这一间办公室的那一天起，我有了自己的故乡。

我在这个小城的秋天里开始了春天的工作。我做的第一件事，就是寻找太阳。我把办公桌从角落里搬到东面的太阳下面。对面是建局时的红色办公楼，坡形的屋脊对着我的窗口，窗户的后面是簇拥的柳树，我的三楼在柳树梢上，如爱鸟人在树梢上搭建的鸟巢。我的新的生活就在太阳底下开始了。

我在这阴面的办公室的不利条件里寻找着优势。我先找到了太阳，我又找到了工作的便利之处。领导就在对面办公，我可以随时请示工作。和我一起工作的同志我也熟悉了。看到大家，男的生得安静，女的长得舒畅，我就放心了。很多人说自己会看相，其实人们都会看相。因为人的品行是写在脸上的。男人生得太漂亮了会有妖气，生得太丑了会有阴气；女人生得太美丽了，就会有怪气，生得太不好看了，就会有恶气。所以，人之和者，介乎二者之间。世界太平，就是因为这二者之间的人占主要的成分。

　　找到了天时地利人和，我的工作开始了。

　　我不想把我这一年身体经历的折磨写在这里。因为看待事物的角度不一样，所以，得出的结论也不一样。诉说苦难的人往往是身在福中不知福，诉说幸福的人往往大意失荆州。我最感到痛苦的是我在写作上找不到感觉。还没有熟悉这里就要写，后来想明白了，故乡的事是一生都写不完的，心里这才开始踏实。

　　喜欢回忆的人是在挖掘思想，爱往前看的人是在积累财富。只有我在故乡带来的两盆花草陪伴着我，一盆是文竹，另一盆也是文竹；一个盆是新的，另一个盆是旧的。我的寄托都在那里面，它们是我的禅。我常常感到满足，是因为我的办公室里有我看到的那个太阳。下一步是什么样子，我还不知道。我知道无论在哪里，太阳都会照耀着我。

太阳出来暖洋洋

今天是 7 月 2 日，是下半年的开始。

太阳早早地照亮了我的房间，我在阳光的照耀下开始了一天的生活。我以为我是阳光的享受者，我以为我在阳光里兴奋着，我连早饭都是那么匆忙，就像喜欢游泳的人见到了江河，我在阳光的河面上，开始了我一天的生活。

用天气预报的术语，是这里笼罩在低温和冷气团的涡旋里。所以，这里一直是雨，一直是寒冷。每天在街上行走的人，都用秋天的衣服裹紧了自己，行色匆匆地在街道上走过。我穿了最厚的线裤，外面是牛仔，但是一点暖意也没有。上天正用这种低温和连日的阴雨袭击着我们。我居住的地方还没有铺平道路，泥泞和水坑铺满我回家的道路。我的皮鞋和我的裤脚都是那种田野的泥。黏、黑，干燥后又十分坚韧。这里原来是一片试验田，后来改造成住宅。建筑商是那种聪明的挣钱人，所以把楼盖成后，又去开发新的地方，这里的一切都还是原始的区域。我们在泥泞里上下班，体会着生活的艰难。有人告诉我们，7 月中旬这里就要进入气温很低的气候，我们一看日期，真的要吓一跳。一年就这么快地冷了吗？

太阳在沉默几天之后今天升起来了。走在路上后背已经发热，我感到我的长衣服已经在热里面开始蒸腾。我说，真的热了吗？

小城的人有着自己的感觉，走在路上，都是暖融融的了，好像蓄足了力量。这个早晨的一瞬间，小城的女人都穿上了新鲜的衣服。

短袖的，鲜艳的，裙子，色彩。放眼一看，都是女人的世界啊！长长的白白的光鲜的大腿，在水泥的马路上跳跃；胸脯儿也在亮着，胳膊也在亮着，忽如一夜春风来，千树万树梨花开。在一个阳光的早晨，小城的人终于找到了自己。男人包裹住自己才雄壮，女人暴露自己才美丽。小城的夏天从今天开始了。

那些鲜亮的花草都没有了颜色，那些马路都暗淡无光。小城的女人们，肩上扛着包，脚下是高跟鞋，有节奏地走着，从小城的北面，小城的南面，小城的东面，小城的西面，会聚着。那是花朵吗？那是芬芳吗？那是精神吗？这座小城好像在阴雨里翻了个身，把鲜艳翻在了阳光之下。女人们，阳光下斑驳的彩色，蓄积的生命，大地都是欢乐的了。

田野里在低温下还在挣扎，绿色还没有掩盖住黑色的土地，土地正为自己的裸露而羞涩。当我看到我惨不忍睹的土地母亲的时候，我就要呼喊的心理已经控制不住。冬天有漫天的白雪，是土地母亲的衣被，春天有不住的风为土地母亲披上大衣，现在是绿色的庄稼覆盖土地母亲的胸膛。但是，雨的女儿来得迟了，阳光的儿子又遮掩在寒冷里面，绿色在自我的完善里挣扎。虽然孝顺，虽然爱戴，虽然成长，一切的一切，都没有表达感情的机会。没有儿子的土地母亲，孤单地生活到今天，阳光的儿子才温暖地降落下来。

太阳出来暖洋洋，暖洋洋。在低温中生活的人和绿色的植物，冬眠了一般。太阳出来了，温暖的太阳正把大地的服装穿戴整齐。那些依偎在母亲怀抱里的人们，还要在绿色里生活下去。

太阳出来暖洋洋。

向 北 望

我以前的办公室在三楼的东北角上，有两个窗户，一个是北面的窗户，一个是东面的窗户。东面的窗户早晨和上午能够看到太阳，虽然有一个旧房子的屋脊阻挡着，但是夏天六点多钟，冬天八点多钟太阳还是会照进我的办公桌，耀眼的光芒包围着我。北面的窗户在临近下班时，一缕斜阳也会照射进来。巨大的柳树在屋角上笼盖着。我在这里度过了一年的时光。虽然找不到写作的感觉，但是能够体会到喧闹，安静很少。

我新的办公室是在一个活动中心的上面，也是三楼。面积大了，也比以前豪华了，但是却离太阳远了。这个房间在正北面，无论是早晨中午还是傍晚，都看不到太阳，也没有阳光照射进来。窗口面对的是一片田野，田野上有气象站，气象站里白色的百叶箱有两个，立在大地上，如穿着白色大衣的漂亮女人，看了让人愉快。我搬过来的时候，秋天已经降临，庄稼的色彩已经暗淡，尽管有阳光强烈的照射，植物泛起的光芒还是很艰涩，如老人即使高兴也不能把老去的皮肤染出鲜嫩来一样。季节已经把最后的时刻带到了田野的身边。我看着阳光的执着和植物的无奈，心里就有着淡淡的凉意。

没有阳光的屋子一直是黑暗的。我坐在办公桌前看文件，学习工会法，打开电脑看新闻。我还不适应这里的没有阳光，我也知道在这里已经等不到太阳出现了。但我还是调整好自己安下心来，开始新的生活。

生活的色彩丰富着我，使我的日子过得很快。我很多的习惯在改变。我基本停止了发送短信，我想把我的心封闭起来，因为很多东西是我所不能解释的。大家都有着防范意识，说话都很谨慎，很害怕说出去的话带来麻烦。我是喝了酒就不停地说，把自己的心里话都说出去，然后轻松地睡觉，轻松地工作。我也知道这样下去是不行的。不说复杂的官场，不说泛滥的情场，就是平时和人们说话。如果是实话，你都会被睁大的眼睛看着。女人怕欺骗，以为所有的男人都是有所图的；男人怕纠缠，以为所有的女人都是蒸熟的年糕。

阳光不照耀我，并不是不照耀别人。这是一个君子国，大家都有着自己圈子里的事。看不到世界不要紧，这里是天下最大的地方。喜欢体育运动，打乒乓球的人很多，而且打得好的人也很多；喜欢喝酒，酒的好坏是次要的，但是要喝，喝是硬道理；喜欢工作，无论什么工作都要争第一，第一的荣耀鼓舞着每个人；喜欢摄影，四季分明的变化和丘陵的地势，给摄影带来了得天独厚的好处，谁都可以拿出一个像样的照相机，叉着腿站在那里照；喜欢文学，出书发表文章是这里一些人的爱好，这么美丽的地方，成为文学的温床；喜欢交往，在这么偏远的地方，人情是相互温暖的基础，人的一生能够认识几个人呢？这里大家都认识，真好；喜欢婚姻自由，喜欢真实的爱，很多勇敢者在追求的路上走得很远，思想的解放使都市都望尘莫及。如果说昔日这里曾经是一片荒漠，那么今天这里已经是一片生长着仙人掌的乐园。

我在热爱阳光的时候，想把一切都放在明亮的地方。没有阳光，我可以在我的意识里画出太阳，我的太阳在我的心里放射着光芒。每当我感到累了，眼睛被黑暗弄得花了，我就站在窗口，向外张望。我的太阳在头上，我的眼睛在远方。向北望，广袤的原野，天空如蓝色的幻化的海洋。我的心飞出去，飞出去，那远远地驮着阳光滑翔的鹰，正是我。

九三的雪

雪，突然就飘落下来了。

我来到这里，已经有好多次下雪了，但是每一次落在地上，就化掉了，空气反而很湿润，风也不那样凛冽，有时竟然有着春风般的柔情。看着脚下湿乎乎的融雪，我走在路上还有几分得意。因为这座小城，四周都是田野，城市坐落在田野的高坡上，就有一种田野空旷，居高而望的感觉。我上班的路是小城的二马路，从东走向西，马路的尽头就是收获后的大豆地。地里虽然没有了庄稼，但是土地本身的雄壮和厚重，会给人一种奔腾的撞击。特别是雪后，那隆起的田野，银装素裹，甚是壮观。

雪，一场一场地下着。每次寒流到来，它落在地上的足迹就是纷扰的雪花。化了再落，落了再化。终于有一天，大雪不歇，堆积而卧，满地皆白；人在上面走就有了咯吱咯吱的声音，车在上面走就小心翼翼了。人们把脖子缩进衣领里面，互相在说，这场雪能站住了，站住了。我知道这里面的意思，就是说这场雪不会化成水了。

雪后开始了寒冷，风也硬得如刀。在田野上飘过来的风，在可怜的小城里面肆虐着，本来很稀少的人群，就更加稀少了。满地小蚂蚱一样的小面包车，秋后的蜻蜓一样地乱飞。这些出租车知道大家的心理，谁也不愿意在冷风里面走，几步路也会坐车的。积雪被碾压得如冰，人在上面走都要滑倒的样子。可是车却有经验地行驶着。

这里有这么多的雪，是我没有想到的。小的时候，我的故乡也

58

会有这么多的雪。可是不知道从哪一天开始，雪就小了，少了，几乎没有了。过去白色的草原，现在是一片黄色。而这里雪就勤，就大，真是一派北国风光。我的故乡虽然距离九三只有几百公里，但是，雪，是不一样的。故乡的雪，如敲敲打打送新娘的队伍，摇摇摆摆走着秧歌步。这里的雪，如农民起义，刀枪剑戟，风风火火闯九州。那种匆忙，那种大兵团作战的宏伟气势，令人赞叹。有时，在窗口刚看到下雪，推门的时候，已是遍野洁白了。雪起的时候，也不知道是从哪里来，好像是从收获的田野里生长出来，呼呼地喷涌着。要是夜晚，雪的颗粒就如流星般千丝万线地织满了黑暗。我就想，这雪，是九三所独有的吗？这种寒冷和飘雪，有着一种看不见的界限。往南到讷河市，雪就少了，渐渐地没有了。而寒冷到了讷河市，也会减弱很多。我曾经在九三的荣军农场的田间路上走过。这个农场的土地一部分在讷河市境内，一部分在嫩江县境内。在讷河市境内的土地上黑黝黝一片，没有一丝雪，而嫩江县境内的土地上却铺了很厚的雪。这天地之间划出的明显的界限，是我没有想到的。每次火车过了讷河市，向北，我风湿的腿就有了感觉。

落雪使小城变得寒冷。它站在高坡之上，任风雪吹打。看着眼前的楼房和道路，想当年，这里是低矮的土屋。漫天的大雪覆盖下，垦荒者会很费力地推开门扉，爬到天底下来，然后会高兴地说，又是一个丰收年。雪与人，天与地，都美妙地结合在一起了，而今积雪在阳光里面闪烁着。人们的脚步快了，身上的衣服厚了，屋子里面也暖和起来。冬天在雪花的纷飞里，来了。幸福的人群，在想着什么呢？

这里的雪，是大兴安岭余脉，带着山野的粗放和凶猛的雪，它曾经培育过郁郁葱葱的红松；这里的雪，是丘陵漫岗的土地，带着北大荒的大气和雄浑的雪，它曾经帮助过战天斗地的垦荒者；这里的雪，是荒凉和人气的斗争，带着野狼的嚎叫和机群怒吼般的雪，它曾经记录了人与自然的力量。我知道了这雪的不同，知道了这雪的眷恋，知道了这雪的燃烧，我更知道了这里的人为什么爱着这里。其实，爱的是这里的和他们性格一样的雪。

雪花飘飘，雪花飘飘。

9 月 3 日

今天是 9 月 3 日。

这是这座小城的生日。一个城市的生日不像一个人的生日，人的生日具体到哪一年的哪一月，哪一月的哪一天，哪一天的哪个时辰，哪一时辰的哪一刻，"哇"的一声嘹亮地一哭，告诉世界"我来了！"而一座城市诞生就很复杂。如果说从第一个人的到来和挖开第一锹土算起，因为不知道未来是什么样子，谁也不会去记载这件事。直到真的城市出现了，人们才会去追寻那个挖第一锹土的人。因为没有记载，很可能追溯到的是后面的第二第三锹土，或者是第一锹土之前那些虚妄的日子。记得齐齐哈尔市建城的历史是专人在北京的图书馆里查出来的，三百年前的某一天，卜奎的官兵以土筑城墙，以敌外夷，简单的几行字就决定了卜奎城的历史。所以，是不是真的三百年，只有人心里知道。历史是被人随意打扮的，所以有看破的，就考证出卜奎是八百年的历史。中国上下五千年，臆造的空间很大。所以，一个城市真正的生日，就如被遗弃的婴儿，因为没有父母，生日就可以随意制造了。

而九三却不是这个样子。这个地方有人的时间很长，但是没有形成规模，直到 1949 年，才开始建设规模化的农场。如果把日本人开拓团在这里耕作也算上，那历史还会更长。因为我们的官兵来这里开荒的时候，日本人已经在这里开垦了。或者说日本人开垦之前就有中国的边民来这里生存了，但是只有我们把这里建设起来了。

所以我们回顾那段历史，虽然荣军农场是 1949 年 10 月建立的，鹤山农场是 1949 年 3 月建立的，当我们壮大的时候，我们就可以用抗日的胜利日来做这里的名字，并把 1946 年 9 月 3 日确定为建立的日期。这种模糊为一个有意义的日子为纪念日，纯粹是政治的成分多，思想的意义多，准确性差，历史性差。但是因为日本人的侵略，把对日本人的仇恨刻记在建立的日期里，以表示不忘国耻，还是有极深刻的意义的。所以，9 月 3 日，是九三分局的纪念日，也是战胜日本人的纪念日，真是很有寓意。

我也同时想起了我的家乡，那个叫作哈拉海的地方。现在的哈拉海农场已经建设得很好了。它的建立当时也很模糊，1954 年春天就有人来踏查了。当时的扎兰屯军马场要扩大，要在哈拉海建一个分场，有四个人来到哈拉海考察。当时哈拉海是无人居住的大甸子，水草丰美，于是就决定在这里建场。到了二十世纪九十年代中期的时候，当时的场长想搞场庆，就选择了 1956 年做建场的日子。这个场长在 1996 年搞了场庆，1997 年末他就回家了。于是就默认了 1956 年是场子成立的日子。

哈拉海这个地名，我们最早理解的时候，是当作满族的语言对待的。后来我认识一个达斡尔族的朋友，他正研究达斡尔族的历史，他告诉我哈拉海是达斡尔语。我让他解释，他也稀里糊涂的，他还强调哈拉海大甸子是他们游牧的地方。后来我到网上查了资料，知道了哈拉海的确是达斡尔语，乃"黑色"之意，意蕴这里的土地油黑，水草丰美。

六十年真是一个不长的时间。还有一个老红军健在。据说他当年是被挑着过草地的，那时候他才九岁。现在他参加建设的农场都六十岁了，他该多大岁数了？我想他的岁数是真实的。

支边青年

今年是支边青年五十周年。

我和九三的支边青年一起去哈尔滨。中途吃饭的时候，我和他们坐在一起，才认识他们。四个人都已经老了，当年来的时候也就十七八岁，还是孩子。在北大荒工作，结婚，成家，直到退休，他们都是从山东来的。我在哈拉海农场的时候，场里大多数都是山东支边来的。看着他们的举动，听着他们的言谈，眼神里积存的那种对当年过多的回忆，以及那种弯着胳膊肘吸烟的动作，我感到十分亲切。尤其他们的脸，我是看惯了的，下颚骨的清晰和力量，使我想起他们当年撕咬煎饼和坚硬的玉米面饼子时的情形。浓眉大眼，方脸膛，五官周正，身材高大，这些描写几乎都说的是山东人。也就是说，在北大荒挺起脊梁的都是山东河北河南来的人。中原大地齐鲁大地的文化教育了他们，玉米和小麦也养育了他们。

会议是以他们的发言为主的，每个发言的人情绪都很激动，他们一下子就回到了当年，当年的寒冷与荒凉他们记忆犹新。冬天居住在拉赫辫搭建的房子里，地上铺上一层草，被子卷成一个桶，人钻进去，在里面不敢动弹。寒冷使他们的脸上挂满了霜雪，很多人受不了跑回去了，剩下的就成了北大荒的中坚力量。这些男人们娶了附近农村的女人做妻子。附近村屯成了农场的老丈人村，现在说起来这些支边青年还津津乐道。山东和东北人的结合，生育的子女已经成长起来。他们在父辈开垦的土地上驾驶着现代化的机械耕作。

垦区提出的场县共建，其实真正的场县共建在开垦北大荒的时候就开始了。那种原始的场县共建，才是真正意义上的共建啊！

早餐的时候，我看到那些吃饭的人们，玉米粥很快就被喝没了，喝粥是这些人的特点。他们穿得很朴素，没有出门的机会，现在机会来了，也不可能去买衣服，还是当年那种黑色灰色老式的衣服，很干净。女人们穿着鲜艳的红色的衣服，还有的穿上了毛衣，天气开始冷了，他们坐着电梯去住宿的房间，挨着门找认识的人说话。这么老了，问的还是老家的事。故乡那片土地还在他们心里装着呢。他们顽强地生存，正是故乡在支持着。

真正把北大荒作为故乡的是他们的下一代。父母离去的时候会把故乡也带走，儿女们会把祖籍留下。那么北大荒作为真正的故乡就从支边青年的下一代开始了。这片土地上就会生生不息地繁衍下去。几十年，几百年，几千年，谁还会把史书上的尘土扫去，追究这片土地上迁移人群的历史呢？支边人的后代是地道的北大荒人了。

很多联系不上的事情

　　最近很忙，最近事情很多，最近累得喘不上气来等语言，是挂在人们的嘴上的。我有很多的朋友，没有联系的时候我就会说忙。究竟有多忙呢？我也弄不明白。我在农场的时候，大家说忙，我就说我们不种地不养牛，忙什么呢？后来才知道他们在忙着应付上级，下面也没有什么忙的。上级和下级，之间是我们，我们是一道墙，挡住了上级，关住了下级。这种工作也很累，也很忙。

　　忙着忙着天就凉了，一年就过去了。春江水暖鸭先知。一冷，我的脚就开始疼，我知道寒冷要来了，于是就到商店买一双鞋。鞋是厚的，穿上很暖和，但是还是早了点，大地还没有结冰呢。我过早地穿上棉鞋，就有几分滑稽，但是穿上了就脱不下去。我想起我在农场时搞广场雕塑，我把我对过去的回忆，过去北大荒的故事说出来，雕塑家很聪明，在广场上就雕塑了一只大头鞋。那只温暖而形象的大头鞋，给人很多的想象。

　　有很多事情是和人的心思相远的。我怕冷，可是还要到这最冷的地方，经受着考验。所以，世界上让人最不能容忍的是要忍耐。一切我都能忍耐，但是我怕喝酒，喝了酒就会忍不住。我的好朋友往事（他的网名）和我在一起的时候，我劝他喝白酒，他不喝。他说他以前是喝白酒的，可是喝了白酒就会放开地说。现在是干部了，就要管住自己的嘴，所以就不喝白酒，喝啤酒。啤酒把肚子灌满了，就不喝了，也不醉了，就不会什么都说了。我学他，昨天就喝啤酒。

64

可是我喝啤酒也会胡说，那就真的没有办法了。

这次在哈尔滨遇见一个写作的女性，她很欣赏我的小说，我就很得意。可是因为忙，许多小说计划都放下了。秋天来了，又是一个写小说的机会，可惜还是忙。其实我写作是打发闲暇的生活，可是因为有人读，我就会写得很快乐。有时候忙得把写作都忘了，就会有朋友提醒我，他正在看我的书，被我的书吸引了，他已经好久没有读过这么好的书了；如果是女性，她就会说，她正抱着我的书，读着我的句子，在想我写这些句子的情景，然后把那些句子发到我的手机上。我被这些男人和女人的鼓励弄得神魂颠倒。我知道了世界上最美好的事，就是别人吹捧你。于是我就会继续写。我的思维里有写不完的东西，即使偶尔无病呻吟，也是故弄玄虚而哗众取宠。我不会玩弄文字，就如我不会玩弄人生，就如我不会欺骗朋友一样。生活有多么广阔，写作就会有多么丰富。作家马未都曾经每天写一篇博文，我知道每个人都有一天写一篇博文的能力，只是每个人有每个人的爱好，家长里短，马瘦毛长，都有自己的活法。只有我这样内向的人，没有酒精和愤怒就无法打开魔瓶的人，才会去写。

当今写作的高手很多，特别是网络上的一些高手，我看了他们的小说，在知道他们的年纪之后，我很佩服。我研究了他们的语言，他们语言的含量和爆发力都很强，小小的年纪，竟如此的老辣，不是一个韩寒和郭敬明能比的。所以，我就想，我们国家是藏龙卧虎的，如果有机会，会写出很多好作品，不愁诺贝尔奖。小说真是越写越开阔啊！

我还想说的是，我需要寂寞。每当寂寞的时候，我会有思想，我想思想也是很可怕的东西。季羡林是国学大师，他到天国里去教诲的时候我就想，如果他依然在人类里生存，或者和他一样的伟人依然在人类里生存，永远地活着，那么会是什么样子呢？会有什么样的思想产生呢？我就突然害怕起来。那些学者们一旦研究到了高峰，生命的历程正好是岁月的高龄，也就是说谁也研究不透，都是一代一代地延续。这种接力式的发展，才让这个世界不崩溃。如果孔子活到现在，会是什么样子呢？我们在往天上爬，梯子是一节一节的，一个一个的，思想把我们连接在一起，爬上天空那一天永远不会到来。

那就接着爬吧。

今天是教师节。我离开教师队伍是 1985 年 8 月。第一个教师节到来的时候，我还作为教师参加了这个节日，并且在办公楼的门前照了照片。我想那张照片上的老师几乎都退休了，就几个留在学校里也已经离退休不远了。我很想念那时候的教师生活，也很想念那个光明的课堂，也想念和我一起教书的男老师和女老师们，我仿佛又听到了孩子们的读书声。在这个教师节里，我已经没有要写的东西了。我想说的是，我还爱着那个教室，爱着那些孩子们……

我扑向雪的怀抱

当我要记下这一瞬间的经历的时候，我不知道用什么题目好。

同样的，我也无法描写这里的天空。那空远的天空就像一个喜欢生育的女人，刚刚休息两天，大雪就又下起来了。太阳匆忙照耀的时光很短，屋脊上的雪化成了冰溜子，滴到地上的水，马上就冻成了冰。早晨上班的时候，我就小心地从冰上走过去。我不怕冰，我小的时候是在河水旁边长大，对于冰我是无所畏惧的。我在冰面上滑冰车，在陡峭的冰上打出溜滑，我常常以自己打得最远而得意。

这种童年的快乐，并没有消失，现在的儿童们依然在玩着。我住房的对面是一个很大的广场，广场上面人们做了很多冰灯。在靠近主席台的地方，人们用冰搭建了一个滑梯。孩子们在高高的滑梯上面滑下来，就会兴奋地叫着，脸上很是幸福，这是这里冬季广场上唯一有欢乐的地方。我有时候深夜回宿舍，还看见有家长陪着孩子在玩。从滑梯上滑下来的那一瞬间，快乐就诞生在心里了。就是为了追求这一瞬间的欢乐，孩子们要爬到高台之上，这种劳累和艰险孩子们都忘记了，他们被滑梯滑下去那一瞬间的欢快鼓舞着。

我感慨地想，人何尝不是在追求这一瞬间的快乐呢？小的时候是滑梯，成年后就是男女之间那一瞬间的快乐了。这样想，快乐是短暂的，而更多的时间是平淡和孤单的。

我就不再细说了，还是说那场雪。到了中午雪已经下了一鞋底那么厚了，天空还是迷蒙的。雪还在下，我就要回家吃饭了。路上的雪是春天的雪，软而湿，如蜂蜜一样的黏。我知道我的门前这两天屋顶上的雪水流下来，结了很多的冰，现在已经被雪覆盖上了。到了有冰的地方，我小心地往前走。在我前脚踩到冰上，后脚抬起的一瞬间，脚下一滑，我向后面倒过去。我想控制，但是脚下是滑的，我的胳膊在空中摇晃，很快我的屁股接触了地面，我的身体接触了地面，我的头也向后面仰过去。我没来得及想，已经躺在地上了。幸好羽绒服垫在了身后，羽绒服的帽子垫在了我的脖子上，我的头没有接触地面。我没有看一眼天空，就迅速地从雪地里爬起来，身上是湿漉漉的积雪。进到屋里，我向大家讲述了我的经历。不用讲，大家看到我后背上的雪，就知道我摔倒了。于是大家也开始讲述他们在广场上走，光滑的地板砖滑倒他们的情景。大家问我摔坏没有，我说没有。我高兴地和大家吃饭。

吃完饭，我回到床上休息。看着外面的大雪，我不想睡觉。我就继续读张贤亮的长篇小说《一亿陆》。这篇近乎荒诞的小说讲述人类在现代化之后生育受到的挑战。我已经读到结尾，小姐出身的三奶要给主人生一个儿子，正在一亿陆的身上掘取最后的人类的精华。这时候我靠在床头上的脖子感到很硬，我以为姿势不对，就换了姿势，可是依然难受。我突然想到了刚才的摔倒，我真的受到了打击。我又想到刚才妻子的话，自己不由得笑起来。

我把我摔倒的事告诉妻子之后，除了惦记，妻子就疑惑地问我：你不是喜欢低着头走路吗？怎么会摔倒呢？

妻子对我低着头走路一直有想法，说我把脊背都弄驼了。我在这里因为冷，腰腿疼，直不起腰来。远处看，好像就有些驼背了，其实走几步就会直起腰。可是今天一想，要不是背有些驼，倒下去肯定就会摔着头了。这生活真是没有办法解释呀。

这时候，外面还下着雪。那种天空生育的快感，迷惑着我。在我摔倒的狼狈里，我触摸到了雪的柔软和湿润。我不知道我沉重的身体倒下去的时候，天空这个美丽的女人是否看到了，是否笑了。可是我手里的雪的婴儿已经化成了水，在我红红的手掌上的河床里流淌。

天空的雪依然在下着。下雪是天空的义务。

多雪的冬天

今年这里的雪特别大又特别多。

一场一场的雪，好像要埋没这个小城似的，不停地下着。冬天的雪是冷的，春天的雪是暖的，无论冷与暖，覆盖在大地上，白茫茫一片，十分壮观。田野上只有树木从雪中钻出来，所有的一切都在大雪下面睡着了。雪大，风也大。公路上一道一道的雪墙，挡住了来往的车辆。大卡车冲过雪墙，掀起冲天的雪幕；小车在车辙里扭着秧歌，侥幸地逃脱出来，风很快就把车辙填满了雪。小城里的人们在忙着扫雪。很多冬闲的人们承包了扫雪，但是，今年的雪多，打扫起来他们很累。

我也是很多年没有看到这么勤的雪了。小城里是堆积如山的雪，小城外是遍野的雪。北国风光，千里冰封，万里雪飘。一切好像又回到了领袖所描写的时代。

在那个冰雪的日子里，虽然被现在说成是一个最没有文化的时期，在我的记忆里，那个所谓的"文革"时代，读书的人也是很多的。我就记得场里的图书馆会来很多的新书。其中就有苏联小说《多雪的冬天》，据说是描写当时苏联政权内部斗争的。我也曾经把这本书拿到手，因为苏联人长长的姓名，我无法读下去。那个时候很有意思，经常有小道消息传出来，说谁推荐的什么书，于是领导者就会读，据说江青还推荐过《红与黑》这本书。那个时代把读书当作政治来对待。我就听过一个当时很有影响的人物给我们做报告，据说这个人读了很多的书，讲得非常好。

我当时在造纸厂当工人，和大家一起被安排在会场上来听这个学者的报告。他是一个军人，戴着眼镜，把一张一张纸片拿到眼睛跟前，细细地看着，然后大一小一地讲着形势任务，把大家都讲糊涂了。记得他也让大家读一读《多雪的冬天》这本书，看苏联是怎么变成修正主义的。所以那时候读书都是有政治目的的。每本书要表现什么政治意图，传达什么时代精神，是读书也是写书的根本任务。说起来也是很可笑的，我做语文教师五年多，几乎每篇课文都要讲中心思想、段落大意。规范的公式是："通过什么……说明了什么……告诉了我们什么……我们学到了什么……"虽然我教学的时候已经脱离了那个疯狂的时代，但是，读书育人还是根本。可是我们教来教去，孩子们学到生存的本领了吗？谁还用段落大意中心思想去写文章啊？可怜的教育。

　　也许大家会说改革开放三十年过去了，人们的思想变化了，这是事实。但是要想从思想上根本改变，还是很困难的。我们看晚会、节目，其实主要是娱乐，乐了就行了。如果睡觉还乐，就说明这个作品太好了，可是我们还有的人就不这么想。他们首先要问这个作品政治上表现的是什么啊，没有政治意义啊，俗气啊等等。就是我十分敬佩的解放思想最早的写《潘金莲》的魏明伦不也指出小品《不差钱》没有政治意义吗？要说小品《不差钱》有多么好，还不敢说，但是它让人们笑了，就是成功了。千金难买一笑。生活的幸福不就是笑吗？所以春晚很多小品不成功，就是没有立足到把生活的笑料艺术化，而是把小品政治化，才使得春晚越来越难办。主办者，或者叫央视，一心想教育人、感动人，追求形象感、时代感，那么春晚早晚会被唾弃。赵本山最伟大之处就是逗人乐，逗人乐就受到欢迎。二人转也就是逗人乐的艺术。

　　大雪为什么要这么下，我也突然明白了。毛泽东有诗云：梅花欢喜漫天雪，冻死苍蝇未足奇。我们脑海里面有多的传统的公式化的东西，或者说极端化和狭隘政治化的东西，在大雪里发生一些变化，对这个社会是有好处的。老百姓就是挣钱吃饭养儿育女，其他的都是没用的。也许这多雪的冬天，正是生机勃发的春天的开始啊！

冬天，是一个童话

　　这些天九三好像非常的冷，每一缕风打在脸上都很坚硬。雪花说飘起来就飘起来，这座不大的小城，到处都是雪。如果现在让我说，这座小城到底有什么值得炫耀的，我马上就可以告诉你，那就是扫雪。由于天冷，雪下得勤，小城到处都是雪。可是路上和广场是绝对没有雪的，任何一个公共场所都是没有雪的。人们已经习惯在雪飘下来时就开始打扫了。无论雪在路上堆积多少，都会被清扫得干干净净的。昨天夜里很晚了，我往住处走的时候，还可以看见广场上有人在打扫雪。本来已经都清扫干净了，可是还是要把散落下来的碎雪打扫干净。看到扫雪人的认真模样，我都受了感动。这里已经形成了雪的文化。

　　有了雪，就有了新的生命。我就感到，没有雪的冬天，就像成熟的男人还没有伴侣，干冷干冷地在那里干靠着。看着冬天屹立在北方，但是只有冷，那种孤傲和孤单，就没有了神韵。有了雪，冬天就不一样了。雪是冬天的伴侣，是冬天的贵夫人。那种艳美，只有在多雪的寒冬才能感觉到。如果向远远的田野看去，白白的一片，白天和太阳一样放射着美丽的色彩；夜晚和月亮一样宁静可爱。街道和房舍中的雪，经过人工的清扫和堆积，正老化成雕塑，一点点，一块块，和人们生活在一起；屋檐上的雪，结成一片白色的素绢，铺盖着；树木上的雪，虽然只是零星的，却看出了雪的坚韧。因为有了雪，这座小城就在雪的童话里面开始做梦；因为有了雪，这座小城变得壮丽起来。

冬天在哪里？在人们厚厚的衣服上，在人们匆匆的脚步里面。而真正的冬天，在飘飞的大雪里面。戴上口罩的女人们，就露出一双眼睛，闪闪的，十分好看。哦，雪后的女人都美丽起来了。

冬天在哪里？在城市上空的烟雾里，在乡下寂寞的原野上。而真正的冬天，在累累的积雪里面。男人的脚步在积雪上走过，雪的叫声在空中飘起来，会传得很远。

我其实并不想说这些。这几天的寒冷，使我对冬天有了新的解释。我知道，对于冬天的逃避是不可取的。冬天正是春天的开始，我们越是感到冬天的寒冷，那暖春就离我们不远了。有时候，我还希望冬天的脚步慢一些，因为冬天正是一年的结束和一年的开始。

冬天，是一个童话，是季节讲述给我们的一个童话，是对雪花讲述的一个童话。

装在套子里的人

　　每个周末我都要回到城市里面去，并不是度假，而是购买新的御寒的衣物。现在算起来，我出入城市的商场已经有七八次了。先是买毛衣，又买棉的鞋子。本来以为一件棉袄就可以了，可是寒流到来以后，棉袄就和单薄的衬衣一样，于是，下个星期就又买新的御寒衣物。看着服务员热情的笑脸和夸赞衣服的口气，以为驼绒的衣服就很保暖了。服务员还让我到外面试一试，不暖和就退回。我就忘记了这里和我工作的地方温度是不一样的，穿了在大街上走，热得很，以为这次购物是胜利了。可是来到我工作的地方，刚穿了两天，就冷得不得了。于是，一到周末，我又急忙赶回市里，准备购买新的衣服。

　　这一次我想好了，一定买一件羽绒服。上几次试了一下，因为自己身体的肥胖，穿上羽绒服就成了圆的，有些伤大雅，才没有购买。其实，羽绒服是最御寒的，我选了一件蓝色的羽绒服。

　　现在的羽绒服设计得都很好看。但是细一看，就会发现许多的线头，很粗糙的样子，不过价格很低。想在过去，冬天最好的是皮大衣，现在皮大衣很少了，普天下都是羽绒服了。我想这算不算是衣服历史上的一次革命呢？改革三十年，衣着的变化是最快的，国人们都和巴黎的流行色联系在一起了。记得三十年前，我最好的冬季衣服是里面穿一件小棉袄，外面是一件呢子大衣。这件大衣还是用妻子的奖金买的。站在冬季的阳光里面，妻子看着我穿在身上的大衣，心里很知足。幸福地在鹤城的大街上走进了"一百"，然后又走进了"联营"。当我站在大学同学面前表现着自己的衣着的时候，大家都暗记在心里，很快全班就都穿上了呢子大衣。

并不是我引领了新潮。我们学习的人都是拖家带口的，生活都不宽裕，每个人中午带的饭几乎都是粗粮。但是有人穿了新的衣服，他们回到家里后或者在自己的心里就有了决心。那个冬季，我们班一律是黑色的呢子大衣。想想看，教室里会多么壮观啊！我的教外国文学的石老师，他在开讲俄罗斯文学时，会对我们这些列宁式的服装调侃一番，才开始讲伟大的俄罗斯文学，讲普希金，讲托尔斯泰，然后看着我们无论男女都穿着呢子大衣，走到风雪里面去。

可是我发现我穿上羽绒服之后，寒流就过去了，天气暖和起来。我在列车里面把羽绒服脱下来，抱在胸前，以暖和我怕冷的肚子。这时候，我看了车厢里面所有穿羽绒服的人，和我一个颜色的占了九成，而且样子都是一样的。下了火车，看见九三的站台上虽然铺了霜花，但是天气并不冷。直到我下班后在九三的大街上行走，也没有感觉到寒冷。

我在想，我用羽绒服把自己包住是不是多余了呢？

公　牛

　　广场的西面有个大门。因为是广场，所谓门，就是象征意义的了。上面是飞跨的一个虹一样的不锈钢架，上面是灯。地上是几个不锈钢的桩子，拦截车辆进入，十几米宽的通道铺着石板。从这个西门走出去，就是一条笔直的大道，大道的尽头是广阔的田野。

　　入冬的时候，通道上便卸下了很多冰块。我和上校每天走过的时候，上校会很细致地端详着长方形的冰块。他在丹东长大，没有见过黑龙江的冰灯。他就问我，这些冰块是在槽子里面冻出来的吗？我就笑着告诉他，这是在河里面切割出来的。要是槽子冻出来的，怎么拿出来啊？他就明白了。

　　我们都知道，这是要做冰灯了。看着冰块一天天多起来，然后又垒起来，我不知道是做什么样的冰灯。等到寒冷剧烈的时候，我从家里回到九三，突然发现冰灯做成了。

　　是一头牛。

　　是一头用冰块垒出又切割出的巨大的牛，晶莹、雄壮、莽实。头冲西，头低下来，屁股撅起来，做出俯冲的样子，正要顶出去。它的前方就是那条笔直的连着原野的路，一旦腾空而起，瞬间就会在路上消失掉。路与牛，路与牛的姿势，恰好地连接在一起，给人开阔的感觉。

　　我很佩服牛的缔造者，很有艺术性和整体观念。

　　我又看牛，是一头公牛，这更是恰到好处。只有公牛才配这样的环境和能营造出这样的气势。

人们对我说，明年是牛年，自然就要塑造牛的形象了。我一愣，牛年就要到了，那么这头牛的意义就更加巨大了。它不单是一头奋进的牛，更是纪念牛年的牛，是属相里的牛。

我就有了新的想法。属相里的牛是公牛吗？我们共有十二个属相，每年一个的属相，是公的还是母的呢？我想这应该是个重要的问题了。就像大家争辩的菩萨是男是女的问题一样，我们国人对性别是很重视的。因为这涉及男尊女尊的问题，涉及地位问题，涉及谁说了算的问题，是原则问题。如果是公的，男的地位就高；如果是母的，女的就统治天下。于是，这个雕塑是公牛，就需要研究了。

我认为属相里面，都是母的。这有历年来尊崇的属相为证，谁也不会找出一个公的来。

当然，人们会说雕塑公的形象，有奋进的意思，母的就不好表现这个主题。我说这就错了，我觉得这种奋进应该休息一下了。让母的来坐一回江山，改变那种冲冲打打的形象，按规律办事，温文尔雅，有条有理，这样治理的事业和天下，不是更好吗？不是更以人为本吗？我们还残留着战争年代和革命年代的痕迹，动不动就喊口号，就激动，就山呼海啸，结果让人精疲力竭，享受不到生活的乐趣和生命的意义。

如果那头公牛会跑起来，我想肯定会跑到远远的田野上去，这是公牛的性格。如果是一头母牛，就会在家园里面吃草，然后让主人挤奶，洁白的乳浆就会给人类带来营养。

但愿春天到来的时候，春风化掉的是体现公牛的那一部分。

狂欢夜的畅想

圣诞到来的时候，我就想写点什么，因为我感到这个洋节越来越被人看重了。先前是学生们过这个节日，现在是中年的女性也参加进来了。只有成熟的男性还在装，用不了多久，这个节日就会普及。因为它的到来，正是大家上班的时候，下了班，把团聚当成了节日，会很随意的。

这一周到农场去，很忙。早晨很早就起来，天还没有亮就出发了。路上和山野里都是皑皑白雪，树木围出的耕地里，白雪覆盖着，是一种别样的景致。我就想到了圣诞，想到了圣诞老人，也只有这样的雪地，才应该有圣诞的神话。我不知道如何描写这样的雪景。她广阔得像天空，洁白得像大海，美丽得如一只洗浴后的天鹅，冷静得如仙女一般。上帝啊，这是谁居住的地方啊，我真的陶醉了。看着一条条的防风林，那么忠实地守候着这片圣洁的地方，如一群痴迷的男人，我很感动。这里的落叶松落下了叶子，是黑色的。而高高的杨树，都有伤痕累累的样子。树的身上到处是枝丫，没有树冠。虽然都是杨树，但是哪有我家乡的杨树那样养尊处优，光洁雍容？雪在风里，在车灯的照射下，是流淌的冰晶，是冰的激流；雪在安静的空气里，缓慢而沉稳，是散步的孕妇，是夏日里睡醒的汉子。这种沉思着落下来的雪，带来的是安稳的生活。我在窗前看着，一派北国风光。

这种美是九三的美了。

我想在这里多写一些，明天是周六，我想多睡一会儿，然后等待中午的到来。

我喜欢这里的人讲述他们知道的故事。日本人当年在这里开拓的时候，中日孩子们的交往。听说一个八十岁的日本老人要到这里来看，来寻找，我就感到了这里的历史。

改革开放三十年了，今天的面貌是没有想到的。我想当初自己还对过去的事业很留恋呢。分田地的时候，我和一个从农村来的老师说起来，他就感叹，回想当年村里的欢乐，对当时不满意。他也是个才子，文章写得非常好，他说他要写一部反映农村的长篇小说，记录那段历史。据说这里的农村是不愿意分田的。"上面放，下面望，中间有个顶门杠"，说就是的当时改革的艰难。"骑着摩托扛着秤，跟着小平干革命"，当时的民营经济就是这样开始的。一个摩托，一杆秤，就开始了。

我也说出哪里在变化。谁会想到手机会这么多呢？我记得当时的领导有个手机，他把手机用柔软的布包起来，打电话的时候，要慢慢地打开，要是接电话，等到打开布包，通话早就结束了。再就是矿泉水，谁会想到花钱买水喝呢？还有方便面，改变了人们的生活。

三十年，真是一场革命。

有时候我也会想，资料说美国经济危机会导致美国落后。可是我还真的怕美国落后了。这个地球上，没有美国的引领，好像会寂寞。美国真的若垮了，连个偶像都没了。地球还是要转，这也是真的。

过去下班后，晚上没事，就在办公室打理博客。现在就不行了，天冷得很，也就不愿意再到办公室里面用功了，所以写得也就少了。

一月一日谈

醒来的时候，已经是新的一年了。

这一个夜晚，消耗了 2008 年的最后一顿酒，翻滚的火锅煮烂了一年的思绪，也煮化了一年的坎坷。几杯淡酒下肚，就开始浑身发热了。

想起在酒的兴奋里，望着冬日里北国的阳光，还没有忘记给朋友们一个吻别，然后在汽车的摇晃里看着日落。我不知道为什么 2008 年最后一天的太阳会这么早地要落下去，当我看到远方烧红的太阳还有一半望着大地的时候，正是午后的三点五十分，当半圆的太阳变化成女人一张抹了口红的嘴的时候，变化成女人上眼皮一条眼影的时候，太阳就落山了，这一刻只有四分钟。西边的天空就有了一条桃红，一片光幕。淡蓝色的被太阳的余晖烧烤着的天空，明亮地映衬着广阔的大地。丘陵上的防风林，排列整齐，如窈窕的裸女在抖擞着风情。树枝如臂，树冠如头，婀娜百态，垂涎欲滴；有时看去，又如倒放的木梳，刺向天空，把天空梳理得没有一丝云线，光洁得如新嫁娘的发髻。我感叹阳光的魅力，直到我走近那座城市的时候，光亮还在照射着。

这一年度过的生活我不知道有多么不可预测。在我人生的过程中，我又一次改变了我的居住地，把那永久的故乡留在身后。我因此痛恨自己在当初职业上的选择，使我在有一天离开我的故乡。其实，我完全可以和我的同伴们一起在那块土地上疲倦地耕耘，然后用粗糙的手指拿起发烫的馒头，在干燥的嘴唇和满脸的皱褶里面，十分满足地填饱饥饿的肚子。就这样，我依然会幸福地为看到自己的家乡而知足。那种最低的欲望，使我最快地获得满足。只要守候着这片叫作故乡的地方，就无所求了。可是我不得不告别了它。

其实，新的地方也许更好，也许这样才叫进步。即使天是冷的，但是天是广阔的；即使人是陌生的，但是人是亲近的；即使感觉在天边，但是地球是圆的。我没有可以挑剔的。我所遗憾的是，很长一段时间我的文章组织不到一起，思想是零星的碎片。我还没有把这里和我的感情编织在一起，但是我的写作也会由此开始变化。

记者追问普京，你的至爱是什么？普京说，俄罗斯。

几乎每个政治精英都爱着自己的祖国，但是像普京这样爱着的，很少。他把一个落后的俄罗斯，打造成一个新的俄罗斯，他骨子里的民族主义决定了他的勇往直前。所以，爱有了寄托，就有了力量。

新的一年里的 1 月 1 日，正是起点，要做的事很多。我想要感谢过去的朋友们，也要在新的时刻里面，结交更多的朋友。工作着是美丽的，生活着是美丽的，相互依存着也是美丽的。

1 月 1 日，醒来的时候，2009 年的太阳正照射着我。

这一天很明亮。

一月二日谈

休息了，酒也消耗尽了，感冒又开始了。望着匆匆流去的岁月，也无法挽回自己的过去，更不能把想做的重新做一次，把想爱的重新爱一次。记得在2008年最后一天的议论里面，一个友人为我们讲述了他自己经历的一件事，告诫我们生活里千万不要回头，而是把爱留在脑海里。他的述说没有给我留下印象，因为他讲的是青年时期的恋爱，把女人的美丽印在脑子里，但是他没有和女子结婚，他一生未婚。好事者知道这件事后，让他见到了已经步入老年的女友。面对女友的苍老，他后悔为她苦守一生。这样的故事有很多，但是老了就是老了，也没有什么可遗憾的。

岁月远去，人生沧桑，后生可畏，积极向上。随着时间的进步，人的思想会成熟，看法会过时，观念会生锈，慢慢变得可怜。但是这样的人往往会去可怜那些在自己以前的年龄里行走的人，看着他们把认真执着的追求吹成好看的泡沫，五光十色地飘起来，他们激动着自己的努力，而在那个年纪走过的人，知道那些泡沫不会飘多远飘多高，就会生出一些怜悯。可是，活着，尤其是青春还在激荡的年纪，不去吹泡沫，又去做什么呢？年纪大的其实是最可怜的了。

我也想在这个新的日子里面做些什么，过去叫规划。我要规划什么呢？文学的东西，尤其是小说之类的东西，是要灵感的，规划了不一定会生产出来。就我过去完成的东西，我这样想：

一、矮马答应我，把我写的《散步的火车》系列以《绿皮车》

的名字整理成书，把里面对列车员不太友好的句子改掉，然后在列车上发行。今天中午我把我的想法说给作协的领导，他们很赞成。尤其懂得绿皮车是铁路要淘汰的车、正在写作长篇的成军老师，尤其赞成我的这本书的名字，在座的曹主席、春溪主任十分赞成。我担心矮马在忙碌的工作中是否有时间帮助我。

二、一名知名女作家准备把我以前的一部分稿子以《小城夜话》为书名，并为我整理好了全部稿子。我在此表示感谢。

三、应朋友之约，我还要写出三个女人的故事来。这个故事从另一个侧面反映这片土地的发展。这里的工作人员几乎都是中专和技校毕业的，他们虽然文化不高，但是能力却很强。我的小说也许会回答一些对北大荒现在的一些看法，但是我答应她们不在我的博客上发表，大家会因为看不到而遗憾。

四、有一个设想，就是写我这些年来的一些事，题目是叫《官方指南》，还是叫《领导必读》，或者叫《生活百事通》等等，我正在考虑。这一定是一本畅销书，所以我要把名字起好。我准备从我开始工作的那一天讲起，讲述一段人生的经历。做官前和做官后发生的好多好多的事，总结出一些经验和办法，告诉给大家，也许会有益。

原来我准备以小说的形式写，可是我知道大家喜欢看短小的有哲理的小品后，我就改变了主意，写一个随意的东西。

新年伊始，先给自己定个目标——就是先把自己忽悠一下。

爱着，恨着，彷徨着，走着

有一天，太阳升起来的时候，我看着世界上这么多的阳光，我很激动。

我不知道世界上还有没有比阳光更慷慨的东西，如果有，那就是水，就是土地。有了阳光，有了水，有了土地，人类就有了生存的基础。但是在人类生存的时候，有谁去理解阳光和土地、水的无私呢？后来我才知道，无私的东西是从来不计较的，从来就是大方的。有了这些无私，才有了这样的人类。

而人类就不同了。人类是以私欲为基础的，所以，人类就践踏了自然的真诚。

我想到这些，因为我感到了世界的另一个因素，那就是自我。在人们日趋认识自我的过程中，世界正在消亡。

我不是在反对人的自我认识，而是人的自我在没有修养的情况下，就是一种贪婪的蚕食。

今天是个好日子。我在醒来之前，就非常愉快，因为我听到了家人的声音。虽然我在睡意里面，但是家人的声音会使我高兴得坐起来。北方的天亮会到七点多以后，太阳在八点钟以后才会升起来。但是，因为是自己家人的声音，我以为天就亮了。这种自我的感觉，每个人都会有的。人们之所以爱着这个社会，爱着烦恼和愉快并存的生活，就是因为有家人在一起，因为有爱存在着。

爱着，是人们生存的必然。

也有着爱的另一个方面，那就是恨了。

其实，恨都是短暂的，一时的，想不开的，巨大伤害的，走投无路的。

恨是有头的，爱是无边的。爱大于恨，爱会把恨淹没。但是，在人们活着的时候，都是爱和恨在左右着人们的思想。只有爱才会让人解脱，恨会把人拖入无限的深渊，但是谁也不会看到这些，人们在麻木里面剥夺着自己。因为恨才活得有志气，因为爱竟然活得很痛苦。我也不知道怎样去诅咒这个世界。

当今天的太阳升起的时候，我会想到我这些年的生存。我虽然并不堕落，但是，我也想在自己的世界里面更好地实现自己的理想。在我年纪很小的时候，我不知道这世界会有尽头，当我知道的时候，我又恨世界的残酷。

我不相信天上的世界。但是为了家庭的安稳，我会在每年应该祭奠的时候去祭奠。我希望我买的纸钱能带给我慈爱的父母，我在每一年的那个时刻里，点燃没有感情的纸钱，为我的父母送去我做孩子的心愿。有时候我是唯心的，我就相信我故乡哈拉海住处的那个地方。但是，当我离开的时候，我就无法选择我对父母感情寄托的地方了。于是我就直奔墓地，在冰雪里，把感情向父母诉说。

也许这种做法是幼稚的，但是活在这个世界上，就要有依附的精神世界。人们面对着诸多的矛盾，解脱的办法会很多，但很多精神上的痛苦都不是药物所能解决的。尽管西方已经有了很多排解抑郁的药物，可那哪有心中有所信仰更有效呢？尤其女人在社会里被压迫的时候，要是没有什么信念怎么去面对残酷的现实呢。所以，我就觉得人活得不容易，很多痛苦并不是药物能够解决的。比如现在最流行的糖尿病，使很多专家费尽了脑筋。其实，除了遗传类的糖尿病之外，很多糖尿病都是可以通过精神疗法治愈的。如果我离开我的公职，我就会发明一种方法解决人们的精神问题。

今天是个好日子。太阳这么明亮，生活这么美丽。我在过去的很长的一段时间里面，常常很痛苦。以为人类这么可恶，人与人会生出很多的怨言，以为都是在挣扎着战胜对方。其实，当我们有一天老了的时候，回首往事，则会一笑了之。但是，没有这么多的争夺和战胜，人类也就失去了生存的根本。所以，在今天这个日子里面，我能这样地生存，我首先就是在和人的斗争里面活下来，在想象的空间里面活下来。无论胜与败，都是如此。

今天是个好日子。在异域他乡，把这个日子很奢侈地度过了。又一个春节快到了，我在这个年纪，才发现自己成熟了，我也不知道哪一天成熟的。记得在过去的岁月里面，我见到异性还会脸红，从来没有正面看过女人的样子。有一天，我在手术台上，被女人安排着一切；手术后，在女护士的照顾下，做着一切。我才知道，原来都是这样的。那种自私的羞耻退去之后，再看人类，已经没有了趣味。所以，这种看透一切的心情，就把人的意志都消磨没了。

我不知道人会有多么顽强，我知道鸡鸭鹅狗不被重视。其实，人又被谁重视呢？自我的空间是美丽的，但是在他人的眼里是猥琐的，没有谁会把人当一回事，人太多了。狗还有着令人怜悯的眼泪，人的眼泪就不值钱了。人们在无意之中，因为自己的强权而在扼杀着可怜的自己，谁也不会把人当一回事的。人可以把自然和动物都铲除，而铲除人类的就是人类自己。

也不需要再说了。今天是个好日子，在这一天到来之前，我就想过用很多方法度过这一天。比如，找三两个知己，到一个小饭店，要两个小菜，一壶老酒，边喝边畅谈；比如到远远的地方，大架子山或者五花山，找那里居住的几位朋友，坐在小铺里，吃着饭，我向他们灌输一些腐朽的思想。看着他们听了之后放着光芒的眼睛，我会得意地以为这一天过得真好。最次也是和不管是不是朋友的人在一起吃上一顿啊。

这些想法都落空了。中午陪客人，晚上还有客人，眼看就把这么美好的一天淹没了，于是我就选择了逃避。

在浴池里洗了个澡，看着搓澡工的忙碌，我已经想好了，到超市买一桶方便面，再买上一根火腿肠，一边看着新闻，一边就把这一天度过去了。路，就这么走着。

享受春节

从春节之前到春节之后，我都在这样做：享受春节。

其实，每个节日都是用来享受的。如果把所有的节日都放在一起看，那么，春节是一道大餐，是所有享受里面，最幸福的享受。

人们在创造这个节日的时候，就是用来享受的。中国文化就是节日文化，节日文化就是乡村文化。乡村文化的集大成者就是春节，而人们在制造春节文化的时候，就是用来享受的。

因为我是乡下人，我举的例子都是乡村的。比如，春节前要蒸很多馒头，炖很多肉，在春节的时候，一是可以尽情地享受，二是什么也不用做了，就吃现成的，就是玩。

但是我受过去过一个革命化的春节的影响，在春节的时候，用休息时间读书，做点什么。要是待着，好像很浪费似的。所以，每个春节我过得都很忙碌。

今年我就想，这个春节我要享受一下，什么也不做了。

从放假那天开始，我就休息。睡觉吃饭，停了博客，关闭了短信，也关了手机，电视也不看，就是躺在床上休息。

回想起来，三十多年的工作，好像没有一次是真正的休息，这一次我就好好地休息一下吧。

可是，好像天天旋转着的车轮，转的时候还很好，停下来就有了很多的毛病。浑身像散了架一样，到处疼痛，坐也不是，躺也不是。压着担子的肩膀一旦松懈下来，就不适应了。

本来的享受，变成了痛苦。后来一想，是春节寒流惹的祸。这些年里从来没有这么冷过，谁知道这几天会冷得让人受不了啊。小的时候，在冰天雪地里面，没有考虑过，纵情地玩耍，今天就怕了寒冷，一有寒流到来，就忍受不了。

在一种痛苦里面享受春节，是另一种滋味。是充实的，是无可奈何的，是美丽的，是放松的。可是时间过得太快，还没有享受到什么，日子就很快地过去了。

距离节日越来越远，离上班越来越近。好像那散步的火车就停在我的面前，忙碌的日子不远了。

享受，是有界限的。

向 远 方

春节一过，很多的朋友开始旅游。天涯海角，会留下他们兴奋的足迹。很多有文采的朋友因此写下了很多的旅游随笔，歌唱名山大川。大自然制造了鬼斧神工的胜景，使人们陶醉于大千世界里面。

我心目中的旅游之地就是俄罗斯。因为上小学的时候就开始阅读俄罗斯文学作品，俄罗斯对于我充满了诱惑，冬宫，红场，高大的东正教教堂，伏尔加的河流，山楂树，都在我的记忆里面。但是我至今没有踏上这片故事般的土地。

春节前我来到和俄罗斯一江之隔的黑河市，我住的宾馆就在江边上。主人有意把我们安排在冲着俄罗斯一侧的房间里。天已经黑下来了，对岸沿着江边是一串灯火，城市里面的灯火也闪亮起来。我带着感情看着对岸，黑河的朋友们却很不在意，他们已经习惯了对岸的一切。在酒桌上他们给我讲述对岸的事，讲述黑河这几年的发展。我们去的时候离春节还有很长一段时间，可是饭店就很难订到了。我们吃饭的房间还是提前好几天订的呢。黑河的朋友们解释说，黑河人在俄罗斯那边学会了很多，最突出的就是会享受、玩、吃。城市不大，酒店很发达。要是到了春节，都爆满。

从俄罗斯那里学会了吃和享受，我感到很震惊。

吃和享受还用学吗？好像不用，人的天性就是吃和享受吧。对于人的解释，有好多种。工作狂的解释是人来到这个世界就是工作的，名言是工作着是美丽的；知识分子对人的解释是人来到这个世界就是要改造这个世界的，其他一切都是附属品；历史学者把人当作历史的记录；中医学者把人当作性的所有者，就是传宗接代的。人到底是干什么的，好像看法至今也没有统一。从人的生生死死看，就是一种延续的过程。在当今的环境里面，奉献，付出，为了他人的利益，解放全人类，都是很重要的，把人变成了不朽。当我春节看望困难户的时候，面对一个近八十岁的老人，我不知道说什么好。当年他来到这里开发土地，做了工人，现在老了，还住在一个破旧的房屋里，生活十分艰苦。我当时想，他当年来这里的时候就是为了把青春贡献在这里吗？也许不是，他在这里不会挨饿，这也许是根本。可是他确实在老了的时候，还和他当年来的时候一样艰苦。他唯一骄傲的是他有了一群孩子，孩子的生活会比他幸福，就是他的安慰了。

也许俄罗斯人比我们要实际些，西方人要比东方人实际些。据说他们工作就是工作，周末是决不上班的。而我们为了证明自己的奉献和勤奋，周末往往要加班。我们知道享受吗？知道怎么才是工作吗？不知道。我们传统的意识还在压迫着我们的思维，我们一直强调的世界观还没有真正形成。

那一晚我喝了很多的酒。第二天醒来的时候，天还没有亮。我坐在椅子上，遥看对面的灯火，依然闪耀着。我想象着早晨的俄罗斯人在做着什么。偶尔，看见一台轿车闪着红色的尾灯，停靠在一座楼房的门前，袅袅升起的排气管子里的蒸汽，给人一种温馨。

白天，我来到了市场，市场里面很冷清。如果有一个俄罗斯客人出现，无聊散淡的营业员就会突然精神起来，用俄语和他们对话。看着那些破烂的货物，我很佩服我们国人挣钱的积极性；看着那些俄罗斯产品，当地人告诉我，其实那些都是南方人仿造的，我于是为我们的欺骗水平而惊讶。一个服务员向俄罗斯客人推销一个钢制的酒壶。她向我推销的时候，说是俄罗斯产的，向俄罗斯人推销的时候，说是国产的。我说，这到底是哪儿产的啊？她笑了，说国产的。我很理解她。当年人们打开了禁锢，开始赚钱的时候，人们最早想到的是骗外国人的钱。当我看到被神话了的俄罗斯一夜之间成为乞丐的时候，我很心痛。

在自己的国度里也很难享受。几乎每个神经都不敢休息。欺骗、争夺、狡诈，让一颗心永远不能沉静下来。

于是我理解了，为什么我们一旦发展旅游，人们就不约而同地出发了。人们在寻找一个净化心灵的地方，安静的地方，享受的地方。这个地方也许是人烟稀少的地域，也许是哪个遥远的国家。人们在旅游里面找回自我，找回人的本真，找回属于人类自己应该拥有的一切。

向远方，远远的地方。

我远远地看着你

　　我第一次感到了遥远，远得好像一个在天的这一边，一个和一群在天的那一边。我坐在这里望着，你和你的朋友们在喝酒，在说，在不停地说，不停地喝。从中午到晚上，从晚上到半夜，有多少话要说啊！五十五岁，三十余年，十余年，弹指一挥间，心里有多少话要说啊！你不喜欢说，喜欢想，喜欢看着大家；大家也不喜欢和你说，大家看着你。今天就说吧，把过去说完，把往事说完，把心里的话都说完；你们听着呢，好久没有这么听了，听得这么亲切，这么温暖。那时候以为路还很长，你的话以后可以再听，再听。我也听着呢，我虽然远，远得几乎有一百多米了。而且我还能看见你们喝酒，看见满屋的烟雾，看见满屋的女人的脸，脸上哭红的眼睛，眼睛里的留恋，看见你兴奋地思考着。我远远地看着，我轻轻地走着，我轻轻地想着，我不会打扰你，和你们。虽然我和你在这个小城里是最早最好的朋友，但是比起你们来，你们和你的感情来，我是望尘莫及的。我量不出你和你们之间的感情深度，可是当你退下来的时候我就体会到了。你们和你的感情是海，我和你的感情是河流。喝吧，你，朋友。

　　当你面对着退出领导岗位的时候，你十分的平静。是啊，我理解你。回眸你过去的岁月，无论是在鄂伦春所在地当兵，还是复员后到农垦工作，你都是这的平静。你平静地把工作里的争斗当作笑话讲给大家。你知道，世界需要平静。人的内心就更需要平静。

人生有什么比平静更有境界呢？你就这样平静地走过来了。

可是你们不能平静。你们里面的人们，在知道这个消息的时候，不会哭的男人哭了，会哭的女人抽泣了。好像一场风暴袭来，你们几乎都倒下了。也许这个大哥领导你们十几年，没有想到会不领导你们的时候。你们在大哥的身边孩子般地耍着，闹着，说着，一切都那么美好。大哥是一片绿草坪，你们在上面像快乐的孩子；大哥是一件温暖的棉衣，你们披在身上；大哥是一缕阳光，把你们都照耀着。在大哥身边，幸福不是感觉到的，是当大哥不再管你们，你们回忆到的；在大哥身边，领导不是体会到的，是大哥不再管你们，你们悟出来的。你们那么地爱着大哥，大哥知道；大哥也爱着你们，你们也知道。爱着，都爱着。

当你们从近处远处走来的时候，我就体会到了你和你们之间的大爱无声了。任何一个离开岗位的人我想都不会有这么自发的举动，因为只有你才会这样把你自己融入大家的怀抱，因为只有你们才会尊重信任你们的领导。权威和尊严，权力和严肃，你也许没有心思去诠释它们，可是你以你的人格履行着；想得到尊敬的，不一定如愿；不想征服别人的，别人爱戴着你。你爱说《西游记》的革命哲理，《水浒传》的造反，但是你把这些当作酒席上的谈资；你知道你所担负的领导职位的含金量，知道自己的位置，知道天下的很多小人都在官场里，很多君子都在百姓那里，所以，你对什么都不在意了。你需要和任何领导者一样得到尊重，但是没有你也不会上火；你需要管理时的权力，但是说了没人听，你也就一笑了之了。请客还是要请的，朋友来了就是喝酒，钱少咱就喝小烧，或者喝两瓶啤酒。几个小菜，心意到了。权力大有大的麻烦，权力小有小的自在。你啊，舒服。

你们呢？尊重自己的领导，啥事都找你说，酸甜苦辣都找你谈。在身边的，知道你的权力的大小，也要找你办事；在远处的，来了就到你这吃饭。这个小城的人都好，但是就你的饭好吃。人亲，饭就香。你的这些弟子，谁写得好谁写得不好，你都知道你都不说。

你知道你们会努力的。天下这几个字，有啥神秘的。你把这些字弄成绝句，写了有一小本了；你们说，出书吧。你就笑。那些没有文化的都出书做了文化人了，你这文化人却成了大老粗。你们知道，工作你是老师，人生你也是老师，可是，你就是不当老师。你们在这样的氛围里生活，欢快得如云雀。你们啊，知足。

　　且饮酒，莫停杯，今天就是醉了，也因为生活太美。我远远地望着你和你们，天色黑了，星星闪烁着，这里的风又在刮着，春风也这么的冷。我的心有一种温暖在缭绕着。你好，你们也好。这些好人在一起，该是多么的好啊！

　　喝吧，这酒，这是好酒。

人在旅途月正圆

今年十五的月亮最圆的时间是夜里十点四十九分。

我们把时间倒回去，初一那天正好是半块月亮。在这新的半块月亮圆满的时候，我们迎来了正月十五。我不知道中国春节的界限在哪一天。人们开玩笑说，6 月之前都是春节之后，6 月之后都是春节之前。从人们喜欢的吃喝来讲，也确实是这样。老百姓的界定一般是把正月都作为春节，过了春节就开始种地了。日子还要过呀。

在这半个月里面，我们享受了春节。无论是团聚、放鞭炮、走亲访友，无论是朋友间的畅饮、交流、约会，春节，都是人间最美丽的天堂。即使在家里睡着、待着、坐着，心里都美滋滋的。春节，是雨露，是甜蜜，是明亮的天空，是最好的心情。所以，这种美好只能一年一次，一次到正月十五就够了。还要过下去，就淡了，就是白开水了。把节日制造的心情，储存起来，慢慢地用，一年都是幸福的。

这半个月里，我放松了自己。我拒绝了染发，任白发飘飘，好不自在；我拒绝了走访，躺在家里睡觉，以为少吃饭会瘦下来，可是睡眠增加了体重；看电视，看最不好的电视剧，人家说报刊的文学正在退化，可是没有想到电视剧更是退化得厉害。东北人也算争气，出了一批丑星，虽然都是演二人转的，可是把中国最大的电视台给占领了，说来也很过瘾，遗憾的是拍的电视剧越来越不好。那也看，不看没有看的。要是做别的就不算是休息了。

95

每年春节都是铺天盖地的短信。今年人们理智了，但是还是那么多的短信，让信息企业赚钱。虽然大家懂得了套话的短信不带人气，就自己编写，用最简单的语言表达最真挚的祝福，但是就是写一个字也是正常收费啊。

日子过得快，一天一天的。和朋友们吃饭，看到大家都很疲惫。生活艰辛了吗？看着大家脸上的快乐少了，沉重多了，大家把酒喝下去，也没有了那种兴奋。好在生活中是两个人的世界，还有女人可谈。于是就说网友，说女朋友，说妻子的警觉和看管，这时候大家才哈哈地大笑起来了。

我还没有上班，网友们就把散步的火车开到我的面前了。休息之后，心就老了，连班也不愿意上了。我最佩服的还是工作上进的人，喜欢做官的人，天天想着赚钱的人，自私的人，追求女人的人，这样的人永远年轻。有了这样的人，社会才能进步。我坐在散步的火车上，和这些人在一起，是快乐的。

十五的月亮就要升起来了。我的火车停靠在那个小站的时候，月亮正圆。

情人节杂感之一

情人节就要到了。我记得我第一次知道这个充满挑逗和浪漫色彩的节日，好像在三年前，也是在一个风雪的日子里。一个陌生的女人莫名其妙地送我一块巧克力，是那种昂贵的在小城里面极少的德芙牌子，而且当着许多男女的面，我就吓了一跳。幸好喝了许多酒，麻木了羞怯的神经，兴奋了激动的大脑。我把那块巧克力拿在手里，不知道是放在衣兜里还是打开吃掉或者就紧紧地攥着。她说她是看了我的文章才送我巧克力的，因为我的文章里面提到了情人节的礼物问题。我被女人的大胆震惊了，也第一次知道写了文章会有粉丝。男人写的文章粉丝一定是女人，而且是勇敢的女人。从这一天起，我知道这个世界已经不是从前的样子了。如果说世界是一个铁桶，那么把这个铁桶腐蚀出了窟窿的，一定是充满诱惑的女人。女人翻身世界才会翻身，女人站起来了世界才会倒下去。后来这个送巧克力的女人还给我发了许多令男人愉快的短信。我几乎都是陶醉的，因为在这之前是没有女人给我发短信的。我想情人节真好，我有了这样的朋友，我真的以为我陷入感情的深渊了。连我见到第一个被介绍的对象时，都没有这么兴奋过，我的家人都被我的高兴弄得不知所措，以为我这些天买奖券中了大奖了。我只是说情人节真好，别的我也说不出来。当我知道那个陌生的女人是因为寂寞无聊和盲目的崇拜以及开个玩笑的时候，我的精神堡垒才坍塌下来，就像小沈阳唱完歌回后台的路上摔了一跤，观众以为他在和大家逗乐子就大笑起来，小沈阳对师傅说不是故意的，是为了上央视新买的鞋大了崴了脚才摔倒的。这时候，我才真的乐起来了。

于是我才知道情人节已经离我而去了，我现在是看着别人过情人节的时候了。我就果断地切割开这种不切合实际的臆想，把这个节日淡化了。幸亏我的学生勤奋，把那个陌生的女人圈进他的范围里面去了。真好。

我就心安理得地吃饭睡觉。然而学生的欢乐还是会传到耳朵里，我不免有些嫉妒。白天的狂雪淹没了这座小城灰蒙蒙的一片，夜晚仍然是风和雪。路上人稀少车也稀少，只有风推着雪在路上跑。路灯四周好像是夏天的蚊虫在缭绕飞行，灯光下面就是银色的雪片在飘。我以为这银亮细碎的雪片，是许多女人在情人节就要到来时欢呼跳跃而从漂亮的衣服上面落下的钻，亮亮的闪闪的滑滑的妖妖的，还诡秘地眨着眼睛。可怜的女人们啊，衣服的亮丽都飘落下来还不知道呢，这哪里是冬天啊。

沿着路走，然后就拐过一个下坡来到了一处低矮的平房了。我的记忆里面这里有卖包子的，可是一路上都是烧烤，最后才看到一个包子牌匾。推门进去之后，又温暖又温馨，就是脏乱差。有两个小桌子，一个是主人一家在吃饭，另一个是空着的，我就坐下了。那一桌子共四口人，一女一男一女孩是一家人，还有一老人不知道是谁人父。看着老人正细致地香香地啃着一块精光的没有肉的铁架子一样的脊骨，正在脊骨的缝隙里寻找侥幸的肉渣，认真的样子，像一个工程师在修理机器。老人的自由和随意，让我感觉是女人的父亲，后来果然小孩喊他姥爷。我坐好后要了一笼屉包子，然后又问一屉包子多少个我好选择。除了小孩之外，都在回答我不是按笼屉卖，大包子是按个卖的。大，他们强调了包子的大和素馅的肉馅的。肉馅的是葱花猪肉的，吃起来很香。记住了妻子的话，出门少吃肉多吃菜，而且肉无好肉，来历不明的肉吃了会不好。可是老人不住地拿着那个脊骨在吮在舔，发出的响声就是肉的味道，我能忍住吗？我要了一碗粥，一个素馅的包子，又要了一个肉馅包子。虽然一元五两个肉馅的包子我赔了五分钱，但是我也谨记了妻子的话语而且还吃到了肉。我在得意的时候，粥和包子都上来了。粥是凉的，包子是小的有肉的包子。我咬了三口，里面的肉在第二口的时候出来，在第三口的时候没有了。素馅的包子已经不新鲜了，我吃下去的时候就结束了吃饭。可是老人还在吃那个脊骨，说着肉的行情，吮出的香味儿使我不忍心离开。我看到了碗里的茶蛋，我想吃一个，可是还是一元五两个。我说一个吧，那个桌上的人说两个吧，不大的，吃吧，我就吃了。茶蛋是凉的。

我迎着风雪回到办公室的时候，我的学生又在一个新的地方开始过情人节了。我开始羡慕年轻人的丰厚，我那时候哪有这么好的事情。除了工作，连穿衣服都是军装和中山装，裤子敞开了喇叭都不行。但是也没有阻挡住人们生育和偷情，只要存在人们就会使用。

我想在这个情人节到来之际，告诉懂得风情的人们一定要珍惜。哪有这么好的生活会让人公开地实现那种偷偷摸摸的事的。春节的礼花和鞭炮在情人节燃放的时候，小心不要过火，过火了就是央视大火，因为捧红了别人而自己不甘寂寞。点燃自己照亮世界的精神在人身上表现出来就是流产。

情人节杂感之二

情人节是夫妻或者是浪漫的恋人之间的事。可是在我们的国度里，情人节的概念被无限地扩大了，或者说被改造了，被利用了。因为在我们的理念里面，情人，好像就是婚姻和恋爱以外的事，是在男女的禁锢里面解放的事，是男女寻找新的碰撞的事。情人节正把偷情变成正经的交往，这就是西洋的东西来到中国之后被中国人使用的结果。

我有这样的想法是因为我周边的事情让我感到很有意思。那些因为情人节到来欢欣鼓舞的人，并不是要在家庭和恋爱里寻找快乐，而是把平时对男女的暗恋揭发出来，尽情地欣赏。那些鲜花和巧克力，葡萄酒和沙拉都是谁在享用呢？肯定是那些想出轨或准备出轨乃至已经出轨的人使用了。因为我们的观念里面很少给自己的丈夫或妻子在这个节日里送些什么。女人有三八妇女节，该正经做的都可以做，多出的这个情人节就是给人们的不安分准备的。

在距离情人节还有很长时间的时候，我就发现人们已经很关注了。尤其男人，好像只有这个节日才可以名正言顺地向女人发动攻击，女人也好像只有这个节日才可以装作羞怯地对男人说。中国人的正统正被西方的节日摧垮，孔子教诲的"唯女子与小人为难养也"的论调也被这种解放而掩盖。如果孔子的英灵知道正是他使一个叫于丹的女人出名并富足起来，孔子老人家会怎样想呢？不过，现在我才知道，我们中国悠久的历史就是对付女人的历史，祸国者、祸家者好像都是女人造成的。控制女人是历届王朝政府所要做的事，是任何思想理论必须认真对待的事。鲁迅翻开历史看到的是"吃人"两个字，我翻开历史看到的是"女人"两个字。历届王朝的毁灭都归罪于女人，而没有去发现王朝换代的周期性。这种狭隘，就决定了任何王朝的短命。我的这个重要的研究成果现在还没有被接受，但是我正在用我的作品来诠释我的思想。我的研究结论是，正是中国漫长的历史把重点放在了女人身上，才使中华的经济和科技文明落后了上千年，而西方正是把女人的解放放在第一位，才有了今天的经济和科技的发达。

我不想在情人节这个浪漫的日子里说一些灰色的理论，影响大家的阅读。我只想到，为什么这个节日会给那么多的红男绿女带来无限的兴奋？这些天里，那些和情人节无关的大男人竟坐卧不安，如孔子周游列国一样奔走在无数的女人之间。他们里面有老的，少的，表面正经的，内心不正经的，心地美好的和装着很美好的。他们和女人喝酒、畅谈，把女人送的巧克力放在衣袋，在下一个女人出现时，又把上一个女人给的巧克力送给下个女人。结果下个女人激动得不会喝酒也喝了一大杯酒，然后回到家里，兴奋地把一盒巧克力吃掉，来弥补多年没有男人送巧克力的空白，以至于嗓子都甜得发痒，咳嗽的声音把熟睡的丈夫吵醒，使丈夫看到一个红晕漫天的妻子。我就想，情，有这么大的力量吗？也许。人们喜欢说，比海大的是天空，比天空大的是思想，说到这就到了极致，可是我要加一句，比思想大的是感情。这才全面。思想再大，再无边，都是在感情的圈子里，都是感情的俘虏。这是我又一个理论上的发明和见解，在情人节的时候献给大家，但是谁要引用，将侵犯著作权法。

我也承认，我的这些思想和理论都是情人节激发出来的，因为男人对女人的追求是永远的，因为女人而激发出来的火花是无限的。西方无数科学家的科学成果都是因为他们喜欢女性的结果。最出名的爱因斯坦如此，牛顿如此，克林顿亦是如此（不是玩笑，克林顿总统因为喜欢女人而创造了美国经济的奇迹）。中国的发明最多的朝代是妻妾成群的朝代，考古学家也在证明着我的这种思想。又说远了。

那么在情人节到来的时候，凡是看到这篇文章的女人，我都祝贺你们节日快乐；凡是看到这篇文章的男人，我都祝贺你背后的女人节日愉快。

情人节，是男女们快乐的节日。

龙抬头透露出的一种信仰

今天是农历二月二，俗称龙抬头的日子。在这个日子里面，人们要理发，要吃猪头。理发是顺应龙抬头的风俗，把自己的头比作龙的头，好好地修理一下，去除污秽，扫却多余，轻装上阵。于是在街头马路，高楼小院，剃完头的男人格外精神，好像就要做新郎，一脸的春风，浑身的得意，这一年里，就要翻身把歌唱。

吃猪头这种隐喻，我就觉得更可爱。中国人的想象都在吃上，过年吃饺子，端午节吃粽子，八月十五吃月饼，这些吃的选择都很是合理。但是吃猪头，我就感觉要远一些。猪和龙的联系在哪里呢？就是因为不知龙为何物，才选择了猪作为代替的，何况猪头有的是呢。只有这一件选择上表现了中国人的幽默。那么亲切的猪头和张牙舞爪的龙头联系在一起，让人感到很不和谐。可是哪个动物既能吃，又能够满足吃的供应，而且吃了很舒服，又很普遍呢？就只有猪头了。我所担忧的是剃了龙头，本来是精神焕发的事，如果吃了蠢笨的猪头，龙头抬不起来怎么办呢？

我的心里对猪头也有着很深的情结。我说过，童年我的家里每年都要养一头猪，过年的时候吃肉。那时候住在荒原上，如果自己不养猪，就吃不到肉。吃自己家的猪肉的时候，猪头是最后吃的。也不选择在二月二那天，荒原上的冬天走得迟，等到天气渐暖的时候，才要吃猪头，吃的时候跟节日一样。大锅里煮着猪头，翻开的水花拱动着庞大的猪头，满屋的香气飘散着。那时候自己家养猪几乎要一年的时间，猪肉不易烂，我们就要很耐心地烧火。可是往往吃的时候，猪头早已经很烂了，全家分享猪头的情景比过年还幸福。那个岁月已经远去了。

我为什么喜欢这个节日，因为人们从春节走来，从严冬里走来，穿过了风雪，穿过了节日的过度的狂喜，就要走进春天，走进劳动的大门。一年之始，就要有个好兆头，就要有信心，就要有个希望，那么最好的比喻就是龙抬头了。

谁也没有见过龙，那就是猪了。猪与龙，还是猪更真实些，龙更理想些。虚实的结合，正是人们的理想和现实的结合。我们的民族是最烂漫的民族和有创造力的民族，每个节日都赋予了崭新的意义，长久不衰。我曾经说过，每个节日都是人生一年里面的驿站，二月二，龙抬头，是出发的驿站。在这个驿站里面开始新的日子，昂着头，向前走，前途会无比的美好。如果以后遇到挫折，你一定要回忆今天这个起始的日子里面吃过的猪头。那黏黏的，一片一片的猪头肉，我们已经吃过了啊，我们有的是勇气和力量。如果以后遇到麻烦，你一定要回忆今天这个起始的日子里面剃过的自己的头。无论黑发白发，光头还是分头，剃去的是过去的负担，留下的是简洁的愉快。可别小看理发师在你的脖子上刮的那两刀，那是过去和未来的分水岭。现在的理发师和以前的理发师不一样了，过去的理发师老的少的都要用刀子刮，把头刮得光光的、亮亮的，用热毛巾捂在头上，耳朵、脖子、脸都会剃一遍，嗨，那才是剃龙头呢。现在的理发师都是青年，而且男的理发师都女性化了，头发梳得长，手指长得长，脸也白净得和女孩一样。理发的时候，一丝一点地剪，一毫一寸地修，绣花一样，理一个男发也要一个小上午。这龙头就难抬呀。

抬不抬头是龙的事，在这个节日里，享受是我们自己的事。龙是人们臆造的，代表了人们的信仰，是一个精神的化身。信仰龙，将是很充实的事。没有信仰会空虚，没有信念会堕落。但是有了龙，就有了精神，再吃猪头肉，心里就有了底，好日子就到来了。

"二月二"定为猪头节

阴历二月又二，传说龙抬头之日，民间盛行吃猪头以庆贺，于是，定为猪头节。

原因如此：

曰，凡民族者皆有神灵之物，或为鹰，为牛，为鱼；或为木，为石，为山。唯有汉族者以龙为神，深信之。居室画龙，节日舞龙，言谈说龙，无处不龙。所谓龙者，臆造也。狮虎为头，蟒蛇为身，鸡脚为爪，凶悍异常。人崇拜其骁勇，惊骇，以缚之为荣。如此虚幻之物，如何食之。

有好事者以猪头代龙之头而啖，既可果腹，又可消费。猪头又遍野皆有，富与穷皆可获得。故一人为例，大家紧跟。猪头者，龙头也。食天下没有之物之头颅，国人即以稀为贵矣。

二月二之龙抬头之日，有猪头做主，人间和谐。既可推动存积之猪头畅销，又可解猪头不好烹饪之难。以一小物，解决天大之难，聪明。

凡二月有二，街头巷尾，所见之人，都以手提猪头肉行走为高尚。龙之抬头，以化为腹中物，抬头者，心之已在。

如立今日为猪头节日，当弘扬古老之文化，健壮汉族之身体，拉动市场消费，金融危机即可化解，于是天下太平。

回家的日子

国庆节要到了，节日里要放假，这是我最盼望的。我已经在距离节日很远的时候，就开始期待了。我想在这个假日里，回到家乡去，和朋友们一起吃饭，到商场里转一转，或者躺在习惯的床上睡觉、看电视，每一天都过得很快，每一天都愉快着。记得刚到九三的时候，我每周都回到家里去。在漫长的旅途中，快乐地盼望着。这种急切的带着兴奋带着安慰的回家的心态，占据了我度过的生活的大部分。无论是在城里上学，在京城培训，在外地出差，每次回家都是这种心情。以前的家里有父母，后来的家里有妻子女儿，现在那个家，只是一个空屋子。但是我和妻子女儿还是盼望着回到那个家去。那个家里留着温暖，留着生活的信念。

这一段时间里，喝过两次酒，都喝得很多。没有人知道我为什么这样放松地喝，也没有人知道我的心态是什么。以为我不顺心，以为我烦躁，以为我快乐。其实都有，也都没有。在我心的远远的地方，有一种呼唤，一种隐隐的声音，在我的心头萦绕。那种莫名其妙的感召，那种莫名其妙的兴奋，使我在喝酒的时候放松了自己。一种家的幸福感笼罩在我的意识里。也就是要放假了的快乐使我解开了自己的束缚，让自己的快乐放纵奔流。

这种感觉和季节联系在一起。秋天的高远，秋天的肃穆，秋天的明净，都会点燃一缕乡愁。粘贴在深蓝色的天空上的蚕丝一样的云絮虽然很淡，但是就是那种浅浅的、模糊的，即将融化的云丝，才令人魂牵梦绕，才让人拿不起放不下，欲说还休欲罢不得。碧云天黄叶地，秋思无限。而把我的秋思扯起来的，就是想回家，回到那个地方，休息一天都十分满足。

我用酒去浇灭我的乡愁，我用我的语言去化解我的乡愁。我站在这美丽的北国的小镇上，遥望辉煌的田野，我在开阔之余体会着一丝凄凉。那种放逐的、孤独的、背井离乡的、形单影只的情绪油然而生。我看到了我的渺小，看到了我的狭隘。我如一只越冬的狗熊舔食着自己的积存，在狭小的树洞里等待着春天。

又是去年的时候，去年的季节。冬天已经在地平线的那一边集结，雪花正在悄悄地飘起来，一年的经历就要冻结在一个新的严寒里。我想翻动《大地》这本书，去阅读关于我家乡的那段文字，来平息我的乡愁。也许永远都读不完的，就是读完了还会接着去读的。读那行脚印，那棵开始落叶的杨树，那只张望着的狗；读那泥土的房屋，夏天的雨冲刷出的沟痕，烈日里暴晒的门窗已经膨胀得无法关上。妻子说，家里还有你当年写的日记，那二十几本日记在家里放了很久了。想当年每天都坚持写日记，在造纸厂下班回来，身上是汗水，手上是泥土，我就趴在箱子上开始写一天的感受。那时候家里还没有一张写字的桌子，父亲的工资都被用来购买食物了。那段历史完全可以写出故事来。

每个人都有一种家的情结。我远离了家乡，才会这么浓烈。我也知道，哪里都是家，可是理解是一回事，思念就是另一回事了。也许没出息，就是从恋家得来的。

家……

购物抽奖过节

就像"五一"是天气暖和的开始一样，"十一"对东北人来说，是寒冷的开始。10月15日我居住的地方开始供暖。所以，"十一"放假对于我来说，除了休息还要购买越冬的衣物。说起冬天的寒冷心里就有几分害怕，在我工作的地方，冬天到来的时候，无论穿什么衣服，都无法抵挡铺天盖地的冰雪。整天都像泡在冷水里，棉袄棉裤都冰凉冰凉的。

10月2日我到百货大楼购买越冬的单裤。我忘记从哪一年开始，我不再穿西裤，改穿牛仔。过去穿西裤的时候，多好的西裤都会出褶子，平时还要注意裤子的裤线不要弄没了，没有了裤线西裤就没有了风采。所以我有两条西裤，一条穿着，一条熨烫完了准备着。记不清从某个时间开始，我和妻子开始在百货大楼购买牛仔，卖牛仔裤子的服务员已经和我们熟悉了。牛仔穿起来随便，也不用裤线，洗的时候放在洗衣机里就行了。

来到那个熟悉的卖牛仔的货柜前，那个熟悉的服务员还没有下班。她找出一件适合我穿的蓝色牛仔，价格是最便宜的，就这么一件特价的了。我很满意地试穿之后，就买了下来。明天是中秋节，商场正搞活动。这样一件特价牛仔，可以到下面去抽奖。奖品是月饼、葡萄酒、阿迪锅还有其他东西。月饼和葡萄酒是纪念奖。我知道我的手气，抓个纪念奖就不错了，后来才知道纪念奖是每抓必有的。而那高档的奖品怎么才能抓到，我就不知道了。我从一堆卡片里拿出一张来，工作人员说是纪念奖，我拿着卡片来到奖品面前。工作人员说纪念奖是月饼和葡萄酒。我想明天是中秋节，就选一盒月饼吧。我想在月饼堆里挑一挑，一挑才知道盒子都有些不规整，是极低廉的那种，也许市场上都不会销售。因为是白送的，拿一个我们就走了。

在肯德基喝了一杯饮料。我打开月饼的盒子，尝了一块月饼。是那种除了一层皮里面都是厚厚的红色的馅，也不知道是什么馅，还能吃，就是黏。饮料喝完了，突然想起来，一条裤子不行，洗了之后怎么换呢？于是我们又回到楼上，又买了一条牛仔。这条牛仔比前一条牛仔好看些，看来是一分钱一分货啊。我又拿着票去抽奖，妻子说最好能抽到阿迪锅，我说不可能，一是我没有这个能力，二是谁知道阿迪锅这么好的奖品卡片放在哪个角落啊。于是我们商量，这一次只能要葡萄酒了。和我预测的一样，我的提兜里多了一瓶葡萄酒。

假日过得快，离回到工作单位的日子越来越近了。妻子想到了冬天，下次来还不知道什么时候呢，马上把棉裤买好吧。我们早晨吃完饭就来到了新玛特，离开门的时间还有十几分钟，冷风刮起来，我也感到必须买一条棉裤了。在新玛特四楼买了一条薄的一条厚的两条棉裤，服务员说可以抽奖。我在交款时，我的手里已经有了两个奖票，是到六楼抽奖的，到一楼抽奖还差五元钱就可以抽三次了。我们在楼上转了一圈，最后买了一条十五元的裤衩，凑够了三次抽奖的价位。于是我先到六楼去抽交款时发的两个抽奖票，是字画。我到了六楼，在一个角落里找到抽奖处，一看还吓了我一跳。抽奖的地方站着的女孩像模特一样，一动也不动，红色的抽奖箱和她的红色衣服浑然一体。我和她开个玩笑，她摸出两张卡片，打开，说没有中奖。我看看墙上那些低档的字画，庆幸自己没有抽中。家里的名人字画都不挂，抽到这样难看的画往哪里放啊！

来到一楼，这是大奖，三十二英寸的电视机，要是抽到这个还能令人兴奋。工作人员发给我三张票，让我填。我一看要填的内容，有点警觉，妻子就不让我填。内容除了姓名、单位，还有手机号码、身份证号码。如果中不了奖，自己的信息都留在这里了。但是大奖又十分诱惑人，最后把手机号留下了，别的没有留。问好了，下午开奖，中奖之后就通知我。一个下午我都没有睡，手机也没有响，三十二英寸的电视看来没有希望了。

有了棉裤，有了套棉裤的单裤，心里踏实多了，似乎就等着冬天的到来了。抽奖的消息没有等来，好在还有抽奖得来的几块月饼和一瓶葡萄酒。葡萄酒还可以放着，那月饼已经放了几天都没有动了。扔了可惜，送给谁还拿不出手。从小爱吃月饼，但这些年吃不像月饼的月饼倒了胃口，现在见到月饼都会胃酸。那就把这月饼带到工作的地方去吧，毕竟是抽奖得的奖品啊！

秋天的晾晒

　　秋天慢慢地远去，从田野的茅屋里搬进楼房的人们依然像在故居时一样，开始了晾晒。辣椒穿起来挂在向阳的窗户上，萝卜条切细了晒在水泥地上，干燥的阳光暴晒着，甜甜的辣味飘起来。勤劳的人们在门前树起木杆，拉上绳子，把被子晒上去，把衣服晾上去，这最后的秋阳让大家舍不得呀。老人们在阳光里照着，把眼睛眯起来，金子似的阳光哗哗地在脸上流，脑门上会如镜子一般泛着光，衣服都热热的。

　　一个妇女正看着一块石头，脸上的得意和成功的样子让人感到她做了一件大事。她对路过的熟人说，这块石头正好啊，路过的熟人马上就明白了。于是问她的缸多大，酸菜积上没有。妇女一边说这块石头压在酸菜上面正好，一边说白菜的水汽大，正晒着呢。远远的小区的空地上就有一棵一棵的白菜摆放在那里。翘着的绿叶在太阳里蔫下去，被水分鼓足了的白菜帮子也开始灰暗下来。当这些白菜被阳光挤干水分，就可以放在缸里做酸菜了。

　　秋天这个季节我们常常用来做冬天前的准备。其实人也是随着季节发生着变化的。秋天的阳光不仅可以晾晒物品，也是人们晾晒思想的季节。一年的烦恼和快乐，都在这个季节里收拢起来，展现在敞亮的阳光里。我们细数着过去的一页一页的生活，或喜悦或生气或激动或沉醉，把这一切都让阳光照射一下，有水分的就晒干，没有水分的就收藏起来。那些带着泪水的过去，阳光照过也会留下痕迹，那浅浅的湿痕，也是一幅美好的图画，装点着生活。高兴的事是留不下痕迹的，它会在阳光里化成粉末，和阳光一起飞舞。

　　一年里我最喜欢的就是秋天，越老的秋天越有味道，就如母亲的慈爱，只有岁数大的母亲才会有。在这个地方，秋天是无比的好看。田野里的庄稼就要收获，晾晒在大地上的庄稼睡着了一样，任由阳光在身上玩耍着。树木在夏天里都是绿色，看不出自己的特性。只有到了这个季节，每种树木的个性都展露出来了。五颜六色的叶子十分漂亮。红的，黄的，是主色调，但是在红的里面就存在了很多颜色。浅红的调皮，深红的凝重，如果是黄色，就更加美丽。那是人工调不出来的黄色，又黄又亮又透明，阳光照在上面，如婴儿的皮肤样，恨不得亲上一口。人们把这种树叶打扮出的美丽，说成是五花山，这也正是秋天的模样。春如童年般的顽皮，夏如中年般的单调，秋如少妇般的冶艳。我在这秋天里，会敞开自己的胸怀，做豪情之旅。天是那般地高远，太阳是那般地匆忙，山野是那般地宁静，大地在午睡里思考着明天的事情。我在这个时候，会开始做梦。梦想使我变得年轻，梦境使我变得幸福。我把我的一切放在太阳下面晒着，把过去晒干了，放在记忆里保存起来，如果那是一本书，我不想再打开。我等待着新的记忆的开始，在那场暴风雪之后，继续向新的秋天走去。

月朦胧　鸟朦胧

我的感觉一直陷入朦胧里面。

也许是我的性格内向，也许是我与世隔绝得太久了，也许是我羞涩的懦弱，我喜欢那种朦胧的东西，喜欢想象，喜欢早晨躺在被窝里不起来，回忆刚刚退去的梦境。在我的心里，看不到的都是美的、愉快的、好的。一旦看到了，就索然无趣。这也许和我小时候的一个故事有关。

我的姐姐在场里的供销社工作，她回到家里，带回了饼干，那时的饼干非常好吃。也许是那时的穷困造成了味觉的发达，那飘香的圆圆的饼干使我垂涎三尺。我母亲和姐姐怕我一次把这种美食都吃掉，就把饼干藏起来，一两块、两三块地给我吃。每次我馋了、饿了，就闹着要饼干。姐姐让我到外屋地站着，她在里屋给我拿。里屋和外屋是一个棉布门帘子隔着，厚厚的，我就贴在门帘子的后面听。里屋就传来了簌簌的包装纸的声音，扑鼻的饼干的香味已经让我浑身抖动。姐姐在里面说："好了！"我就掀开门帘跑进去，把三块饼干拿在手里，很快就把第一块吃掉了。那时的饼干不仅香，而且很大，如奥运会上颁发的奖牌。我吃下第一块，第二块就不舍得吃了。如果是早晨，这三块饼干我会吃一天，如果是晚上，我会把它们留在被窝里面吃。也不知道是哪一天，我突然聪明起来。我在门帘子后面听到簌簌的包装纸的声音，我就把门帘子撩开，冲进去。姐姐正在箱子后面把包装饼干的纸包拿出来，还没有等她反应过来，我就把纸包抢在手里了。姐姐就笑着骂我，说我不守信用，我就不管这些了。我急忙打开饼干的包装纸，把里面的饼干拿出来。我想，这一切都是我的了。我后悔以前为什么不冲进来，我没想到这么容易就得到了全部的饼干。我骄傲地抱着纸包，站在屋子的中央，快速地打开纸包。在打开的一瞬间，我就蒙了。这宽大的吸满了香香的饼干味道的黄色包装纸里面，只有两块饼干。

我来晚了，我抢晚了，该吃的饼干都让我吃完了，就剩了两块。

我的希望破灭了。

我后悔抢，后悔冲进来，后悔自己的行动。

假如我还在那里等着姐姐给我拿饼干，一定会有很多饼干，我吃也吃不完。

这惨痛的教训使我在以后的生活里开始封闭自己。

比如，天安门我以前没有去过。我去后，我摸着天安门的墙壁，那不是我画的我想的我仰慕的天安门啊！

比如我找女朋友，介绍人对我说这个女孩如何好，我就在梦里见到了她。可是第二天见面，和我梦里的不一样，我就失望了。

于是我才知道，朦胧着好。

今晚的月亮

　　在生活中太阳和月亮离我们最近，如果说人类的家庭是由夫妻和儿女组成的话，那么太阳和月亮就是夫妻，星星就是儿女。太阳陪伴着我们劳作，月亮陪伴着我们休息；太阳陪伴着我们行动，月亮陪伴着我们沉思；太阳陪伴着我们的白天，月亮陪伴着我们的黑夜。我们在白天里奔波着，我们夜晚睡在床上。白天我们受到了太阳的照耀，夜晚我们在月光的拍抚下安心地呼吸。我不知道太阳和月亮这对夫妻谁是男的谁是女的，我知道太阳的阳刚，月亮的温柔。我希望太阳暖着我的怀抱，我更希望月亮摇着我睡着了。

　　我也找不出太阳和月亮谁最爱我，我在一路歌颂着太阳，可是我烦恼的时候是月光和我一起在小路上走，我赞美太阳给万物以生命，可是在我痛苦的时候是月亮在窗口望着我，那纤细的月光的手在我的泪痕里拂过。太阳和月亮是一对夫妻，我们是他们的孩子。太阳给我们耕种，月光给我们缝补。太阳对我们的顽皮会生气，月亮对我们的淘气会微笑。我不想把太阳比作父亲，因为他秋冬的目光比母亲还仁慈，我不想把月亮比作母亲，因为她在我孤独的时候比太阳还温暖。

　　太阳和月亮，父亲和母亲。

　　太阳和月亮，丈夫和妻子。

　　于是我理解了为什么团圆的日子都是在月亮圆的时候，我知道了家庭的团聚都是在月光下。春节的时候，要等到月亮圆的十五才各奔东西，中秋节的时候，要等到月亮圆的时候才聚集在一起。我说月亮就是母亲，她盼着游子们围坐在她的身边；我说月亮就是妻子，她远远地望着劳作的太阳。当然，我也会说太阳就是父亲，他的强大的精力变成光芒照射着大地，儿女们在他的身边成长；我会说太阳也是丈夫，他的目光照亮了妻子漂亮的脸。

这个世界怎么比喻都是对的，只要不脱离阴阳，这个世界都是一样的可爱。阳是热烈的爱，阴是温暖的爱。只要是爱，就都不能分开，就都是最美的。

当今年的八月十五到来的时候，我安静地休息。我想歌颂这美好的时刻，但是我不知道用什么词语。夜里在我睡着的时候，我听到了母亲的喊声，清晰而遥远，光明而亲切，于是，我想，这就是今晚那轮月亮吗？

月是故乡明

　　我知道，我写下这个题目的时候，这个题目是很俗的，很烂的，很一般的。它在人们心目中已经掀不起波澜。如果今天不是中秋，不是月光如水；如果不是有了短信，有了沟通的新的桥梁；或者说，如果不是人们的心态趋于解放，男女成为真正的男女，那即便是千百个中秋，也无非是向月而思，问月而想，抱月而眠，叩月而呼了。

　　月果然是故乡明。

　　距离中秋还很远的时候，我的手机里就收到了老朋友的短信。我就想，如果没有短信，能有一位女性用书信，或打电话向你致以节日的问候吗？不能。特别是相爱相敬着的男人或女人，在这个日子里，想起你的时候，最多是对月而叹，痛不欲思了。但是，有了短信，就可以用带着问候的词语向你发出信息，眉来眼去，暗送秋波；你也心照不宣，自鸣得意；周围又神不知鬼不觉，自喻为君子。保守的男女问题公开化。秋波变成电波。男女们在这一天翻检着旧账，整理着感情，思想在月光里漫步，精神在月色里抖擞，心情在月亮里放开，陈年的感情，积累的欲望，一触即发，一发而不可收拾。

　　故乡的月，之所以不同，是月里有情，情里有月；月包含着情，情融于月。我们无论走到哪里，看到的都是同一个月亮，感觉却不一样。你在异国他乡，如果受到冷落，月亮是一块冰；如果受到拥戴，月亮是一个情人；如果你失败了，月亮望着你；如果你成功了，月亮看着你。你在家乡就不同了。喜怒哀乐，你都不会去注意月亮，月亮就在那里或圆或缺，或明或暗。它是你习以为常的丈夫或老婆，是你住惯了的床；它是你相濡以沫的战友，是你最合身的衣服。如果你突然赞美道："啊，月亮。"你一定是要离开你的家乡要去远方。月亮，是离别的寄托。

月是故乡明。当我迎来离故乡而去的同志们的时候，他们要寻找的是故乡的月亮。他们在废墟中找，在草丛里找，在亲人的发丝里找。找不到，他们会用语言描述；找到了，他们又觉得不像。沧海桑田，物是人非。故乡的月亮，早已是你心中的月亮。心中的月亮，永远不落。

当我们赞叹故乡的月亮的时候，我们正在变老；当我们祈祷故乡的月亮的时候，我们正走进故乡的明月。

明月几时有，正是中秋时。

雪　雾

今年的冬天是寒冷而多雪的。当我把御寒作为大事，做出精心的准备的时候，我也没有料到风雪会来得这么勤，寒冷会这么淋漓地扑打在我的身上。那个干干净净的小城，在太阳照耀下，看起来是如此温馨，但是因为寒冷却没有多少走动的人群，寂静安宁得如一个广阔的寺庙，光洁的水泥街道发出冷淡的光，被打扫的积雪堆积在路的两侧。寒冷寻找着每个角落，乞丐一样追逐着人群。大雪已经埋没了土地，只有黑色的林带像书法家的笔墨在田野上挥洒着。

我过去一直以为寒冷是看不到的。寒冷是风，是疲倦的阳光，是阴暗的天空。来到这里，我才知道，寒冷是雪，是雪雾。那种冰晶腾在空中的雪雾，弥漫在空气里面，晶莹着，像夏天的蚊虫，叮咬着人们的脸。生活在这种雪雾里面，是没有感觉的。有一天我离开它，远距离观望它的时候，我看到了一个美丽的海市蜃楼，一个冰雪铸造的山峰。山峰之上，是腾起的雪雾。

雪雾是一个精彩的奇迹，它像一团袅袅升起的烟，翻滚咆哮在北方的天空里面，清洁而高尚；它像童话里面一个想象的世界，冰清玉洁，饱含着无限的故事。树木裹满了冰冻，组成一面高高的墙，把我所在的小城封闭在里面，把我的生活封锁在里面。我知道，我的故事就在那个冰封的世界里面演绎着。

雪雾在大地上升腾起来，是北国的冬天，是北国的风光，是纯洁的没有苦难和艰辛的世界。我曾经在那个雪的地域里面，坐着朋友的车行走。山坡上的土地，被大雪覆盖着，黑色的雄浑变成了白色的壮观。山上的森林如一群集结号吹过之后，准备冲锋陷阵的将士。山坡上的村庄，是一排排的泥土的房屋。黑色的草苫裹的房盖，塑料布遮蔽的门窗，墙壁上补丁一样抹了泥土的农舍，破旧的院子的柴门，温暖地升起的炊烟，都在讲述着这片房屋的故事。这种破旧组合的生活，并不能打扰他们美满的和谐。据说，这里的人在忙着生育。是啊！冬天雪雾升起的日子里，如果不是生育能够带来乐趣，还有什么可以让这些远在深山里的人快乐的？挣钱是在春天以后，收获是在秋天以后，男女的事就留在冬天去做了。雪雾包裹下的村庄，寒风吹透的土屋，只有被褥里面那些温暖和相拥着的感觉了。当雪雾飘散的时候，山村里的女人们就会挺着种植后的肚子到田野里面开始新的劳动了。我看着他们的居住会感到他们的苦，他们在自己的房屋里生存会感到生活的满足。有时候，我就想，那些喜欢解放全人类的人，是不是有点杞人忧天了？自然的生存状态也许会更好，愿意生你就生，愿意在土屋里面生活就在这里面生活，就应该是人类的现实。

　　雪雾已经存在很久了，我不应该把这层雪雾打开。

我从山里来

我感到了我自己。

我从山里来，从遥远的大山里来，那么遥远的山啊！

我来到这座城市，这座我一直以为破烂的城市，以为落后的城市，以为冰冷的城市，今天见到它，我有了新的感觉，新的认识。我看到树上的叶子出来了，虽然嫩，但是却张开了圆圆的翅膀；路上的花树盛开着杏树那种粉色的花朵。年轻人穿上了短袖的衣服，老年人也都是夹克衫了。我突然想到，温暖已经来这里很久很久了，初夏般的样子已经流露出来了。

我这样一身走在街上，大家一定会笑我。

我穿着冬天的棉裤，冬天的棉鞋，冬天的毛衣，冬天的皮夹克。我在温暖的地面上走过，我发现许多的人在看我，我成了外星人。天气的暖和，使我走路时感到了笨拙。裤腿里面的暖意变成了热，脚在鞋里也热乎乎的，汗水正在头发里面流出来。我一步一步地向前走，水泥地砖的路面像发烫的铁板，暖风在我敞开的夹克里逡巡。望着太阳，我在想，在三个小时前它也是同样地照射着我，三个小时之后也同样地照射着我，为什么就这么不一样呢？寒冷和温暖是距离造成的，有了距离，同样的太阳也不温暖了，也不光明了吗？

我在那山里的时候，那里也有穿着单薄衣服的人了。那是久居于此的人，那是久在寒冷中度过的人。他们已经习惯了寒冷，太阳的一丝温暖他们也会感觉到，就如昆仑山上的一棵草。土地的融化，植物是最早体会到的。山里的婆婆丁和这里的婆婆丁都一样在融化的湿土里，绽放出齿状的叶子，不计较冷暖，寻找着开花结子的时机。

我好像在一个新的地域里度假，我被我忽略的这座城市重新感染。我立即换上了夏装，在和煦的暖风里沐浴、畅想。在报摊上看着这座城市的报纸，我读着报纸的题目，就有了一种他乡遇故知的感情。在饭店里坐下，虽然那涮羊肉依然是那么薄，火锅里沸腾的水依然寡淡，但是，就是说不出的亲切。吃着、笑着、说着。人生也就是如此啊！

这时候短信也少了。很多的女朋友知道我正和妻子在一起，就放弃了攻击和述说的机会，把喧闹的手机变成了一座逃亡后的城市。那方砖似的手机，孤单地在那里睡着了，那些嬉皮笑脸坏笑的女人们也在手机里面睡着了。一瞬间，好像很遥远很遥远了。我在山里呢，她们不在山里；我在地上，她们在星球上呢。手机的放弃，使世界变得沉寂，人间变得清冷，思想变得枯燥，梦想变得虚无，只有天空的太阳和云的碎屑在飘。

妻子提醒我，回到山里的时候，要带些什么。我们的生活虽然已经定格在那里，可是这座城市留给我们的食品的记忆还存在着。很多年之前，在这座城市里我也寻找不到孩子喜欢的肯德基，只有从省城里带回来。今天山里的孩子依然没有看到过肯德基，但是已经知道了汉堡和炸鸡翅，我就想给山里的孩子带一些肯德基去。但是一想到那么多的朋友，我又不知道带给哪个朋友的孩子肯德基好。妻子提醒说，带些酱油吧，还有碗和盆子。其实这些山里都有，那里的和这里的大超市里的品质是不一样的。我喜欢把煮熟的米饭泡上酱油吃，但是这里的酱油在米饭里就没有色泽和味道。

"五一"短假很快就会过去，城市里的树叶越来越大。可是在归途的火车上，绿色在我们寻找的目光里越来越少，最后我的面前依然是冬天以后的一片荒原。在车窗里遥望黑色的土地，那里已经播撒下萌芽的种子，一个雄壮的绿色的大地正在做着准备。

那时候我还小

这一天我变得年轻了。

我坐在主席台上，参加五四青年节的表彰大会，领导还让我讲话，我心里就有些激动，已经有几十年没有这样的机会了。

这是一座现代化的会堂。强烈的灯光照射在我的脸上，我感到光明和温暖。红色的座椅上坐着穿着蓝白相间校服的学生们，优秀者都穿着西服披着红色的绶带，一片喜气洋洋的气氛。

会议开始，高唱《共青团之歌》，我好像是第一次听到这个歌曲。虽然词句我一句都没有记住，也没有听清，但是，那激动人心的旋律搅得我一颗病态的心高昂起来。我年轻了。

我想起我的共青团时代。那时候我积极写申请书，可是就是不被批准。也许是因为我年纪小，但是我已经是中学生了。看着那些光荣入团的同学，我的压力很大，我盼着早一天入团。我是那种不爱学习，爱参加各种活动，爱热闹，爱在忙碌里面享受集体活动的学生。加入不了共青团，我也不能表现得不如人家。我就开始画画，给学校的墙报画报头。我把我画的素描拿到教室里让大家欣赏，我在我的黄色的书包上画上图案。直到那些因为入团而高傲的同学羡慕地看着我的时候，特别是那些我喜欢的女同学羡慕我的时候，我才舒了一口气。

那时候，学校到场部是一条土路，路的两边是弯曲的柳树。在临近场部的地方，还有一座小桥。夏天的时候，桥的下面流淌着雨水。有一天傍晚，班级的团支部书记找到我，还没有说话，就一脸通红了。我和这位当团支部书记的女同学都在住宿。我们不在一个生产队，她的年龄也比我大好几岁。因为开垦北大荒的时候学校成立得晚，一旦成立，不管岁数多大，就都上学了。所以，在我们的班级里，最大的女生都快到了结婚的年龄，最小的男学生还在尿炕。班级里面入团的学生就这么几种：一是年纪大的，二是领导家的子弟，三是班主任老师依靠的班干部。找我谈话的团支部书记是属于年龄大的，也属于班级的骨干。

她是在我买饭回宿舍的路上和我说话的。因为正是青春期，男女同学接触都很谨慎。谁要是和谁在一起说话，就会在班级里成为玩笑的把柄。更厉害的是把这对说话的男女定为对象，会传很久的。所以，她在碰上我的时候，在四处没人的情况下，她突然低声对我说：晚上我找你有事。天黑了，你在去场部的路上等我。

她说这话的时候，我的左手拿着一个玉米饼子已经咬了一口，右手端着的土豆汤洒到了我的手上，我不知道她说这话的意思。我那时是班级最小的学生，但是我也已经知道了男女的事情。我以为她要和我约会，但是我又马上否定了。因为她的年纪太大，而且她也从来没有看一眼到我的脸上。那还有什么事情呢？肯定是班级的事了，我就想问清楚什么事，于是我就追问她。这时候又有端着土豆汤的学生出了食堂，她说我一句："别问了，等我。傻样！"她说得怪亲切的，我的心里就热乎乎的。我对她的印象很好，她的脸色永远是红扑扑的，还白，眼睛也大大的，很好看。嘴永远张开着，牙齿白亮亮的，看上去不仅好看，而且还一脸的喜气。后来她毕业了，场里好多男人追求她。前些日子她退休了，我见到她，她依然那么好看，就是那张脸被田野的风吹得发干。

那个夏夜，我们沿着通往场部的土路走着，一直走到小桥。她身上散发的香脂的味道我现在还能回忆起来。我现在体会到，记忆一个人，最好的记忆是她身上散发的味道。当我听出她是以团支部书记的身份和我谈话的时候，我就激动了，我以为我要入团了。可是到了小桥，我才听明白，今天开了团支部会议，我已经列为入团积极分子，她分工培养我。在初中阶段，我已经有了三个负责培养我的支部人员了，可是还没有入团。眼看就要毕业了，她来培养我，我能够入团吗？我急着入团，而且现在已经看到了曙光，团支部书记开始培养我了。我兴奋地在那个黑夜的土路上四下里看着，好像柳树都开了花，躲藏在树枝里的鸟儿都高兴地在夜空里飞翔起来。我们来到小桥上，坐在桥的水泥台上，她向我讲述怎样做一名合格的团员，怎样从思想上入团，怎样在班级里起带头作用。我听着，其实我在看她那件细碎小花的红色衬衣在晚风里掀动的衣角，这是她最好看的一件衣服，每年这个季节都穿着，同时在模糊的黑夜中体会着她那张好看的脸。

　　这样帮助我入团的同学有多少个我已经记不清了，但是就是她我记得很牢。我从初中开始做入团积极分子，直到高中毕业也没有入团。

美丽的星期天

在我的生活里，最美好的日子是星期天。

星期天是西方传过来的。据说上帝为了强迫人们休息，才制定了星期天。凡是在这一天工作的人，上帝会惩罚的。我们千百年来以种地为主，按照春夏秋冬四季来安排休息。一年里，我们只有春节才可以放松一下，来一次大的休息，所以我们是勤劳的中国人。而西方每周都要休息，雷打不动，可见西方人的懒惰。

现在我们的乡下也没有周末，也没有遇到节日就休息的习惯。我知道的，农民们只有端午节和中秋节才当节日过，其他时间都不遵守法定的节假日。

谁都有自己的活法，这也是一种自由吧。

我就是喜欢星期天。忙碌了一周，放松一下，早晨可以睡很长时间。没有人来打扰，心里平静着，身体懒散着，意识混沌着，精神被收藏起来，似睡非睡地抱着被子，在枕头上翻来覆去。阳光跟随着，从微弱的红光淡成金黄的烈日，在脸上跳，在被子的柔软里泛滥，在伸出的脚上流淌，暖暖的，热乎乎的，睡够了，电视都响起来了。还是李咏起得早，电视里都听到李咏逗弄女孩子了。现在是购物街，转轮转到哪了，还是睡吧，好容易一个星期天啊！

只有星期天是自己的，是家人的。如果上班偷着休息，心里就不安。虽然头一天工作到深夜，虽然陪客人喝酒很晚才回来，虽然有很多的理由，但不是星期天，就无法安心地睡觉，无法自由地在家里。神经都张开着，感觉都负担着，心里压着，脑子里惦记着，天空里的风筝，线还牵着呢。可是星期天就不一样了，自己就是自己，我就是我，起得晚，然后想吃得舒服，然后寻找电视节目。手机响起来，是短信，还好；是电话，心里就升起了怨恨；是邀请的电话，就会拒绝；是安排工作的电话，就无奈和痛苦；是有任务来了，就感到天昏地暗。一周就这么一个自己，被电话消灭了。还好，自从脱离了主要工作，手机就不繁忙了，星期天就是自己的了，连女粉丝的短信也停止了。女人就是聪明，知道星期天我和妻子在一起，玩笑就不好开了，话也不好说了。本来就是互相玩笑的，要是真的影响了家庭，多不好啊！星期天，手机就成了一块砖，一只铁块子。妻子问我，没有短信呢？没有短信的星期天，也真的很寂寞，很没有身份啊！

在这里工作，早晨八点上班，十一半点下班；下午两点上班，五点半下班。早晨不愿意起床，上班就好好工作，中午没有客人就睡午觉。下午下班五点半了，回到家里吃完饭，天就黑了。时间紧呀，工作期间不忙就看材料，就思考，就等待领导安排事务。问询，就回忆有什么事情没有办。办公桌对面的门随时都会打开，进来的是管你的领导，听你管的同事，有联系的各单位的人。我偶尔有了思想的火花，有了按捺不住的心情，可是我不敢写。我已经停止了在工作期间写博客，停止了在工作期间写文章。如果写，就是工作的事，打开电脑就是新闻和工作。我怕人家说我工作期间写，写我要写和大家喜欢的东西。如果我的工作出了问题，我的工作没有做好，人家就会说我不务正业了。我要管住我自己，做一个好的公务员，好人，热爱工作的人。我很多的想法就这样在心里睡着了。有一个长得很好看的女人，安排我写小说。我想了很多的内容，写一个做烧鸡的流浪人，写一个卖拉面的文艺人，写一个知青留在北大荒的孩子成了一流的歌手，写一个日本开拓团的故事，但是没有时间写。星期天我贪睡，就更没有时间了，我不想让劳动夺去我的星期天。

因为星期天在我的心里是美丽的，是傍晚那片闲暇的天空，太阳下去了，云在休息；是中午阳光下的河流，放纵地流着，阳光在波浪上玩耍；是静谧的操场，空旷里是广大和深远；是田野地头上等待没有干完活的伙伴，等待的得意和临近起身要走的匆忙的交织；是妻子儿女的相聚，欢乐和亲情都在气氛里；是高考后终于知道做对了一道别人没有做对的题。我把星期天说成是美丽的，就是因为星期天是无法比拟的，是无法形容的，是休息又是短暂的，是不工作又是和工作联系的，是在家里度过却是有着身份的，是回家又是要回来的。我不知道别人怎么对待这个日子，但是我是把星期天当作我一个美丽的日子藏在心里的。

　　星期天，是因为工作，是因为平时的劳动，是因为事业，她才美丽的。

老莱河的早晨

　　小城的西面是一条河，这里叫它老莱河。

　　一座城市有一条河流过，那么这个城市就有了生命。没有河水的城市，就像一个女人没有秀发一样，就像男人没有手臂一样，就像花朵没有芳香一样。河水带给城市的是灵气和灵魂，河水的流淌是城市的脉搏在跳动，是城市的人群在呼吸，是城市自己在吐故纳新。

　　老莱河上面是一座桥，桥的西面是一个小镇，叫双山镇。一条连接山里和山外的铁路从双山镇通过。这条铁路是这片区域里的另一条河，一条凝固的河，一条奔驰的河。桥的东面是我居住的小城，小城的周围是田野。无论冬夏，那些摄影爱好者、摄影家都会来到这里，那些北大荒原野的照片几乎都是在这里拍的。这个周末，我见到了著名的摄影师，他是以拍照北大荒的田野出名的。我一边和他喝酒，一边和他开着玩笑。我说他喜欢这里的肥臀丰乳，大家以为他喜欢女人，桌子上肥臀丰乳的女人们就笑起来。我和大家解释说，我说的肥臀丰乳，是这里的丘陵地带。摄影师看准了这里，说只有这里才会拍出好的照片。起伏的大地，给摄影带来了层次感、广阔感。他是来拍春耕的，黑色的土地在他的镜头里面，肯定是一幅从天而降的瀑布。摄影师并不在意我的玩笑，他说这块土地是有女人的丰韵，拍起来很秀美。女人的照片好看，也不是一张脸，而是身体的起伏。徐静蕾的照片，突出的臀部可以放一个茶杯，美也就在这里。

小城虽小，当年也是名人聚集的地方。从这里出去的，有很多是名人了。比如聂卫平，在这里铲过地呢！那黑白棋子就下在了这万里山川。大家现在还记得他喝小烧酒没人能喝过他的情景，当然也记得他不愿意铲地而要下棋的故事。还有很多的名人，因为是做官的，就不好在这里提起了。在这条老莱河的上游，还有一条河叫科洛河，早晨聂卫平就在这条河边下他的围棋。小城故事多，小城来的名人也多。虽然这里偏远，但是这里的田野吸引着他们，因为这里有一条河。

小河在春天里流淌，在夏天里翻腾，在秋天里宁静，在冬天里思考。一条河，在一个早晨里，记述着小城的历史，在流淌里把信息带向世界。小河，老莱河。它的新的早晨就要开始了。

天边飘来一片蛙鸣

这是一个初夏的夜晚。连日的阴雨洗刷后的空气还泛着甜甜的潮湿，原野正如一个疲累的儿童开始熟睡下去，清新的呼吸弥漫在夜色里。村庄安静下来，在巨大的白杨树的遮掩下，像一座躲在月光后面的山峰，静谧里潜藏着喜悦和兴奋。一条没有尽头的水泥路在乡村和丘陵里穿过，如神奇地飘浮在天空里的玉带，柔软地伸向远方。

我坐的汽车在滑下一个缓坡之后，停在了一片低洼的开阔地附近，那是生长着塔头墩子的沼泽湿地。长时间坐车让我的头有些晕，我准备下车休息一下。在我打开车门的一刹那，我被飘涌而来的一阵声音所吸引。这么熟悉的声音，整整齐齐地向我扑来；这么美妙的声音，是夜空里风的天籁；这么单纯的声音，我想起了教室里那群孩子。天涯游子，他乡遇故知。我伫立在路边湿润的草地上，听了很久很久。我一下子回到了我故乡的那片草原，草丛里在雨后传出的那片震撼的声音，今天仿佛在心底里又复活了，像夜一样悬挂在我的眼前。

我问司机，这是青蛙的叫声吗？

司机说，是。

我说我好久没有听到青蛙的叫声了。

说完，我站在那里，又听起来。

我像面对一杯陈年佳酿，诱人的香气陶醉了我。蛙声一阵一阵的，如一层一层的波浪，舔碰着堤岸。那种韧性，那种连绵，那种团结，那种由细碎的浪花般的组合，由西洋人大合唱般的优美，由清空里雨滴般的集合，深深地感染了我。我从小就是在一片蛙声里成长的。泥泞里，青蛙的跋涉，旅行者一样，从草原和芦荡里出发，又来到新的草原和芦荡里。阳光里它们就是这样不停地行走，不停地行走，即使就在原地画了一个圆，它也要走。我不知道青蛙的生活习性，我也不会去研究它们，可是它们为什么会在雨后聚集在一起歌唱？为什么在寂静的夜晚在一片水域里歌唱？那场雨带给它们爱情了吗？那个夜晚是它们的新婚吗？我不知道，真的不知道。我想那么兴奋地唱起来，那么整齐地合唱起来，一定是它们最美丽的时刻，是它们自己的幸福时光。

　　我不知道我的故乡是哪一天没有蛙鸣的。我知道有一年的秋天，一个打鱼人在他承包的河里打出了一车一车的蛤蟆，他十分惊讶，他不知道蛤蟆为什么会集体来到他打鱼的网里。那一年之后，河里已经没有了蛤蟆，但是草地里还有青蛙，一个上海人还到水田里钓青蛙给大家做汤。于是这个不食青蛙的地方，开始了抓青蛙，把青蛙用来做汤，用来烧烤。我知道我故乡的青蛙不是被我们那些好食者吃没的，但是有一天，它们确实没有了，一个也没有了。就像草原的上空飞翔的我们叫"赖毛子"的那种鸟，在猎枪肆虐的时候突然消失了一样，青蛙在我的故乡也消失了。"赖毛子"的消失是因为猎人到来的时候它不知道躲避，而是在人的头顶上空挑逗抗议地鸣叫，以唤起人类的"良知"，所谓的"良知"正是一声枪响。我一直以为青蛙的消失是田野耕种使用农药的结果，可是我今天所在的地方，农药比我的故乡用得还多，青蛙依然还在，蛙鸣依然那么雄壮。我知道我的青蛙为什么要离开我，也许那片故乡的土地已经没有可以让青蛙们眷恋的了。

　　夜越来越浓，田野越来越静，蛙鸣也越来越洪亮。我仿佛看到青蛙的两腮鼓起的气泡，一起一伏，如黑夜里闪烁着的星斗。它们匍匐在青草和浅浅的水坑里，升起的声音和水雾的飘浮一起在我的面前演变成巨大的浪涛，汹涌澎湃。那已经不是一个声音的世界，而是大自然在向人类呼唤，是一种生物最后的祈求。那一席水域如诺亚方舟，正承载着我们人类的朋友渐渐地远去。

我关上车门，大地是一片寂静。

又是一个阴雨的日子

这一天注定要下雨，我是知道的。我不知道地球的历史，我知道我的经历。好像在我的回忆里，这个日子总是下雨。无论是我的故乡，还是我现在工作的地方，或者远方那片山区，山区那条小路，小路上那个打伞的人，都在雨中。好像那一团一团的雨云，都是约好了，就是今天来，来看看雨下面的人。

人们在干旱里呼喊着雨，雨在今天才会下来。庄稼顽强地与干涸的泥土争夺着水分，到了今天也许只有一丝丝力气，一点点精神。如果到了明天……不会是明天，雨是在今天的早晨，昨天的晚上就下来了。一片一片的，一阵一阵的，在水洼里滴出圆圈，一圈圈地转着，好看的圆规画出般的圆。水滴在空中走着，没有影子，只有落下来，才有了响声，有了水洼里的涟漪。树的叶子放开了绿，草拥挤成了绿，黑色的土地等待着绿，雨和绿色拥抱在一起。

这是一个下雨的日子，是生命开始的日子。那个生命是大地里的一粒黄豆，在湿润里分开两半甲壳虫似的盔甲，就开始了生命的旅程；那个生命是一株玉米，翻滚着捆缚自己的嫩芽，箭一样奔向目的地；那生命是一声啼哭，嘹亮着山野的风雨，在石头的尖锐处汇成一次奋飞，成为一个优秀的儿女。

记住这个雨的日子，记住一个生命的开始。水的滋润里，生命是鲜活的、秀美的。我看到这里的丘陵无比高大，绿色随着大地的起伏，如一个滑雪的健儿高高地滑下来，在空中雨中翻成遍野的绿色。雨和绿色搅和在一起，在地上迅跑，在空中呼啸。我终于懂得了，大地醒来的时候，是绿色的呼吸；大地生命的血液，是绿色的流动。春不是大地生命的开始，季节不是大地变化的记录。只有雨，大地才有了生命。雨是大地的母亲，从雨中开始生命的成长。今天，雨里诞生了一个新的世界，一个夏季的开始，一个绿色的丰碑。

雨，在今天下。在今天里，雨把大地抱在怀里，慢慢地摇着，摇着。雨的母亲轻吻着渴望许久的土地，那土头土脸的孩子，那饥饿待乳的婴儿，在雨的母亲的怀抱里，温暖地笑，湿润地歌唱，伸着懒腰地呐喊。雨的母亲啊，你抚育了山川的绿色，绿色是你放纵的流淌。雨的母亲啊，你正颠覆着那些艺术家泛滥的比喻，土地已经不是母亲，土地是雨的母亲的产床；大地是雨的母亲休息的一张椅垫；田野是雨的母亲正在孵化的太阳生下来的一枚天鹅蛋。我用雨来抗衡大地，因为大地是雨的母亲正在抚摸的摇篮。

雨是要在今天下的，因为那个生命已经在今天注定要诞生了。不管人类把大地梳理得多么平整，不管季节的呼唤多么急切，不管骄阳如何吸吮着大地的汤汁，雨的母亲只有今天才会把生命放在这硕大的床上，广阔的褓褓里。它出来了，有风照顾它，有太阳陪伴它，有寒霜欺负它，因为有雨，有在它身体里滚滚奔流的绿色的雨，生命就永不枯萎。

雨，在今天下来了。今天是 6 月的 9 日。

最炎热的天气

　　这几天好热，天地之间刮着热风，空气里弥漫着热流。我躲在屋子里不敢出来。我曾经是不怕热的，可是现在的热却让人透不过气来，也许世界真的疯狂了。

　　闷热的天气和忙碌的生活都集中在我的个人世界里。我像压在水底的鱼，渴望在水面上透一口气。我身边的和家里的人，担心着就要举行的奥运会。这样的天气里，刘翔跑起来会是什么样的感觉呢？今年这样一个日子里，因为奥运会的到来，无论是城市还是乡村，家庭还是个人，都觉得活得充实而有意义了。

　　最近的雨水还勤，庄稼在潮湿而热烈的气候里，生长得无比旺盛。玉米蹿出了缨子，黄豆齐腰深了，水稻长得也很优秀。种地的人们沉浸在劳动后的幸福里，虽然天气热，庄稼还是在热的浪潮里长啊！

　　看到田野里的绿色，即使天气炎热，心情也会好起来。

　　昨天和朋友及朋友的家人吃饭，说起了我身边的那片草原，我就有些兴奋有些激动。那些在京城里生活的孩子，根本不知道草原的故事，更不知道草原是什么样子。我立即和他们讲述起来。我闷热的心，在草原的过滤中凉爽了起来。就是这样的热天，当年我们还是在草原上啊！小的时候去草原上捉蝈蝈，蝈蝈吱吱的叫声掩盖了草原上潮湿的气息。当我能拿起钐刀，我就在这炎热里打草了。闪亮的刀锋在绿草里划过，绿草在刀下堆积在一起。一趟一趟打下

136

来的草，彩虹样地在草原上铺开，花草的香味在空气里飘荡。汗水湿透了衣衫的人们，陶醉在草原的香甜里。那种时光永远烙印在我的脑海里。有了这片草地，我就什么都不怕了，仿佛一切困难都被草地吞没了。

大学生们问我什么是碱草，我给他们形容着碱草的样子。那利剑般生长的碱草，都是蓝色的。在绿色的草地上，蓝色的碱草是另一种风景。阳光暴晒，它们挺立如铁；狂风吹过，它们不动也不摇。那种伟丈夫的姿态，给我留下深深的记忆。

所以，也许世界上都把草叫作小草，而真正的草，是有着君子或者英雄般的气质的。

在这种炎热里，我想起我的草地，我感到了心的凉爽。

晒晒太阳

连日的阴雨，加上低温的阴冷，已经有好几天没有见到太阳了。快到中午的时候，太阳照耀着，温暖也来了。我把窗户打开，让暖风吹进来，舒活一下被冷意僵硬的躯体。记得那天傍晚吃饭的时候，那些女人们都穿上了棉衣，那一张张面孔在冷雨里缩紧了皮肤，笑容都是努力的了。走的时候雨还在下，"面的"在风的呼叫里经受着啪啪的雨的颗粒的碰撞声。今天太阳出来了，我有意地在中午和午后被太阳和风吹干了皮的黏土上走过，享受干脆的土皮破裂后下面湿润的柔软，像嚼着脆皮的糖果。虽然腰和脚的关节依然隐隐地不舒服，但是烈日的暖意给了我信心。我也突然想起草原上的一幕情景：雨后的草地上，一种叫"大眼侄儿"的鼠样的动物，会爬出洞口，站立起来张望。它那特别大的眼睛，在阳光里黑得像夜晚。它在晒太阳呢。

乱七八糟的想法也在脑海里翻腾着。我在想人类的伟大，伟大在哪里呢？我想首先是和动物有区别。我们人类有语言，求爱的时候可以说出来，可以像普希金那样写出来。动物不会，动物只能发出气味，只能用叫声，只能用动作。要是动物也能把爱情写出来，该多好啊！人类的思考也与动物不同。如果动物也能思考，那一本一本的书，就不是人类写的了，动物的经历写在书上会更加惊险。如果动物像人类那样会打铁，会制造工具，就会也制造核武器什么的，把人类消灭。那时候要保护的不是动物，而是人类了。如果动物也会制造那就坏了。我们人类就会被动物赶进和羊一样居住的羊圈里，不让我们出来，出来了怕我们变成魔鬼。

人类真好，人类主宰着一切，地球是人类的家园。家园的意思，那些动物，山川海洋，都是家园里的摆设。

人类里面也有聪明的人。那个聪明人会说，消灭人类的是人类自己。那么人类怎么消灭自己呢？

我想消灭自己是从享受来的。人类的懒惰造成了人类的进步，人类的享受带来了人类的灾难。

烟草和鸦片本来是用来治疗疾病的，我们发现后，开始了吸食；酒是饮食中的伴侣，我们却用来酗酒；生育是上帝的安排，我们却培养了妓女妓男；机车的发明是用来远途的，我们却要以车代步；官员是革命分工不同，我们却开始争夺；皇帝是继承和天意，我们却造反；养在家里的动物是吃的，我们却要捕猎；科技的进步是弥补我们生活的不足，我们却用来污染；人类出生是平等的，我们却人为地用金钱和地位改变现状，使上帝不得不用死亡的平等来惩罚人类；人类是不应该有羞耻感的，可是自己要把自己包裹起来，制造神秘；包裹人类的衣物就是植物，可是人类把包裹人类的衣物变幻出等级，使人类有了虚荣；文字是用来传达信息的，可是人类却要在文字里面制造出皇帝、皇妃、农民、干部、知识分子、男人、女人，文字含义的不平等造成人与人的不平等；人的自私是生存的本能，可是我们还要装得很高尚，于是社会里就有了虚假；本来人与人是一样的，但是有的人要指挥，有的人要听指挥，这叫合理的秩序；居住的地点是天意的安排，有了一个词叫随遇而安，可是我们要分成发达地区、落后地区、京城、大上海，人为地造成了居住地的自卑和狂傲。其实，住在哪里都是一生。当然，人类的聪明会造出很多伤害自己的事来，直到人类的灭亡。

也许人类只有这样才能发展，只有这样人类才活到了今天。就像土壤一样，一层层地成为土地，土地成为大地，大地成为地球。我们也一层层地成为团体，团体成为国家，国家成为人类。

在太阳底下照射着，就会有想法；想法写出来，就是给人看的。看懂了的，就会笑得很阳光；看不懂的也会笑，笑得也很阳光。因为太阳今天出来了。

期待着第二次握手

　　等了很久的事就要实现了。上面有人要来这里视察，我是第一次作为一个主要成员参加这项活动。因为没有任务，就没有了负担，但是事前的准备我还是很认真的。在电视里都看到了，这种场合要穿短袖的白色衬衣。我没有，就让小田从齐齐哈尔市回来的时候买了一件。因为我的肤色太黑，就没有买纯白的，买了一件有淡蓝色的格子的，虽然价格低，但是穿上还好看。在接待的前一天，要求是白色的，我只好又在当地买了一件。这一件是长袖衫，把袖子剪下去，变成短袖的，穿上之后一看，很合适。头发也染成黑色的，这样黑白相间，年轻了不少。我这样做不是要突出自己，一是场合很特殊，二是对大家的尊重。还要求穿深色的裤子，这个有，西服裤子就可以了。

　　那一天到来的时候，我早早地来到办公室。路上打车没有打到，我只好走。西服裤子没有穿，抱在怀里。因为我住的小区没有铺路面，连日的阴雨，到处都是泥泞，每次上班来，我的脚上都沾满了泥，好像刚从田野里走来的农民。那个楼区以前是一片麦田，泥土黑而黏，沾在鞋上很顽固。办公楼光洁的楼道上在我走过之后，就会留下一粒粒泥土，我停下来开办公室门的时候，泥土就很密地留在办公室的门前，屋子里都处是泥土，好像刚刚有一些耕种的人来过一样。幸亏我的鞋很好，在来这里的那一年，和女儿在商场里转，女儿告诉我，这双皮鞋可以在洗衣机里洗。我很好奇，就买来穿上。

这种原产于马来西亚的鞋在中国制造的二代产品，穿上很舒服，但是样子和那粗大的线很不好看。妻子为了我的形象，不让我穿，但是在走过泥泞之后，用水一洗，依然如故，在这种环境里，只有穿这种鞋了，没有想到会有这种巧合。

来到办公室，我把沾满了泥的鞋换掉，把西服裤子穿上，白色衬衣穿上，照一照镜子，发现白色的背心透出了衬衣，我又把背心脱下来，直接穿上白衬衣。照一照，很好。看看时间还早，就打开电脑。在距离十分钟的时候，我下楼去了宾馆。宾馆门前已经有很多的人了，都是白色的短袖衬衣，蓝色的裤子，黑色的头发，白皙的脸，在早晨的阳光照射下，放射着神采。我懂得了穿戴的意义，整齐，正规，形象，美好。看看我自己，我也很得意。但是再看看别人，我发现了不同。这种不同是我早就预料到的，但是我还是失误了。因为作为一个大的集团，企业形象很重要，所以，集团要求佩戴集团的徽章。我在换衣服的时候想到了，可是却没有办。现在所有的人都佩戴着集团的徽章，而我没有。我一下子急了，我赶紧回办公楼。

我想到宣传部的同志上班早，作为宣传部的人肯定有。我找到宣传的人，他很吃惊，不记得徽章的样子，急忙翻找，也只找到了一枚小企业的徽章，我只得离开。这时审计处的人也来了，他们也急忙帮我找，都没有。我回到我的办公室，看我的西服，上面曾经有过一枚，但是现在这套西服不是有徽章的那套。正在我失望的时候，审计处的朋友找到了，我高兴地下了楼，一边走一边戴上。

来到宾馆门前，机关的同志正在找我，她已经为我们准备了徽章。我白白地忙碌了一番。

越是级别高的领导越简朴。简单的自助餐之后，大家在一起照相，照相前和领导握手。领导和每一个人握了手，当握到我的时候，我感到了那只手的润滑和温暖。

回到办公室，我坐在椅子上，在想是不是继续穿这件白色的衬衣。我感觉到这件衣服很舒服，应该继续穿下去。可是我又怕穿脏了，还要洗，尤其是在这阴雨的天气里，衣服很容易脏。还有就是参加酒会，我的狼吞虎咽，常常把一件新衣服弄脏，可是不穿我又觉得我太节省了。我的这种节省已经使我的很多衣服落后或者变小而不能穿，被放弃了。可是要继续穿下去，如果有一天需要的时候，我的这件衣服正脏，洗也来不及，我怎么办呢？想一想，我恋恋不舍地换下来，挂到衣架上面去。这一次的使命它已经完成了，第二次我不知道什么时候开始。

小城夜话

我把每一个夜晚写下的心语归为夜话。

今天的夜晚落了雨。被阳光炙烤了一天的水泥路面还温热着，雨滴打在上面，像落在烤热的铁板上，立即蒸腾起一团热气。顿时闷热的空气里，水蒸气的湿润和淡淡的土腥味弥漫成雾，在一天的热浪里裹紧的身体松爽开来。我想起小时候，看到燃烧的炉子把炉盖烧热之后，我们喜欢往炉盖上吐唾沫，烧红的炉盖就会吱啦吱啦地响，冒起的热气里是唾液的咸味。没想到天空会这么顽皮，在热乎乎的地上吐了这么多的唾沫。

小城的热和我在其他地方感受的热是不一样的。其他地方的热是温的，是烧开了的水，这里的热是烈的，有一种干辣椒的感觉。就是夜晚天气凉下来，从窗口吹进的风里也有着冰碴儿般的刺痛。这里的海拔高，紫外线照射强烈。无论男女，脸色都涂了一层酱色。阳光照射在水泥的城里，反射着金属样的光泽，照射在绿色的田野上，阳光就会像逃跑了似的钻进植物的叶子里去了。

其实我到了哪里都是随遇而安的，只是对这里的交通感到别扭。公路连接大城市的几乎没有，火车是慢车也不要紧，但都是中途上车，没有座位，心里就不踏实。嫩江县是个大县，我十年前来到这里曾惊讶这里的富足。但是十几年过去了，一个这么大的县城却没有一条硬化路面与外界相连接。交通的不便带来的物价高和商品的匮乏还是其次，主要是人心里的封闭和文化的落后。

昨天在哈尔滨和一些文友一起吃饭，我又感叹这座省城的虚伪。本来想和大家喝点酒，可是在齐市卖几元十几元的酒，这里都百元以上。最便宜的是八十八元，喝了之后有一种泔水的味道。还是啤酒好，我们就大喝了一顿啤酒。我也理解了这座城市号称啤酒城的原因，那些小说家和编辑的鼓励使我忘记了自己，我们就忘我地喝。其实文人是最单纯的，连喝酒都是真的喝，醉了就醉了。我是不喜欢喝酒的，这些年喝酒是为了打发生活。工作需要酒，解脱需要酒，联系感情需要酒，打发寂寞需要酒。我就开始喝酒，酒精使我唤醒了感情，酒精使我豪言壮语，酒精使我放荡不羁。我常常怕喝多了不能自控，我知道酒精的好处是解脱人们的精神枷锁，坏处也是让人想入非非而不能自已。

和文友喝酒之后，我就发现我的文学没有飞跃是因为我没有经历刻骨铭心的爱情。不是没有女人爱我，是我把爱情没有当一回事。真像普希金那样爱着，爱起来没有完的时候，爱到决斗的程度，我也能写出那么伟大的诗句。我把男女的爱情看作是生物遗传的一种本能，所以小说里就不会有生死之恋。我知道了这些，就想在艺术的创作里写出一个爱情故事来。看着我面前的这些小说家们正经的样子，我就想笑。我知道最不可靠的就是写小说的，在大家面前的谦恭是一种伪装，躲在眼睛后面的才是真实的目的。看着大家喝酒的狂放，我也得意起来。我不喜欢喝啤酒，但是我也开始喝起来，因为白酒太贵，我好面子，可是我也看着大家把菜吃光，也不想加菜了，这里的菜太贵了。我也是孔乙己了吗？我在酒意里介绍了我们新编的一本叫《九三人的故事》的书，我把里面的片段从文学的角度讲述给他们，他们被震惊的同时，呼喊着此书出版后一定送给他们阅读。我还讲述了我正在写的大散文，用文学的视角叙述九三，他们听了很感兴趣。

雨很快就过去了，凉爽很快降临了。我爱着这样的夜晚，夜晚的宁静和安逸，使我感到了幸福。

村庄里面的都市

　　小城镇建设发展得很快，楼房一座一座建立起来，散居在平房里的居民满怀喜悦地搬进了楼房。这些种地出身的居民，是很懂得楼房的妙处的。他们给儿女结婚购买的住房，都装修得和真正的大城市的有钱的居民一样，富丽堂皇，看着儿女们在新房里开始新的生活，他们一定很高兴。但是现在轮到他们了，这些还没有老，但是到了中年末期的职工们也要进入楼房的时候，情况就有些变化。

　　他们开始生活的时候就是在平房里。在平房里结婚，在平房里生子、锅碗瓢盆、针头线脑，零零碎碎的都堆在仓房里、院子里、旮旯里、屋顶上、炕角上，有道是穷家值万贯。过去的日子虽然穷，但是过得踏实，不就是家里啥都有吗？可是现在要搬楼房了，这些东西怎么办？孩子们说扔了，他们是没有从苦日子过来的，不知道一根铁丝一截绳头，都有用场，家具是旧了，可是那些立柜沙发当年都是自己做的，木头都是好木头，哪像现在都是胶合板和锯末做的，一点也不结实。人们所说的古董，不都是这么一代一代传下来的吗？那些纤维板拼贴的家具能传到哪个年代啊？

　　乔迁新居是件大事好事，人们都兴致勃勃地开始了搬家。搬家的工具既简单又便捷，都是四轮车，突突地把东西拉过来。管它破旧不破旧，都摆在了房间里。过去睡的是炕，也不能在楼里搭火炕了，所以床是新买的，其他都是旧的，住起来也舒服。那些破烂木头也拉来了，都放在了一楼雨搭上面，小点的放在了阳台上，更小的就放在了阳台外面挂着的铁筐里，这是他们的发明。用钢筋焊一个铁筐，在阳台上钻上眼，把铁筐绑在阳台的外面，使阳台外面又多了一个小阳台。水缸也不能扔，都放在了走廊的过道上，如果是一对水缸，就像两个看门的狮子一样，扣在那里。装大酱的缸放在了阳台外面一个雨搭上，上面盖着那块发黑的老白布，四个角上系的铁圈还在上面，都生了锈。家里原先的一切都安顿好了，都市的生活就开始了。

一切都很习惯，一切又不习惯。过去烧水就是几把柴火，现在用电烧用液化气烧都是钱啊。楼房的四周也能找到一些烂树枝，于是就在楼房的下面开始用铁壶烧水。蓝色的烟雾在楼房的下面冒出来，小心地在楼房的开阔处袅袅地飘着，因为渺小和自卑，连爬过楼房那么矮的高度都没有了信心，在那窗口的眼睛里很快就消失了。

大家都是从土地里出来的，见了土地就十分亲切。楼房前后那些黑色的土地还没有种上花草，即使种上花草的地方土地也剩下不少。栽上几棵葱，种上几棵茄子辣椒就够一家人吃的了。凡是小区里空闲的地方，就有了整齐的一排排的蔬菜。有人把西葫芦也栽上，正开花的西葫芦，伸长了脖子在楼房的挤压下寻找着阳光，花瓣上粗糙的花粉，像粗心的女人没有把脸上的粉擦匀。

楼房里的主人也和在乡下一样早早地关了灯。好在这是夏天，很晚了，天也黑不透。就是黑夜了，路灯还亮着，屋子里也是亮的。这种把屋子一层一层摞起来，一家在另一家上面的生活，他们觉得很滑稽，很有意思。本来在田野里生活习惯了，这里却要规矩起来。别的还好说，上厕所是在人家的头上，还要坐在人家的上面，这不是欺负人吗？上了厕所还要冲洗，流水的声音哗哗地响。一家人睡觉，隔壁的说话听得很清楚。打麻将还行，声音啪啪地摔。要是夫妻压到床上，嘎吱嘎吱的弄得下面都能听见。床垫子都是那种便宜的，软软的，睡着就云里雾里的。要是办事，哪有炕上那么好？又想起了家里的火炕啊！

　　村庄正在消失，楼房都傻呵呵地立起来。生活改变着种地的人，而种地的人的心里，这些楼房只不过是新的一种活法，而在他们的认识里面，依然是村庄和遍野的庄稼。

那些城市那些人

我常常对自己的一些做法不能解释。

我也因此知道了一个人和一潭水一样，清澈的时候就会自恋，浑浊的时候就不能自圆其说了。特别是感情的东西像翻腾的大海似的在生命的运行里潮起潮落，人的自我就被淹没，随波逐流地不知道漂向何方。

当假期到来的时候，我就会莫名其妙地着急起来，然后就会急切地出发，回到这座城市。无论是在列车里还是在颠簸的小车里，我的兴奋和激动都在心底压抑着。我望着车窗外还没有被绿色遮盖的黑色的土地，望着绿树摇曳的远方，望着被破旧的砖房包围的一座座原野上的县城和乡镇，县城和乡镇里正在和已经崛起的楼房，把贫穷和富有分割开来；望着河流在大地上蛇一样弯曲地流淌，断层的河床袒露着羞涩的沧桑。望着，望着，我竟然没有一丝倦意。

回到这座城市，我并没有去看那些熟悉的男人和女人，我在安静的家里开始了休息。我睡在床上，心里的感觉就像暮色里的那座远山，被红霞包裹，被大地的暗蓝色涂抹，那么放松地自然地横亘着，就是那种沉静的状态，本能的状态。我好像去远行刚刚回来，好像看望朋友刚刚回来，好像出差刚刚回来，我回到了家里，我要在我温热的床榻上把疲劳和风尘在睡梦里洗去，在翻身的咬牙和呓语里洗去。我对自己说，我回家了。

周围都是亲属和朋友，知己和老师，有的把酒临风过，有的谈笑风生过，有的缠绵悱恻过，有的记忆犹新过，有的是男人里的领袖，有的是女人里的佼佼者。有的读过我的小说，有的我读过他的诗歌。恰年轻风华正茂，指点江山，激扬文字，粪土当年万户侯。马路上连过去的每一辆车我都几乎是熟悉的。那倚在围墙根卖樱桃的女人我还记得，那推着车在大街上走过的汉子我还认识。可是我知道，我回来，我不是为了这些，不是为了熟悉，为了探望，为了寻找。我回来，为的是一种感觉。

那座城市那些人留给我的感觉，那些楼房和商铺留给我的感觉。我虽然在床上躺下，在床上睡着了，我的醒着的肌肉却贴在城市的风的皮肤上，我的溪水般的呼吸却流淌在城市的红绿灯下。这座古老而新兴的都市，这些传统而进步的人群，不会感觉到我，我却会感觉到他。这就是一个人的渺小和一座城市的伟大，一个永恒和一个瞬间的区别。

其实，我去的那个地方和这座城市也是连接在一起的。一条嫩江，我去的地方在上游的一个大江的汇集处，尼尔基水库的水拍抚着我生活的那座小城的泥土，而这座城市在嫩江的下游，漂泊的冰排带来浩瀚的田野里我们农垦人的消息。君在江之头，友在江之尾，日日思念月月想，都是一家人。嫩江，如恋人般地随着我逆江而上，又如情人般地随着我顺江而来。在江之上，找到我的事业和追求；在江之下，回归母亲般的温馨和甜蜜。

那座城市那些人，那些人在那座城市里，那座城市在那些人里。一个游子的感情在城市和人群里。我不知道我回归的激情能够保持多久，但是我知道，每一个人的心里都有一个故乡，人在哪里，故乡就跟到哪里。我在问自己，这座城市是我的故乡吗？我在问自己，那座小城是故乡吗？

是啊，故乡在每个人的心底。

小城的交通工具

　　小城本身就是世外桃源，它具有着自己的特色。建立之初，是日本的拓荒，后来是军人的开发。日本人在建立这座小城的时候，从地理到人文，都有过精密的计算。房屋建设在高高的土坡上，坐落于土坡以南，房屋的方向也是计算过的。早晨太阳升起来的时候，照射在北面的窗户上，到了上午就开始照射在南面的窗户上，充分利用了日照，因此这里的房屋即使在冬天也阳光灿烂，十分温暖。

　　随着小城的发展，交通工具成为呼之欲出的问题。现在无论走多远，都是坐出租车，没有公交车，据说正在研究公交车的使用。我想过，这样一个干净美丽的小城，公交车一定要有特色。最好是那种电瓶旅游车，装饰得好看一些，随开随停。

　　如果更有特色，就建设一条轻轨，从电业局到一中，开一列小列车。从电业局到一中，是一个坡。坡度正好可以使车下来的时候不用动力，自行溜下来，然后再开上去。这样既节省了动力需要的电或油，又有自己的特色，将成为小城一景。车厢不用多，一到两节就够。早中晚用两节，其余时间用一节。车厢的装饰要古老而陈旧，车头也要有老爷车的味道，站台要有欧洲风格，行车时要有风铃的响声。

　　于是，有一天，一列旅游的有轨火车开动了。它慢慢地向下滑，到了老年活动中心停下，那些老年人刚玩完体育场上的各项活动，精神焕发地走到车站，当车停下后，他们走上车，坐在车厢里兴奋地谈唠着，下一站是文化广场，散步的人们也上了车。列车在办公楼，在十字路口，在交通局停下，他们下车。当列车来到局直中学、第一中学的时候，会有很多的孩子们上车。挤满车厢的孩子们，快乐地笑着、歌唱着。列车吃力地向坡上爬去，一边爬，汽笛一边响起来。

小城因为有了小火车这道亮丽的风景线变得温馨而美丽了。

小城未来的样子

　　小城故事多。小城什么样啊？我只能描述现在的小城，只能说现在的小城正在建设中。要说小城什么样，我们去过东北的许多县城，每个县城的样子几乎是一样的，区别只是楼房的多少和位置的关系。这里也是那种正在兴起的县城的样子，只是比县城小，比县城干净，比县城简单，楼房都是学县城的。这个在当年垦荒中脱胎出来的小城，正从红砖平房向楼房转化。

　　昨天，在总局要求"抓城"的中心组学习会上，我谈了小城建设的想法。农垦的诞生是一个怪胎，是那个年代的产物。它在城市与乡村结合的地方发展，有其艰难之处。但是现在的方位定得准，力度大，这将是改变农垦的最好时机。同时，农垦是一张白纸，城市建设可以在此基础上，建设得更独特，更有新意，最后必将是大地上的一座美丽的小城。

　　所以，我建议请国家乃至国际上顶尖的设计师，对小城进行总体设计，拿出规划和设计的总体模型，然后再建设。

　　我们得承认我们是建设的外行，我们的水平不高。农垦因为地域和艰苦的原因，能走的都走了，留下的文化水平有限。不可能在有限的水平里设计出一个有特色的小城来。中国的鸟巢、国家大剧院，都是请国外设计的。如果这个方面不抓好，建设起来的一定是混乱和没有特色的小城。如果说我们的小城把人都装在楼房里，那么要建设什么样的楼房呢？如果我们还要保持一种田园的风光，又该是什么样的居所呢？这些是要思考和文化、经验和眼光、水平和专业来解决的。

小城的人是敢干的，有了钱之后，什么都敢学习，现在就在建设高层楼房。我的想法是，高层要建在老莱河畔，这样会使高层楼房有了河水和田野的风光。

在建设小城中，还要有城市的一些东西来提升。要选出市花、城市的吉祥物、城市的标志物。我们在这样边远的地方，有了特殊的标志，有了别具特色的城市模样，人家就会来旅游，就会在共和国的版图上出现一个因当年开发而诞生的一个小城。如果小城的有轨电车开起来，街道上响着叮当的铃声，路的两侧是来往的旅游的人群，我们就生活在一个童话的世界里了。

在最高的地方修建一座庙，让心灵得不到释放的人们去烧一炷香，化解掉心头的郁闷，远来的人们会因为这里有最古老的寺庙而络绎不绝。这里的人生生不息，只有庙宇岿然不动。一个城镇的存在，因为庙宇而有了底气，因为庙宇而成为人群宜居之处。据说漠河正在做这件事情，那么我们就不是最北的寺庙了，但是我们可以是最灵验的寺庙。

我还没有对这座小城建立感情，因为到现在为止，这座小城还有着垦荒时那种突击的精神，那种说干就干的随意性，那种学习别人又自我封闭的老大的心理。科学的、理性的、完整的、按部就班的、协调的还在完善之中。把农垦分局建设成为城市，是一个崭新的举措，也是当今时代的要求。如果小城建设起来，加上正在建设的公路网，有一天，见多识广的人就会说：这不是当年的欧洲吗？

那个遥远的小站

在春节的假期里，我要好好地休息一下。从农场到分局，我在两个职务之间，衔接得很匆忙，连一分钟的喘息都没有，我就坐在新岗位的椅子上了。于是，忙碌接着忙碌，周末回到家里，以为会恢复一下，会把劳累消除掉，但是几百里的时差，短暂的安静，并没有给我带来身体的放松。周六刚刚得意地休息一天，周日就又坐上了返回的火车，这种匆忙反而显得很疲惫。还有就是酒，就是在陌生的环境里面的交往和适应，就是使用微笑和不微笑，以及夜晚的写作和思考。我感觉自己好像一辆装满了货物的马车，在坎坷的路上颠簸和行走，拉车的力气和车上货物的摇晃以及对货物的担忧，困扰着我，所以，当春节到来的时候，关在家里，身体就像卸下货物的老马，散了架一样地疼痛。幸亏假期很长，缓解了身体的疲劳，一切也都随之放松下来了。

我也很害怕这种放松。因为在松弛的环境里面，我的思维就长上了翅膀，开始了回忆。我首先想到的是那个小站，那个过去叫双山的三级小站。几年前，它改为九三站。也许这样改给九三分局带来了广告利益，但是，这一改，却割断了小站的历史，小站的文化，昔日那散落在铁路两旁村落的感觉已经全没有了。但是在我心里，小站无论怎么改，都改不了它的遥远，它的小。它就是火车在运行的时候，临时停靠的一个地方，小得让人伤心。可是它有站长，有书记，有主任，有警察，有售票员，有行李安检机，有闪烁的红绿灯。于是它留给我记忆里面很多美好的记忆。这种记忆远远地超过了那些大站,那些人流滚滚、汽笛吼叫的火车站。短短休息的几天里,每每回忆起来,都给自己带来许多温馨,暖暖的,流遍了全身。于是我就停下一切,呆呆地坐在那里,任奔驰的火车在脑海里面隆隆地驶过,带起的风沙使我耳朵出现了短暂的失聪,皮肤上的沙粒袭击的感觉,像童年在屁股上打了一针,疼痛过后那种令人幸福的痒痒的感觉,就有几分陶醉和幻觉,美美的了。世界上能够给人记忆的只有火车,只有火车行走着的气势,只有火车巨龙般地在原野上穿过的壮丽,只有那融化在空气里面的汽笛声。汽笛一声肠已断,从此天涯孤旅。蓝蓝的天空里面,好像都是那奔放而气冲山河的汽笛组成的。那飘着的云,一朵朵的,一丝丝的。那一片片云,是轰隆隆的火车留下的,是火车的翅膀,是火车放飞的风筝。

我坐在家里,就这么常常想起那个小站。它建筑在高坡之上,我们在站台上等火车的时候,风,田野的风,就会吹过来,吹过来,吹起我们的头发,吹起我们的衣衫,吹动我们的心怀。高高的小站啊,田野的守望者,我们大豆高粱般站满了月台。春的复苏的野草燃烧后的气息簌簌地飘来;夏的绿色膨胀的浓香款款地裹满了我们的眼;秋的高远的天空红晕般的艳阳静静地睡着;冬的白白的雪色疯狂地搅动。火车沉重的车轮在季节里碾过,无数次敲打着那片土地和小站附近凌乱的家庭的门窗。灰色的老鼠一样的出租车一辆接一辆地行驶,站台把它们集合在一起。我想起我坐了五个小时的火车之后,在临近的深夜里,沿着火车冰冷的铁梯子走上站台,被晚风扫荡得静悄悄的小站立即就沸腾了。火车巨大的呼吸,邮政车厢的忙碌,小站值班长和列车长的交接,他乡遇故知的小站工作者和列车员的玩笑,黑暗里远方的迷茫,站台上惺忪困倦的灯火,旅客匆匆的脚步,使夜晚的小站出现了一个热闹的场面。这种夜晚独有的场面,会牢牢地嵌进人的心里。我会想到俄罗斯文学里面描写战争时代的车站,军人的皮靴响亮地走过小站的情景;我会想到北大荒的创业者们当年走进荒原的漫长的旅行;我会想到我的父母带着我们从牡丹江来齐齐哈尔时转车的凄凉。那一切，仿佛都过去了，但是又仿佛就在眼前。长长的火车好像父母，小小的站台犹如儿女，就这样相见、相别，成为遥远的故事。春节在酒的热烈里，来往于九三的过客们还会边吃饭边甜甜地回忆起那站台上刮来的寒风，曾经掀走了头上的皮帽，冻透了厚厚的棉衣。

"你知道这里有多冷吗？从车上下来，脚上的鞋就冻在地上了。一走路，把鞋从地上拽下来，嘎巴嘎巴地响啊。"人们在一种调侃里讲述也许很痛苦的事。小站，留下的是令人难忘的画面。

我的一个亲属二十世纪五十年代就在九三工作过。问起他的记忆，他好像都忘记了。但是想起来的就是那个小站，那个三等小站，每天就有一趟慢车停一下，然后就急忙地走了。我的亲属描述他从火车上下来，徒步走上一个高岗，就到了九三局。他是最早的农机校的毕业生，那里最早的苏制机械他都驾驶过。苏联老大哥留下的浪漫编织了田野的梦想，他坐着那唯一停靠小站的火车离开了那里。他做梦也不会想到，他的亲属在他退休之后来到了他当年生活过的地方。他问我那个小站，那唯一的一列火车停靠的小站是怎样的，我怎么去对他描述呢？现在已经不是只停一次火车的小站，站台已经铺上了水泥砖，而那座候车室还是过去的，高高地破旧地立在那里。灰色的墙面被火车的风尘熏染得已经没有了风采，但是在夕阳里，依然安详而静谧，犹如一个半老徐娘，在客栈里迎接一趟又一趟旅客，倾听着田野里面回响的沙沙的歌唱。岁月，有多少代人的脚步留在了小站的地面，有多少火车带起的风尘震动了小站沉睡的心灵，它就这么被抛弃在远远的丘陵地带，忠实地守候在大兴安岭脚下。它一面是滚滚的松涛，一面是五谷飘香的田野。它是一个静静的摇篮，在夏夜的星光里，把它身边的小城摇睡了。

如果说一个人懂得了爱，那么他的爱就可能是一个美丽的故事；如果说一个人留恋上一段感情，那么他一定是找到了可以寄托的归宿；如果说一个人懂得了生活，就会对没有性灵的泥土生出千般的眷恋。我有时候就会问自己，为什么刚刚休息过来，就会想起那个遥远的小站，那远远传来的火车的铿锵声音好像一遍一遍地在心里走过，那激昂的汽笛震动得浑身几乎战栗起来。我问自己，想那小站吗？想那清冷的站台里面橘黄色的座椅吗？想那摇晃着走步的随意的小站服务人员吗？那山坳里伸出的火车的车头正向我开来，巨大的轰鸣钱塘江大潮一般滚动着，我在等待着，等待着徐徐停靠下来的火车。

遥远的遥远的小站，已经在我心里了。

第二辑　散步的火车

我的火车

　　我的火车每周要开一次。也许我会坐很多火车，但是我要写的就是这北去南来的火车，它以齐齐哈尔为出发地，以最北的漠河为终点，沿途故事，我就写在我的《散步的火车》里面。只有乘坐这几趟火车才叫散步，只有这几趟火车里面才有说不完的故事。色彩斑驳脱落的车厢，脚步沉重而思维滞缓表情孤傲的列车长，山里山外的乘客，正编织着美好的传说。

　　我不知道我在这条铁路上会奔波多久，我也不知道我在那闷热的气味杂陈的车厢里会遇到多少麻烦，但是我知道生活的丰富多彩，人类的变化多端。那有几分肮脏的行囊、猥琐的衣着、粗黑的手掌和放荡的叫骂；那劣等酒精的熏染，劣等食品的推销，乘客们旅途中的知足；那列车沉重的咣当声和列车员随意大喊的报站声，一切的一切，都会在我心里留下深刻的印象。其实，旅途并不漫长，但是因为是慢车，本来三个小时的路程，火车要走五个多小时。好在是夜间行车，我可以把我的睡眠用在这趟车上。每次在我就要下车的时候，那些还要度过漫长黑夜和漫长旅途的人们，就占了大的座位准备睡觉了，他们那种恨不得所有人都下车，只有他自己在车上睡觉的样子，使我感到了人的自我是多么的强烈。每当夜里十点钟到来的时候，困倦就笼罩了整个车厢，连空气都倦怠得要睡着了，轰隆隆的火车行进的声音把车厢变成了摇篮。我把这些告诉朋友们，朋友们肯定会喜欢的。

因为我在一个新的工作单位还没有定居下来，起码现在还没有房子，我的这种奔波就要无限期地延续下去。也许我也是太喜欢齐齐哈尔这座城市了，我还不想离开她。这里有我喜欢的男人和喜欢我的女人。一个女人曾经对我说，知道你在这个城市里，我的心就安稳。啊！这个世界，一个男人往往为了女人的一句话，而做出一件不可思议的事情来。我知道，男女如果陷在感情里面，就是冬天里看树，树都是绿色的。当然，这个女人就是我的妻子。

除了这山里的火车，就是奔向繁荣和发达的火车。这样的火车我也经常乘坐，坐在这样的火车里，就是舒适，就是享受，就是豪华。可是这里没有故事，那些制造故事的人在快速行驶里还没有来得及暴露出来，或者在清洁的车厢和周到的服务里给泯灭掉了。乘坐这样的火车，就像我们饮用纯净水一样，而我的北去的火车是一汪山里涌出的清泉，给人以原始和自然。

我为我有机会在火车上散步而骄傲，朋友们也一定会因为我的故事填充生活而感到充足的。

清水洗尘

　　北去的列车将在晚上十点钟离开哈尔滨站，到漠河去。我乘坐这趟列车将在中途的一个小镇下车，开始我新的生活。

　　这个夜晚正是奥运会结束的时刻，我在一个小店里看完了运动员们的欢聚，看着圣火徐徐落下，正期待着宋祖英和多明戈那高昂而明快的歌声，可是离发车的时间越来越近了。我只得放弃我的期盼，向站台走去。

　　我买的是一张软卧车票，到那遥远而圣洁的北面去，这样好的座位并不贵，所以，和我一个包厢的另外三个人，都是农民，其中一对是夫妇，他们在我的上铺。列车还没有开动，他们已经早早地睡到上面去了。男人爬到上铺之后，就急忙脱去了裤子，裤兜里的土沫立刻飘飞出来，在我的眼前瀑布般地飞落下去。他把裤子卷了放在枕头上，然后把 T 恤也脱下来，结实的筋骨和黑亮的皮肉袒露在铺位上。他一边和我头上的铺位上的妻子说话，一边转眼就睡着了。我听到他妻子快乐的骂声，直到下车也没有见到这个女人的模样。

　　我是被女列车员叫醒的，我知道我去的那个小镇就要到了。列车又走了一个站地，我在模模糊糊中，看到被窗帘遮掩着的车窗透进了外面的光亮。秋夜的四点钟，天开始亮了。遇到的熟人把我拉到小镇的宾馆门前，等他们走后，我并没有住进宾馆。这个被承包后的宾馆我以前住过，超过一分钟算账都要收半天的费用。我看离

163

上班还有三个小时，我要住下，就要花一天的住宿费了。于是我在晨曦里来到了对面的浴池。

这是一个地下浴池，门开着，我沿着阶梯走下去，里面的门也开着，躺在沙发上睡觉的女服务员站了起来。我说能洗澡吗？回答是能。接着又告诉我水还不热，得等到六点。我说行。就买了毛巾等浴品，进了男浴室。值班的人穿着白背心也睡在沙发上，他接过澡票，说水正在加热，要等一会儿，然后给了我一套浴服。暗淡的灯光下，浴服是黑黑的一团。我把我的衣物放在柜子里，拿起浴服，浴服滑而柔软，穿在身上，还很舒服。值班的告诉我，你先休息一会儿吧。于是我来到了休息间。黑暗里一只只单人床整齐地摆放着，床上面是一个海绵垫子，有一个黑色的枕头放在垫子上。有几个人散落在床铺上正在睡觉。轻微的鼾声和细密的呼吸声均匀地响动着。隐隐约约能看到挣扎的大腿和弓成虾米样的腰。有的身上盖着一件衣服，双手把衣袖搂在怀里；有的就是一个裤衩，把两只胳膊抱在胸前取暖。也许是疲劳了，我躺在海绵垫子上，觉得很舒服。我盘算着，洗个澡，然后到小吃店吃一碗馄饨，就到办公室去上班。这是第一次上班，要先和领导见个面，再把大家叫到一起认识一下。于是，崭新的陌生的工作就会开始了。不知不觉地我就睡着了。我被一声喊叫惊醒，原来睡觉的是烧锅炉的。他们一边喊着一边站起来，去烧锅炉了。

记得年轻的时候进城去开会，就到大浴池去洗个澡，那时候是在池子里泡。后来疾病多了，就不敢泡澡了。尤其城里的浴池，水池子里的水是不换的。他们用一个网子把水里大的漂浮物捞出来，人们就接着在里面泡。因为水里面放了药物，水是绿色的，很好看，但是没有多少人敢洗。这里的浴池就不一样，水是新放的，正在加热。看来偏远有偏远的好处，那种传统的东西还保留着。看着一池清水，清水里面腾起的热气，我就忍不住心底的意愿，慢慢地沉到池子里去。温热的感觉浸透了全身，疲劳和迷茫，奔波和向往，困惑和愁绪，在热烈的水里面都溶化掉了。我仿佛被包裹在爱的柔软中，随着热气飘升起来。水面的清澈里是我舒服地伸张着的脚，我这才知道人的幸福是从脚上来的。我用力把脚伸出去，伸向很远的地方，我用我的脚趾去抓获我需要的东西，我在水里伸了个懒腰。

这时候又来了几个人，他们是专门来享受这热水的。看着他们下水，我得意地在水里晃动着。一段时间来，我千里之行，风尘一身，灰土披挂，旅途的风雨使我疲惫，行走的艰辛使我厌倦。在这温水里，清水里，热水里，洗去我身上背负的一切；在舒畅里，自满里，快意里，溶解我心里的一切，一会儿，我从水里出来，我就是另一个人了。

蒸气在水里轰鸣着，仿佛天摇地动般令人战栗，可是我觉得十分好听。我在清水里洗去我的多余，我的疲累，我爬出浴池的时候，让值班的人把搓澡的喊来，我要干干净净地离开浴池。

清水洗尘。

心情笔记

我匆匆忙忙地登上了 0268 次列车，没有座位，我在餐车上以买份饭的形式找到了座位。当我平息下来，我知道另一种生活开始了，我不知道我是兴奋还是烦恼。但是我知道，我的一生就这样在奔波里度过去。这种奔波也许很劳累，但是也很有趣味。我想起了电影《周渔的火车》，我会在这列车的来回之间，经历艳遇吗？那可兴奋啊！虽然这深山里钻出的列车上没有巩俐那样的女人，但是结实强悍的女性还是有的，窈窕纯正的女人还是有的。我想未来的一列火车就是《九三的火车》了。

饮酒的愉快和应酬也使我在往返的旅途上出现了麻烦。往往要喝完酒才上车，所以，在车上就感觉到焦渴和难受。破旧的车厢和陈旧的衣着，劣等的服务和车厢的肮脏，使快乐的旅途变得暗淡而无奈。

很长一段时间里，因为工作的调整，我的心绪都是烦乱的。上半年我把我的长篇小说写完，在漫长的等待里面，我又接着写了几个中篇，然后我开始了喝酒送行的应酬，我再也安不下心来写出新的文章。但是开着博客，放在那里的博客就像嗷嗷待哺的婴儿，等待着我写出新的内容。我一般有了好的想法，就先打出来，然后贴到博客上去，这时候我一点心思也没有，就把很多不成熟的东西直接打到博客上面去了。于是我那些好友们就开始向我发难，指出我的草率和不足，紧接着奥运会就到来了，场里的事就更加艰巨。我一边忙碌着事业，一边看着奥运。这样一个伟大的运动，我却没有看完整，只是看了一些片段，以至于奥运的闭幕式我还是在旅途上看的。奥运圣火熄灭的时候，我正在旅店里结账，大厅的桌子上摆放着电视机，服务员开发票的时候，我的眼睛盯在电视上面。一个旅客也看电视，突然他站在了电视机前面，宽阔的后背挡住了电视机，我气得大吼一声，让他躲开，他疑惑地看着我，闪开了，可是圣火已经熄灭了。心里揣着这冉冉的圣火，仿佛就有了力量和精神，一路快乐着上任去了。

因为我的调离，我的博客的点击率也大起来。我知道，很多的人想知道我的行踪，很多朋友关心着我的生活和工作。天涯海角，有人牵挂是幸福的；异域他乡，有人想念是美好的。自从我办起了博客，我有了更多的朋友，有了更多的女朋友，有了更多的知己般的朋友。我本来就封闭的生活突然开放了，我家有门常打开，欢迎你来。我把我业余的很多时间放在了博客上，每当我写得不好，让朋友失望，特别是女朋友失望的时候，我都有一种负疚的感觉。我想把我写的东西都用完美包装起来，可是不行。当我的心情不好的时候，当我的工作忙碌的时候，当我喝酒的时候，我就不能把博客写好。

其实，在哪里工作都是一样，该做的事就要做，不该做的事就不要做，想做的就去做，不想做的就不要做。因为年龄的关系，对事物的迟钝造成了新鲜感的下降；对人生的领悟造成了上进心的懈怠；对追求的玩味造成了敏感性的懒惰。吾将上下而求索。把遇见的观察的认识的一切都记录在这里。博客，人生的另一个舞台，也是朋友相见的地方。我会在这"老地方"约会。

旅行包和我一起旅行

我知道我这次是远行。

妻子在列车启动前，会为我打理好行囊，把我一周用的衣物准备好。妻子知道那遥远的地方很冷，每次都会把厚衣服准备好，一件件衣服都要装进包里。妻子把女儿远行时用过的旅行提包拿给我用，把一件件衣物放在提包里面，我背在肩头，向火车站走去。

我喜欢背着这种旅行提包走在路途上。记得我的父母从这里回到故乡的时候，都要提一个或两个这样的旅行提包。有的是粗帆布做的，有的是人造革的。有一年在天津车站，我和父母围着一个冰棍车吃冰棍，走的时候把一个旅行提包忘在了冰棍车跟前，我们走了很远才想起来，父亲跑回去，那只旅行提包竟然还在冰棍车旁，我的父母都舒了一口气，因为包里装着我们出门的全部资金。我那时还小，没有体会到父母那种冒出冷汗般的惊险，但是我对旅行提包的记忆加深了。

女儿的这个旅行提包是一个减价的名牌产品，女儿曾经为能够用这么低的价格买到这样的名牌旅行提包而得意了很久。每次远行，女儿都背着它，后来女儿有了新的旅行提包，这个旅行提包就放在了家里。没有想到，她的父亲会把它背起来，开始重新闯荡一个陌生的世界。

现在的旅行提包已经不像我父母时代所用的包裹了。它的样子不仅好看，而且里面很能装东西，装得满了，也不变形，背在肩头贴在人的身上，很人性化的。我背着它乘坐公共汽车，乘坐火车，乘坐出租车，都感觉很方便。最近我来回数千里参加考察，一路奔波，每次休息，我都把旅行提包拿到宾馆里，把里面的衣服换上，把新的东西装进去。我感觉到每一天都是快乐的。

也不知道为什么这么快乐，其实工作的转变对于我这样一颗麻木的心灵已经没有多大的刺激，回首往日的艰辛也没有为自己的功劳而有一分的得意。自己在现实里已经感知到了宇宙的渺茫，懂得了人生的无奈和生命的渺小。我在写着这一段的时候，祖国的"神七"就要升空。在那宇宙的空间里，哪有让人骄傲的领域？浩大的天体，到哪里去识别一个人匆匆的旅行？还不如一块石头留下的弧线能够把黑暗照亮。虽然只是一瞬间，也要比人类伟大得多。

在行走的平原和山岭里，看万山葱绿，田野金黄，我在劳累里却睡着了。车行千里，才知道世界是这么大；望眼欲穿，才知道各处的人们都生活得十分知足。劳动，吃饭，繁衍，周而复始地运动着。我不愿意去追寻这里面的哲理和感悟，我只是感到自己的充实。

我感叹着我的充实。

无论我走到那里，我背着女儿的旅行提包，提包里是妻子为我浆洗折叠的衣服，仿佛家人都团聚着。妻子和女儿在身边的旅行，就是家庭的旅行，家庭的旅行是最幸福的。有了幸福，有了这种温馨，走到天涯海角，好像都充满了力量。

散步的火车

　　开往加格达奇、漠河、韩家院子的火车，基本是慢车。逢站就停，遇车就让。一路上，田野广阔，山川秀丽，人烟稀少，心旷神怡。火车的车体依然是老旧的绿色，车身横着一条黄杠；车厢里依然是高背绿皮的座位，一边坐三人，一边坐两人，铅皮的座位号码钉在靠背中间的车厢上。地板是橡胶的，红红的，很柔软。厕所里的搪瓷便池虽然已经换成了不锈钢的，但是仍然看不出干净来。列车上的服务员无论男女，都是上了年纪的，男的已经皱褶堆积，沧桑满脸，反应迟钝；女的也开始发胖，腰身浑圆，说话似喊，眼皮下垂，面部粗糙。他们到深山里去，从深山里回，一路风尘，服务着这一趟趟列车。

　　我把乘坐这老旧的列车，行走于无边的山川原野，比作散步。看着时而缓缓，时而快速奔跑的列车，身披山野浓雾，碾碎晨露风霜，我的心里就有着一种怀旧、一种轻松的感觉。她如一匹骏马，如一只苍鹰，如一道音符，如一面旗帜，在遥远的遥远的地方跳跃着，跳跃着。从今天开始，我以《散步的火车》为题，记述我在乘坐列车时的所见所闻，向朋友们报告另一种生活。

世界上任何一个角落的生活都是美好而快乐的。本次列车停靠

170

站：九三。

1. 上车

九三分局培训干部和召开劳模表彰大会，时间是本月的 13 日和 14 日。我于 12 日下午乘坐去韩家院子的列车到九三报到。

我换了衣服，背着背包，赶到火车站，列车开始检票。列车在三站台，我的座位是五号车厢 22 号座位。

我到的时候，列车门口已经堆积了很多人。这些人身上大包小裹的，正往车里面挤。衣服凌乱，满面汗水，有一种逃荒的感觉。我想起我同事的话：在火车站接站，看见衣着就知道是哪里来的火车。北面山里来的，衣服陈旧，穿得随便；南面来的火车，人群穿得溜光水滑，时髦靓丽。我挤上了火车。

这是旧体的车厢，还烧着暖气。大家嫌热，把窗户打开了。列车员喊着："把窗户关上，烧着暖气，你们还开窗户，哪有你们这样的？窗户关上了。"我找到座位，座位上堆积着很多东西。一个穿西服的女人说，我们正在办卧铺票，对不起。我看那女子还很顺眼，就没有说话。我站在一边看了一下，我前面的卡座里有人正在吃饭，烧鸡大葱咸菜酒糟的味道飘散出来。我发现这些人和我身边这个女子一样，都穿着蓝西服，西服上面还戴着一枚金色的徽章，看来这是统一行动的。后来才知道他们是嫩江县的。一个矮个子的人，剃了光头，穿着西服，很滑稽的样子。他站在过道上，正说着什么。

一会儿补卧铺的人回来了，她们一边收拾东西，一边说，还是那个车长，办完了。这两个女人长得都很顺溜，看着也很舒服，但是她们就在我的眼前消失了。机关的人上九三开会都开出了经验。三四个小时的旅途十分寂寞，就找一个看得顺眼的女人，挨着坐下，能说话最好，如果不说话就看着旅途也快乐。

她们走了，两个座位上就剩下三个人。这长座位一个座位坐三人。我的座位上有个女孩，穿着黑色运动服；对面也是个女的，上身穿了件暗红色小衫，很时髦，上面镶了很多钻，下身穿的赭石色便裤，裤腿上也镶满了钻。头发很长，烫满了卷，把本来很小的尖脸遮掩得没有了，而她又戴了一个红色的墨镜，墨镜上也镶了钻。她把瘦小的身躯偎在里面的角落里，把穿着黑色袜子的双脚伸到我的座位上，也不管我的反应，就这样随便地伸着。她旁边的空位上很快就坐下一个农民，这个农民是我后边卡座上一起的，他坐下就喊，还有空座，但是没有反应。这时候，我的座位上空了一个，对面的座位上也空了一个。农民买了报纸，见没人过了，就读起来。

列车开动了。

2. 列车员

列车员是个岁数比较大的男性。他剃光了头，脸上也刮得很干净。他的脖子有些歪，向右倾斜，左侧的颧骨像刀一样亮出来。他戴的帽子也是斜的，好像纠正了头部的倾斜。脸上的肉很少，皮肤包裹得很紧。由于脸上的皮肤绷得紧，眼睛鼻子嘴都很突出。

我以为很快就会平静下来，但是车行走了约二十分钟，就响起了叫骂声。我一看，是这个列车员在骂一个年轻的列车员。他说我刚吃饭不到二十分钟，车厢里就这么脏了，你一下也没扫。这个年轻的列车员很老实，在他骂的时候，想还嘴，但是又说不出来，从我身边过去的时候，我才听到他说，"你再骂一个。"歪脑袋列车员就大声地骂起来，而且骂出了侮辱人的脏话。只见这年轻的列车员站起要反抗的样子，但是，歪脑袋的列车员又大声骂了一句。年轻的列车员看看，没有反应，气鼓鼓地走了。这时，正赶上其他列车员路过，一个列车员就骂起来。我一看，他在骂歪脑袋的列车员，告诉他，你别欺负人，看老实人好欺负啊！这歪脑袋的列车员一声不响，看着他们过去了。等他们过去，歪脑袋的列车员一边拿着撮子，一手拿着笤帚，打扫车厢，嘴里还骂那个年轻的懒。这个车厢里是脏，他在以后的行车里，几分钟就是一打扫，每次都是一撮子。最后不得不扫一堆，往车厢的一头推。

我前面那伙穿西服的，轮流换着吃。男的走了，女的来了，说说笑笑，打打闹闹，边吃边喝酒。两瓶北大仓喝完了，要把玻璃瓶子给列车员。记得上车的时候，这两个玻璃瓶子歪脑袋都登记了，现在火车上对可以形成威胁的物品都很注意。我又一次体会到了出行要男女搭配的道理。男的在挑逗，女的听了挑逗竟兴奋得笑声四溢。我看到一双漂亮的眼睛在高兴的时候向我这里瞭望，和我的眼神正碰在一起，我被这双眼睛吸引了。美丽的杏仁眼，睫毛很黑，眼睛也很亮。当我们相互看到了对方的时候，都把眼睛停住了，对望着。我们都是良家人等，都迅速地躲开了。但是又不甘心，再次望去。我小心地又往那双眼睛以下看了看，于是我就没有了信心。她的眼睛以下，并不吸引人，也就是很平常。她穿了件银色的小风衣，敞开的脖领里系着一条黑色镶金线的纱巾，脸在灯光的照耀下闪着白皙的光。我感觉到她很快就要离开，到卧铺车上去，因为我们眼神的相遇，她推迟了她的离开时间。

列车员又在喊，躲一躲，躲一躲。手上举着撮子，拿着笤帚。我看到我后面卡座里的人也在吃饭。他们好像是做工的农民，习惯了这条路线。刚才打完扑克，现在开始喝酒，就是用罐头瓶装的小烧酒。菜也很简单，是黄瓜和干豆腐，但是吃得很香。列车员过来打扫，他们就一手提着干豆腐，一手拿着装酒的杯子，往嘴里喝。

3. 富裕站上来的两口人

车到富裕县车站上来很多人。虽然我们的座位还能坐人，但是都不愿意让别人来坐。我胖，就更不愿意让别人来坐了，但是，我又不能阻止别人来。

一个高大的妇女来到我的座位跟前，我就往里挪了挪。她马上坐下，把手里的大包小裹放在两个座位之间。见对面还有个座位，就把一个兜子放上去，说她还有一个没有过来。过了一会儿，一个穿蓝色夹克的人背着包裹过来了。妇女说，在这吧。那人看了看放行李的架子，满满的，就继续往前走。我看到最后他把东西放在了列车一头的架子上。

我对面戴墨镜的女人一声不吱，在用手机发短信。列车开动了，我身边的妇女坐不住了。我看她一眼，她穿了件毛衣，说不出的颜色，好像是粉色的，毛线很粗，竖条的花纹。脸是扁的，但很胖。

车走了一段，她就打开包裹，拿出一个空的袋子，她把空袋子的口弄开，像鳄鱼的嘴张着对着她，放到茶几上。然后又拿出一个袋子，我看清了，是五香葵花子的袋子。她打开后，就嗑起来。她嗑一个，把皮子就放到张开嘴的袋子里。一个一个地嗑，一个一个往空袋子里放皮。她隔着我运送瓜子皮，我穿的新衣服，我怕把我的衣服弄脏了。我说，你坐到这里来吧，我们换了一个地方。她很快就把一袋瓜子嗑完了。这时候，她忍受不了车厢里的热，就开始脱鞋。她穿的是带毛的矮腰皮靴，打开一边的拉锁，把鞋放在了地上，脚蹬着对面的座位。刚脱了有两分钟，她感到凉了，或者不舒服，她又把鞋穿上。穿好鞋后，她又解开了一个包裹，又拿出一袋葵花子，开始嗑。

她喊的那个男的也过来了，那是她的丈夫。她坐到对面去，让她的丈夫坐在她的座位上。这个男人很不一般。他问对面戴红色墨镜的女人，问她到哪里去。她说到韩家院子。他就说，你是谁家的吧？那女的就说，是呀，我是家里的老九。我吓了一跳。她的母亲生了九个孩子，现在八十多了，依然健康。男的对对面的妻子说，她是谁家的谁。那妇女还在嗑葵花子，显然对这种列车上的相遇不在意，嗑完一粒，把皮子送到空袋子里。男人就和戴墨镜的女的唠起来。这时我也知道了这老两口是从伊春探亲回来；是新林林业局的，过去和戴墨镜的是在一起。戴墨镜的说她到南方做买卖，现在又回来了，在韩家院子开了个商店。她一边说，也不抬头，在手机上书写短信。她对这个男的说，她最恨二嫂，每次过年她都整事。男的说，也没办法，你家当时人口太多了。戴墨镜的说，也是。他们谈了很多，我在一旁听着。

讷河下车的人多，座位空出来了，我就坐在旁边的座位上了。我看着老两口把东西都归拢到一起，有个包，男的要放到架子上去，妇女没让。等男的在座位上躺下后，妇女就开始打开这个包，我看都是吃的。她拿出一张报纸，把花镜戴上，看报纸。对面戴墨镜的女的弓着身体，躺在座位上。列车上检票的过来，那个戴墨镜的女子也不动，好像睡着了。列车员伸手在她突出的屁股上用手指按一下，她才坐起来，从裤兜里掏出票。高大的妇女看了一会儿报纸，可能灯光太暗，她把报纸放在对面的座位上，铺平。这块空着的地方是戴墨镜的女人屁股和腿留出来的。我看着妇女把报纸铺平，我不知道她的意思。我在一边看着。

妇女把包打开，拿出一个苹果，又拿出一把刀子，开始削苹果，削下来的苹果皮都堆在报纸上。削完了，就开始吃。我听着她唰唰地嚼，快到站的时候，她还在嚼。

九三站到了。

路见不平一声吼

我乘坐的 6221 次列车是午后五点二十二分从齐齐哈尔站始发，开往韩家院子的慢车。用我朋友的话说，这趟车遇见个厕所都要停一分钟。其实，这趟车给市郊的人提供了方便，它还要为北归的列车让车。我选择这趟车，一是回来早了没有事，二是和恩爱的妻子多待一会儿，也许第二点有些虚情假意，但是尊重也是一种征服。

列车徐徐地开动了。明亮的夕阳把光芒横穿过来，照亮了整个车厢。奔波着的人们，现在坐在车厢的座位上，正在平复自己的心情。列车的开动，使大家绷紧的神经松弛下来，归途的喜悦荡漾在每个人的脸庞上。

车上依然很多人，但是车厢比冬天要干净多了，管理得也好。我的皮包放在货架上，车长还提醒我不要丢了。挨着我坐的是山东聊城的农民，他们到加格达奇去打工。他们每个人手里都有一个塑料杯，样子像一个大油壶，盖着一个带螺纹的盖子，里面装了半壶水。每个人都买了一只鸡或烤鹅，装在肮脏的塑料袋里，他们一边吃，一边喝水，吃得很香呢。一个年轻的农民，吃完后把身边的一个女人的书拿过来看。他看的时候，我扫了一眼，是那种通俗的刊物，各种题目都有："早早孕，慎服药""女人的私处护理五大误区"……年轻人贪婪地看着，旁边女人的布兜里还有很多书。我看了这女人一眼，脸瘦小眼睛却很大。下车的时候，她才把书要过来。

车厢里一个小孩在到处跑，看样子有一岁多，能跑能说的。我想起我外甥的孩子来，也这么大，却能爬而不会说话。后来这个孩子引起我的注意，是他妈妈抱着他路过我身边的时候，他的小手碰了我一下。于是他妈妈就说："不要碰爷爷。"一句话使我很不舒服。我看着抱孩子的胖女人，猜测她的年龄，怎么样也找不出能够做爷爷的理由。后来我看到她还有个女儿，十岁左右的样子，她是小男孩的姐姐，对小男孩不但不照顾，看到小男孩摔倒了，也不扶起来，那女人就骂她不管她的弟弟。她不服气，她妈妈就打她，她一还手，妈妈就打得更厉害了，最后拧起女孩的胳膊上的肉，直到把女孩拧哭，才罢休。我看出来了，因为妈妈又生了个弟弟，妈妈把爱都给了弟弟，以前是受宠的宝宝，现在妈妈不娇惯她了。这种失落使小女孩恨起了不懂事的弟弟。

我还是回到我主要讲的故事上来吧。

上车的时候，两个列车员到 68 号座位补票，他们把补票员也喊过来了。列车员问补票员，说这小女孩够不够补票的。补票员说量一量啊，我也不知道。列车员说，睡着了，咋量啊？那就等醒了吧。孩子的母亲说孩子小不够买票的，要是够，进来的时候就补票了。这几个人说，等醒了再说吧。我看着还想，怎么这么认真，连个睡觉的孩子也不放过呀。

过了一会儿，车长过来了，他直接走到孩子跟前，对身后的列车员说，怎么没补票啊？列车员说，还没有睡醒呢，没量身高。车长说，量啥，这还不够啊？然后回过头来对列车员说，你要是不补票，不但要给小孩补二十一块钱，我还要罚你五十块钱，看谁整过谁，车长显然生气了。列车员说，我马上补票。车长走了，列车员在车长手里接过一卷纸，我看是那种老式的车票，给小孩的母亲撕下一张，小孩的母亲拿出二十一元钱给了列车员。

我在一边想，小孩没醒，就非要补票吗？根据是什么？我记得在火车站都有一个标尺，儿童超过一米一，就要购买儿童票。可是孩子在睡觉，怎么知道她就够买儿童票的条件呢？我坐在车厢座位的另一个空里，高高的靠背遮挡住了一切，我只是在猜测。在我看到列车员没有给她们正规的车票的时候，我就忍不住了。我知道这是列车在创收。

我找到了那个矮小的列车员，出示了我的证件。我说你们这样做不对，他说是车长让这样做的。他拿着我的证件，找到了列车长。几分钟之后，列车员回来了，他说车长在餐车上，要找我谈谈。餐车就挨着我在的五车厢，我走了过去。

车长个子不高，黑脸。车上的男工作人员我没有看到白脸的，都是黑乎乎的。他很严肃。他说，你不知道我们现在要求很严，小孩漏补一张票，就要下岗，最次也要培训一个月。他拿出一个本子，让我看上面的内容，我拒绝了。我说我不管你们的事。我要问你，那个小孩在睡觉，等她醒了，量她够买儿童票的时候再买不行吗？另外，你怎么知道她就够买儿童票的呢？你有尺子吗？

列车长说，座位是有长度的，看她躺在那里，就差不多。

我说：等她睡醒了不行吗？

车长说：不行。要是检查组来发现，我就要下岗。

我说：这检查组深更半夜的能来吗？

车长说：这保不准。

我说：你不会替孩子想想吗？让她睡醒。替孩子的母亲想想，她多想让孩子多睡会儿呀！

车长说：我怕下岗。

我说：你就不怕老百姓骂你没有人性吗？

车长说：你不要这样说。明天早晨她醒了我给她量，肯定够买票的。

我说：明天早晨你等她醒了，量完了再买票就不行？

车长说：不行啊，我要下岗。

我说：你有量的尺子吗？哪怕你的列车员拿着个木棍，说够这么高也行啊。

车长：……

我回到座位上，列车员过来坐在我的身边。这个很老的列车员对我说，不买票真的要下岗，我要是晚补票，就罚我钱。这回你说了，车长不会罚我了。

我看到列车员见我和车长理论很出气的样子，我就知道这个车长很霸道；我也感觉到列车员必须要这样的车长收拾，要不这车厢就不会这么干净。车行一路，他就不停地扫地。

我说我只是感到你们有两点做得不好。一是不人性化，等孩子睡醒不是也可以吗？二是不科学。你没有一个尺子来测量身高，就凭着经验，凭着你们是车长和列车员的眼睛就硬收，我看不好。

我说到这儿的时候，孩子醒了。孩子妈妈说，你看够不够高。小女孩扎着羊角辫，来到列车员跟前，矮小的列车员站直了，看小孩的头在他上数第三个扣子那里，说差不多。我说不够。列车员说，是，就像你说的，没有尺子量，就怕人家不承认。我们车长声高，一喊，就得承认够。我说这是欺负人哪，列车员嘿嘿地笑。列车员也就一米六，孩子在他身体的中间，能够吗？再说，也应该是不穿鞋的高度啊！

列车员也不好说话了。

世界上不平的事很多，也许这不算什么。我下车的时候，田野的风正向我吹来。我会很快地忘记这件事，但是我不知道对于我的意见列车长会怎样，列车员又会怎样。我希望他们改善工作，可是这向北的列车里面会有多少不容易的故事在里面。

站台上，列车只停留了两分钟就拉着那位车长和列车员在浓浓的夜色里，向北，匆匆地远去了。我走了一会儿，还能听到远去的列车沉重的喘息声。

女人的车厢

6221 次列车缓缓地开出站台，新的旅程开始了。乘客们洪流般从天桥上倾泻到站台上，在列车的车厢门口列成了长队。背着抱着拿着东西的旅客在列车员一一查看车票后，走进了车厢。狭小的过道立刻被挤满了，后面的人很难走过去。我被一个弯着腰的女人挡住了，她的身边还站着两个女人，面对着把头伸向车座底下挡在过道的女人的屁股，我只得站住。站住后，我才听明白，她们在找鞋。那个弯下腰的女人一只鞋找不到了。我在旁边等了一会儿，看着三个女人弯着腰寻找，最后才在过道上把鞋找到，那是一只棕色的瓢鞋，已经被人踩过。我没有想到，我今天在火车上散步，就和女人联系在一起了。

并不是说每次的旅行火车上没有女人。如果没有女人，列车是开不动的。只是这一次我被女人包围了，我才发现乘坐火车最自然最美丽最快乐的是女人。抱着孩子的女人，看着孩子在车厢里奔跑而快乐；陪着丈夫的女人看着丈夫喝酒而快乐；沉默的女人，在火车的震动和行走间体验着快乐。我座位的对面是三个女人，我的座位上靠着我的是个男学生，边上的也是个女人。

那个男学生开始坐在靠窗户的位置，那是我的座席。我来后小男孩让给我，我就坐进去。小男孩问我，他可不可以把他的黑色的背包放在我座位的里面。我说你的背包里装的是钱吗，小男孩摇摇头，我说，那就放到行李架上去吧。对面座位中间坐着的那个女人把背包放到行李架上。于是我知道了他们的关系：这个女人是小男孩的母亲。这个女人长得十分瘦小，上身穿着一件暗绿色的短袖衫，领口装饰着领结，下摆是小裙边，短袖口的边上抽着褶。她薄薄的嘴唇很能说，在述说里我知道她是到齐齐哈尔送孩子上学的。她的孩子和她一样瘦小，戴一副眼镜，看人时在镜框的上面把目光送出去，显得很吃力。后来我在他妈妈的对话里才知道，坐在他妈妈旁边靠窗口的女人，是他的班主任老师。班主任先来送孩子，在专业上拿不定主意，他妈妈才急急地赶来的。女班主任比他的妈妈长得白净，脸上有很多疙瘩，不过并不影响她的青春。班主任老师穿了一件黑色T恤，头发梳得很整洁，前面是一根一根的刘海儿，梳到后面的头发被一只好看的塑料夹子夹在了一起，穿了一身的黑色运动服，很利索的样子，而那个男孩的妈妈的头发也是梳向后面的，在后面堆起一堆乱麻一样的团，像刷碗的钢丝刷子。她的脸型并不大，皮肤绷得紧紧的，在说话的时候头上就像趴着一只黑母鸡，一跳一跳的。

女班主任说，我们吃东西吧，也没事。她们一边说，一边吃起东西来。先吃葵花子，再吃香水梨，又把三瓶小洋人妙恋拿出来。他妈妈说，我就是不愿意听广告里说大果粒，真难听。儿子说，韩国人说中国话，能好听吗？做广告的是韩国的金喜善。我也看过这个广告，但是我今天才知道那个做广告的女人是金喜善，明星呢。两个女人飞快地嗑着瓜子，一小袋瓜子很快就吃下去一半。吃的同时，也不忘说话。这时候又过来一个女人，她穿着粉色的T恤，脸上看要比她们老。她在我座位上挤出一点地方，和她们唠起来。她也是送孩子上学的，吉林师大，刚回来。她和小男孩的妈妈说的时候，我才听清楚，她们都是老师，都是一个林业局的。学生的妈妈是十八站的，教小学；小男孩的女老师是塔源林业局的，教高中，小男孩在她们班，混得很随便了，有时还和老师开一句玩笑；刚过来的这个女人，是呼玛的，教初中。教高中的那个女班主任不说话，只是吃，就小男孩的妈妈和新来的女人说话，我无法把这些对话记录下来。女人的说话和复杂的表情要是记录下来，我要写一火车啊。我还是概括一下吧：

小男孩的妈妈先是说到教师节了，要发奖品。一说起奖品，她就想到领着学生参加竞赛，一百元的费用学校不给报。新来的女人就问在她们学校里工作的老师，一个一个地问，当问到某个老师时，一听到这个老师和妻子分居，又找了个女人同居，两个女人就叹息起来，一起谴责那个男老师，说苦日子都过去了，好日子刚来，现在又这样了，然后开始咒骂那个男老师。说得连我都烦了的时候，那个粉T恤老师才回到自己的车厢里去。

小男孩的妈妈讲话的兴趣还没有减弱，继续对孩子说，看到了吧，到学校要会来事，要会说话。她的儿子傻呵呵地点着头。我对小男孩说，看到了吧，担子挺重啊！小男孩笑着又点点头。他的妈妈看着我和她的儿子开玩笑，并不在意，而是继续教育着孩子。

天色越来越晚，她们想睡在座位上，可是座位很挤。我说我到九三就下车了，我们座位上的另两个女人在讷河也会都下车。讷河是个大站，下车的人多，最后车上有很多的座位。两个女人和一个孩子都高兴起来。她们开始吃饭。女班主任站在座位上，把行李架上的提包拿下来，然后拿了很多的东西放在茶几上。她们没有舍得吃放在茶几上的大面包。我看了一下，她们吃的是一些干豆腐包着的菜叶，还有咸菜。吧唧吧唧的声音，使我感到她们吃得很香。旅途的饮食像野炊一样使人兴奋和愉快。尤其女人的咀嚼，把心情都嚼在牙齿和食物里，传递给人们的是无法描述的诱惑和嫉妒，我被她们感染得也舒服起来。我就想，人世间什么是幸福啊！她们居住在比我还要遥远的寒冷地带，繁衍生息着。可是她们的幸福和快乐不比大都市的人缺少，也许比大都市的人还要多得多。

她们香甜的吃饭的声音和火车运行的铿锵声在我耳边有节奏地唱响着，车厢里辉煌的灯火和座位上的旅客们随意倾诉的气氛融合在一起，给我的奔波平添了火热。

她们吃完饭，我们开始了对话。

小男孩母亲十八站的小学女教师说，十八站是当年慈禧设的驿站，到时候去旅游吧。

女班主任说，还是漠河好，现在旅游的人可多了。家家都开旅店，可是北极光的时候，还是没有地方住。

我说我在北大学习的时候，认识漠河的一个副县长，我说出副县长的姓，女班主任马上就把他的名字说出来了。省里一位著名女作家的丈夫当年也在那里。女班主任立即也说出了他的名字。她这样地熟悉那里，熟悉那里的人和事，使我对她十分感兴趣。她还劝我一定去那里玩，夏天可好了。夏天好到什么程度，我看着她闪亮的眼神，仿佛看到了她眼睛里好看的山川和大地，心里不由得激动起来。我想到那"可好"的地方去坐火车要很长的时间，这路上的寂寞怎么办，除非有个情人陪伴着，才能熬过那漫长的旅途。

拉哈车站到的时候，我们座位上的另两个女人开始准备下车。她们把行李架上的包裹拿下来，向车门口走去。这时候，我向车门口看去，又看到几个女人在搬动包裹。她们是到齐齐哈尔上货的。这些艰辛的女人，把货物搬回来，明天还要卖出去。看着那些比她们身体都大的包裹，在她们的拖拽下向车门走去，我才知道女人才是天下的支撑者。拉哈站一过，我们座位上的女人也开始运动。她们把包裹拿下来，准备下一站下车。

我到九三下车，心里还说，怎么就没有九三的人呢？正想着，靠近车门口的一个座椅的空里，传来女人们打扑克的声音。一个女的在喊："我三个七，一个四一四，没打过你们，我不上火。"我立即判断这肯定是九三人了。因为九三正流行打扑克，玩法就是"414"。一个尖，两个四，组合到一起，就是414。一个地域有一个地域的文化，而这个地域的文化，正是那里的人群创造的。我心里默念着：414，414……

在站台上，响起那个叫着"414"的女人洪亮的喊声："出租车，出租车，我们去九三……"

两个人的车厢

我很喜欢九三火车站这种小车站，检完车票就直接来到站台上，不用过地下道和高高的栈桥。

182

今天的天气好，阳光明亮，空气凉爽，站在大兴安岭出口的站台上，等待着山里的火车开过来，有一种心旷神怡的感觉。七点十分进站的火车，我们已经早早地等在站台上了。我没有买到有座位的票，有朋友告诉我，最后的车厢可能有空座位，我就往火车停靠的尾部北面跑，火车就是从那遥远的北方开过来的。刚站好，遇到了一个熟人，我快乐的心里有了阴影。没有座位不要紧，三个小时的路程我可以站着直接到家里，可是在熟人面前我就不好意思。如果抢到一个座位，他要是不好意思坐，我能接受吗？我坐下来，他站着，我不好意思；他坐下来，我站着，他也不好意思呀。真是很麻烦。要是都不认识，我就是坐在地上也不丢人，靠着座位站到目的地也没人理会。可是有了熟人一切都不好办了。

　　我们一起往北方张望。寂静的清晨，远远地就听到了火车的鸣笛声。在荒草和树木遮挡的地方，火车正在走来。直到山峰一样立在视觉里的时候，拐弯而到的火车发出震耳欲聋的叫声，声音几乎把小站震碎了。站台上渺小的人群在巨大火车的轰鸣里，被裹挟得失去了记忆。

　　大家拥挤着上了最后一节车厢。当我站在车的门口的时候，我就判定今天是没有希望了。明天就是中秋节，人就特别的多。过道上站着几个人，座位上是满满的人。我认识的那个人上得快，在最后找到了两个座位，我赶过去，坐下。对面的座位也是三个人的，但是一个女人折成直角占了两个位置，新上来的一个妇女要坐，她说有人，这个妇女不走，说等人来了我就让出来，那女人才让出来。妇女说"谢谢"，坐着的女人说"都是出门在外，谢啥"。火车开动了，我很高兴，以为这个座位稳固了。车厢里的人太多，我有些热，正想把夹克衫解开，来了一个人，站在座位旁把衣服脱下来，放在行李架上，然后很安然地坐下。我知道这是他的座位，我想四个人挤一下吧。我肥胖的身体坐在座位的头上，但是我只要有座位我就满足了；如果不是有熟人，我可以站着啊。但是我还没有高兴起来，又来了一个。我看不行了，我对熟人说，我到餐车厢吃饭，你在这里吧。我想和往常一样，在餐车厢吃饭，然后到目的地。

餐车厢还有座位。我坐下，问完了份饭的价格，服务员就去端饭了。我想，我得去一趟卫生间。如果吃完饭去卫生间，回来人家不知道我买过饭，不让在餐车厢坐着岂不白忙活了。这样想着，我就坐着。等我从卫生间回来，服务员已经把饭端上来了。

份饭很好：两个碗里一碗是粥，一碗里装着个白面馒头，两个鸡蛋，一点咸菜，一点烩菜，烩菜上面放了四片比纸还薄的火腿，另加一杯甜水奶。

我慢慢地吃，我怕吃完了把我撵走。这时候，我对面也过来一个小伙子，他坐下就摆弄手机。我看他长得很有特色，下巴很尖，脸从下巴往上慢慢地变大，像一个倒立的茄子，嘴还往前伸着。灰色的夹克，里面是蓝色的圆领衫。他很随意地坐着，服务员马上就过来问他要一份吗。他说多少钱，答，十五元。他犹豫一下，说，不吃坐一会儿，行吗？服务员一摇头，他说来一份。

饭端上来，"茄子"就吃起来，他很快就把饭吃完了，然后又到里面端回一碗粥。他不解地看着我吃得这样慢。我还在吃，旅途的漫长已经使我吃得很无聊。我连最后一丝烩菜都吃下去，盘子里已经没有可吃的了。我想好了，服务员要是因为我吃完了而驱逐我，我就不让他把盘子拿走。这时候列车长走过来，认出了"茄子"。列车长说，你怎么在这里？"茄子"说，没座位，我要了个份饭。列车长说不用，"茄子"说也没有看到你呀。列车长坐下，我看他很精神，只是一只眼睛正常，一只眼睛不正常，左眼睛黑的多，很突出。他们在一起说了一会儿。"茄子"说，我老婆也来了，我让她坐这儿吧，列车长说行。列车长走后，"茄子"对服务员说了句什么，就摆弄起手机来。不一会儿，一个女人就走过来，我知道是他的老婆了。他们坐在一起，那女人黑圆脸，穿着紫红色的衣服，戴着眼镜。她坐下就问，你真的吃了吗？"茄子"说，吃得饱饱的，你看这肚子，他拍拍，你不信问这位师傅。他指着我，我点点头。然后说，没想到车长认识，我吃着就遇见了。要是知道是他，我就不吃了。这时列车长又来了，"茄子"指指"眼镜"，车长就点点头。然后和"茄子"又说了一会儿话，就走了。"眼镜"说，列车长的眼睛怎么了？"茄子"说，你想知道吗？"眼镜"说，怎么了？我也想听，也许这里有很多的故事呢，被人打了，或者是碰了，为什么那只眼睛会那么大而黑呢？"茄子"没有说，"眼镜"就拿出一张地图来。我一看是一张鄂尔多斯市地图。他们在地图上寻找学校的位置，一所，又一所。在一所学校的位置上，"眼镜"说，这所最好，每年都有好几个学生考上清华大学。但是我问了，没有编制。"茄子"说，教师证带了？"眼镜"就从挎包里掏出一个紫色的本子给他看。"茄子"看完，从自己的衣兜里掏出一个也是紫色的本子来，得意地看看，然后看看我，又装进衣兜里，他们又开始看地图。

这时候，在讷河站，一个光头小伙子上来，坐在我的身边。他说要份饭就能坐这儿吧，"茄子"说是。光头就说，我要一份份饭，刚吃完，那也得要，接着吃，这也比没座位好啊，我到哈尔滨。"茄子"说，哈尔滨很远，中午还有午饭呢。光头说，午饭我再吃。"眼镜"说，那不吃坏了。光头说反正有座位就行。

这时候车长来检票。列车员检到"茄子"跟前时，他指了一下车长，车长点点头，就没有检票。我以为他们是逃票，可是后来我看见"茄子"还给了"眼镜"一张新的车票。光头没有票，车长说到六号车厢去补。光头说，我在这里能坐到什么时候？车长说，中午吧，中午要开饭。光头说，我接着吃行吧？车长说，行。然后告诉他，六号车厢到齐市可能就有座了。

光头对我说，包放你这儿，我去补票。说完他就走了。我看着座位上的帆布提包，想，这是一个什么样的人，怎么会这样相信我呢？可能里面没有钱。一会儿他补票回来，从包里拿出一个大计算器，一个笔记本，就在座位上算起来。我一问才知道，他是山东淄博的，来这里收土豆，他要的是红土豆。我看着他的笔记本上一行一行记着数量和钱数，不知道他赚了多少钱。他很快乐，他的母亲在哈尔滨，过节了，他去看母亲，然后还要收土豆。

火车的速度很快，我感觉就要到齐齐哈尔了。可是我还是惦记着车长的眼睛是怎么回事。一会儿车长又过来了，对茄子说，到哪里呀？茄子说，齐市，下午的火车再走。我想是到内蒙古的火车吧。我这时急忙看车长的左眼，我细细地一看，才发现是黑色的胎记，长在上下的双眼皮上，像个黑色的眼圈。

车长走后，"茄子"和"眼镜"就忙着商量起来。我这时候看着他们亲密的样子，很是羡慕。他们是那种随意奔波和自由地生活的人，也许他们在找工作，但是他们轻松地在列车上，像在玩耍。

看着餐车厢就餐的人们，都是为了得到一个座位，而这些里面几乎都是一对一对的，他们或者头碰头说着，或者肩并肩闹着；男的在玩手机，女的嚼着口香糖，在飞奔的列车上享受着男女的幸福。而我，就这么看着。

家庭的车厢

我依然选择傍晚五点二十分离开齐齐哈尔站的这趟火车，我是第四次乘坐这趟火车。巧合的是，无论是妻子买票还是我买票，都是这第五节车厢，座席号都是 60 号。我对售票的服务员笑一笑，她也感觉到了我的意思，也冲我笑一笑。

她说：这么准吗？我说：第四次了。这趟火车的 60 号是靠窗户的，火车上的列车员依然是那一高一矮两个，高的戴了眼镜，矮的背有些驼。他们站在火车过道的中央，向大家敬礼，然后介绍自己，样子很可笑。但是他们的严肃和认真，又让你感觉到很真诚。

各位旅客，你们好！

高个：我是 055 号列车员。

矮个：我是 056 号列车员。

共同：在以后的旅程里，我们将为大家服务，请大家有事找我们。谢谢！

火车的震动里，没有人能听清楚他们口齿含混的讲话，但是他们例行公事的做法，让人们感动。这时候，满满的车厢里，是人们刚找到安定的座位后的嘈杂，乱哄哄的，车厢里热气腾腾的。好在窗户是开着的，我在窗口透一口气。田野上的风吹进来，温柔里已经含满了凉意，深秋的季节成熟的金黄在夕阳的浸染下表现得格外壮观。草地上，一团一团的野波斯菊花依然开得很热烈，如淡蓝色的火焰在燃烧。

今天我的座位上是男男女女大大小小一伙人。她们（请允许我用这个词，因为这一伙人里面，女性居多）刚刚从城市的市场上采购回来，购物的兴奋还没有消去，就急忙坐在了火车上。男人已经把新买的线衣穿在身上，女人还不住地用手去摸。嘴里不住地说着，真便宜，八十多块，手工织也不能织下来。

男人是个健壮的汉子，被太阳晒黑的脸膛，透出结实的红色，像夕阳烤红的石头，暗淡里冒出力量的火苗。蓝色的线衣穿在身上，不仅得体，而且显得精练。他的女人是黑色的圆脸，眼睛黑得十分精神。挨着她的也许是她的妹妹，样子是一样的，也黑黑的。她们坐在我的一侧，挨着我坐着，他坐在对面，手里拿着一个纸盒，里面是新买的鞋。这些人都拿了很多东西，但是她们不把东西放在行李架上，而是放在茶几上或抱在怀里。后来我知道他们路途近，或者珍爱自己的东西。女人把纸盒要过来，要打开看一看。他说，不是刚看过吗，你不嫌麻烦哪。

算了，算了，都快到家了，还看啥。我对面的小女孩喊着。她依靠着窗口，头发是李宇春的那种，很短，她的脸很光滑，单眼皮的眼睛很好看。穿了一件蓝紫色T恤，上面印着字，我看了很久，才读下来：

08　我去不了北京　但我至少　好看

把这些字印在T恤上，真的很有意思。小女孩是他们的孩子，在富裕县高中读书，要考大学了。她见她妈不听她的话，还是把鞋盒子打开，把鞋拿出来，看了起来。小女孩狠狠地说，等我上了大学，我一天都不理你。小女孩并没有挨着爸爸坐，她和爸爸之间还有个女的。这个女的和她的妈妈以及挨着妈妈坐的女人几乎长得一样，只是她的圆脸不仅黑，还有些老，皱纹打着旋在脑门上转，很好看的曲线。她对单眼皮的小女孩说，上大学也不能不要妈呀。就不要。她妈在一边摆弄鞋，一边说，俺这死犊子，别说妈呀，老祖宗都不要了。

几个人都笑了。

单眼皮的小女孩也不在意，从书包里把书拿出来看。

他爸爸问她，火车到富裕，赶趟吗？

单眼皮的小女孩说：赶趟，正好上晚自习。

她妈说：你吃饱了吗？

单眼皮的小女孩说：吃饱了。

挨着她妈的女人说：我爱吃肥肠，你要了那么多菜，也没要肥肠。

小女孩说：我也爱吃。

几乎这几个人都说爱吃肥肠。小女孩的妈妈说，我没敢要，城里的肥肠我怕脏。我也爱吃，要不就下回吧。

这时，一只苍蝇飞过来，落在小女孩的脸上，小女孩一拍，又飞到我的脸上。小女孩看着苍蝇落在我的脸上，就笑起来。我把苍蝇赶走，落在了对面女人的脸上。苍蝇的腿在这女人脸上细密的皱纹上爬，她也不赶走它。小女孩说，大姨，你脸上的苍蝇。女人听了笑了笑，皱纹的扭动，把苍蝇赶走了。可是因为这些人的酒足饭饱，好闻的气味使苍蝇久久地不肯离去。

高头车站是第二个小站，他们就要下车了。妈妈对小女孩说：别乱跑，我们下车了。

小女孩一边看书，一边嗯嗯着，也不理她们。直到她们下了车，她才从车窗里向外看，然后摆着手。

车下的三女一男也不看她，抱着背着一个个包裹，向站台的出口走。出口的外面，一辆辆毛驴车正等候着，有的毛驴车上还支着棚子。

小女孩直到车开动了，还望着出站口，黑暗已经把出站口淹没了。赶驴车的人的喊声尖利地划过小站，被火车开动的声音裹挟着，沉没到浓浓的黑夜里去。

这时候再看车窗外面，黑暗像窗帘一样遮掩了车窗，车厢里的灯火更加明亮了。

火 车 站

齐齐哈尔火车站是个老站，有着悠久的历史，最早建立的候车室大楼，还要追溯到日伪时期。据说设计这座高大的候车室大楼的是一位中国工程师。他把整个建筑设计成一个"中"字，高高的钟楼是"中"字的一竖，利剑般雄伟地直插云霄。再看窗口，也是一个一个的小"中"字。在那个风雨如磐的日伪统治时代，一个中国工程师是凭了多大的勇气才做出如此流芳百世的举动啊！岁月的风尘和过去蒸汽火车的煤灰染黑了这座古老而正义的建筑，但是，它像一个沧桑的老人，钢筋铁骨般地屹立在齐齐哈尔火车站的北侧。里面的一部分做了旅客休息的场所。如果购买了软席车票，就可以在里面候车。如果没有软席车票，可以在高级候车亭里花五元钱在里面享受先等车上车的待遇。后来软席候车室又重新装修，改出一个贵宾候车室。于是我的疑惑也就出来了：哪些是贵宾呢？依据火车站划分的级别，普通客票，软席客票，然后就没有等级了，那么贵宾是谁呢？是新出现的新贵族吗？不是，这些有钱的新贵族还没有这样的资格。按照旅客都是上帝的说法，那贵宾候车室是谁都可以用的，但是又谁都不能用，那只能是上帝的上帝去用了。一座堆积着浓重历史的候车室，虽然几乎快废弃了，但是仍然要变换着人与人的不平等，人与人转换着角色的重任，我想这座殖民地时代的产物，在黑暗里会有正义者的抗争，在光明的世界里也会有殖民思想的人把自己的同胞分割成不同的层次来。这种根深蒂固的东西，证明着人是最伟大和最卑贱的了。

据说，这座老式的火车站，它神秘的排水系统至今都没有搞清楚，无论多少水，都会在瞬间排泄掉。这应该也是中国工程师的智慧。

在这座老火车站的南侧，是新建设的火车站。它的造型也应该是个"中"字，只是那钟楼的一竖不在中间，而是在北侧。当年建立起来，也是很辉煌的。里面是中央美院的画家做的画卷，把黑龙江的山川河流、动物特产都描绘在里面。里面的空阔也是很大气的，近年来又安装了上下自动扶梯，给上楼检票上车的人们提供了方便。过去没有这个扶梯的时候，我就在一楼的军人候车室或者母婴候车室上车，不愿意费力地登上高高的第二层楼去候车。现在不行了，就是从母婴候车室上车，也要走地下通道去第三站台上车，因为北去的火车都在第三站台。于是在我又去九三的时候，我登上了二楼，在上面检票上车。在二楼走，是走高高的天桥，人流像开闸的水，扛着包背着包拉着包抱着包的人们，在台阶上行走着。一个高大的旅客问我：到加格达奇是这趟车吧？我说是。他说，我不识字。我说，你几车厢？他说，七车。我想问他，不识字，怎么知道七车啊？在天桥上走，是下楼梯，大家背的重物还好弄。要是走地下通道，东西多了就不好拿。我在哈尔滨火车站也出过站台，那里和齐齐哈尔的一样，出站和进站，都走楼梯。现在的旅行包都有了辘辘，但是台阶就不能拉着包走，辘辘用不上。我最喜欢的是北京站，下车站台和火车是平的，出站口是一个坡，拉着包就可以直通出站口了。其他我走过的地方，即使有台阶，也会在台阶的边上修一个坡道，让拉着箱包的人可以很顺利地走出去。这里的人就不会这么想，也许是东北人粗的关系吧。

最有意思的是前几年的一次车站装修，领导者们为了美观，在车站的出口处铺设了光滑的地砖。刚铺完，冬天就到了，地砖也没有来得及铺平，就下了雪。出站的人们，在光滑的地砖上摔着跟头，旅客的叫骂声在嘈杂的火车站的上空喧嚣。我因为在湿地上长大，从小就在冰上运动，我能够在光滑的地砖上打着出溜滑走，竟然没有摔倒。社会的进步，使人们奢华的心理得以实现。我们看到装修豪华的浴池里也是光滑的地砖，人们走在上面战战兢兢。好在商家法律意识增强了，在地砖的上面，立上一块牌子，上面写着："小心地滑，以免摔倒。"如果你摔伤了，打官司，我的牌子已经提醒你了，我就没有了责任。那么为什么就不把地砖搞成防滑的呢？真是让人不能理解。

又过了几年，火车站出站口的地砖质量很好，依然光滑着。这里没有立牌子："小心地滑，以免摔倒。"但是终于有领导意识到了，也许那个领导摔倒在地砖上了，也是在一个冬天里，一群民工用铁钎子正一点一点地把光滑的地砖破坏得出现沟痕，用来防滑，叮叮当当的声音掩埋了火车的叫声。质量好的地砖在铁钎的啄食下，是一道道浅浅的划痕。现在，我们来到齐齐哈尔火车站的出站口，就能看到光滑的地砖上面是被凿过的不整齐的沟，好看变成难看，成为一处令人哭笑不得的景观。

我每次从北面回到这块土地上，都被这座古老而又年轻的车站感染着。看着匆忙的旅客，我感到很亲切，都是自己家乡人啊！在这里下车，和哈尔滨打出租车不一样，哈尔滨的出租车是不拉近路的，直接拒载；而齐齐哈尔火车站的出租车喜欢拼车。我熟悉这里的一切，我会走出一段距离，再打出租车。或者到公共汽车站坐车。一元钱的车票，很便宜。

我坐在车厢里，回望车站，我会立即看到那座已经发黑的近乎古老的车站，心里的温暖就升腾起来。

这趟火车离九三很近

这趟火车是从哈尔滨开往嫩江县的。在齐齐哈尔火车站发车的时间是下午三点四十分，晚上七点二十分到九三站，其间运行三个小时四十分钟。我是第一次坐这趟火车，心里还有几分新鲜。

我也不知道为什么，都这个年纪了，每次坐火车北去，都隐隐地有点儿激动，好像去做一次幸福的旅行，或者是到远方去看一次山花烂漫的情景，天地间都是光明和通红的色彩，真有一种身生翅膀脚生云的感觉。

其实心里也有一些留恋。我去了远方，妻子会孤零零地望着我去的方向，把我们已经暗淡的思念重新燃烧起来。我们当初结婚不到一个月，我就离开她到齐齐哈尔市脱产学习去了，一走就是两年。毕业后我的同学们都报考本科深造，我在班级里面也算是佼佼者，别人问起我的未来，我告诉他们，我不报考本科学习，我已经学够了，学腻了。我恨不得立即回到家里，回到工作岗位上去。我那时候希望天天和父母妻子孩子在一起。也许我的潜意识里面早就注定了我的没有出息。

学习期间，我每周都要回家里一次。公共汽车在坑洼的路面上行驶，我在车厢的颠簸里面激动地想念着家里的土屋。春天母亲和妻子买的鸡雏，每次回来都有变化。它们调皮地翻过我家院墙，到外面觅食。回家的时候，我父亲就站在院子里喂鸡。多少年过去了，我还能想起来小鸡蹦跳抢食的情景。

火车停留在第一站台。这是北去的火车享有而其他火车没有的待遇，不用走地下通道或者天桥，直接就到了火车上。车厢里的人很多，我的座位上躺着一个女孩，娃娃一样红色的圆脸，头发也像空军的帽子一样披在头上，染成红色烫着波浪的头发，纷纷地下垂着。她见我过来，急忙把座位让给我，坐到对面去。对面还坐着一个女孩，正低着头用手机发短信。我开始没有注意她，但是她和坐过去的女孩说到"九三"，立即引起了我的关注。

这个女孩二十多岁的样子，头发光光地梳到后面，眼睛上戴着长长的假睫毛，上眼皮涂着铅色的眼影。她一边玩着手机，一边说："我都恶心死了，天天是大米稀饭馒头，吃得我都咽不下了，九三局还行。我待的是农场，就一条马路，天黑了没地方去，还冷，我穿这一身都不敢出去。"她的肩头是一件暗绿色的毛坎肩，只有到胸部这么长，里面是黑色的 T 恤。她每个耳朵上有三个孔，两个镶着钻石耳钉，一个孔上是个螺丝，一副手镯般大小的银耳环放在茶几上。看她的肤色和打扮，肯定是城里人。因为她说到了九三，我就问她是本市的吗？我的意思是问她是齐齐哈尔的吗？她说是。接着她在电话里面是和哈尔滨的人在通话，我知道她在骗我，而且不愿意搭理我。

我因为要写《散步的火车》，所以我就特别关注火车上的每一个细节。于是，我推断，一个城市的女孩到九三去，肯定是这几年招收的大学生。每年九三都要招收近百名大学生。招收的大学生里面，最好的有中国农业大学的学生，大多数是东北农业大学和八一农垦大学的学生。记得我在八年前来到农垦的时候，领导在会上说，招收了三百多名应届毕业生，大专毕业的只有两个，其余的都是中专和技校毕业的。那时候来九三的人才很少，一些大专毕业的学生还是过去计划经济的时候分配来的。最近几年发生了变化，来到偏远艰苦的九三工作的大学生越来越多。很多学生找上门来要到九三工作，但是因为数额限制，不能接收。

这片荒凉的土地上，以前有过两次聚集人类的时候，一次是开发建设北大荒，响应号召，复转官兵和移民来到这里，搞开发建设；另一次是知识青年下乡，虽然也是号召，但是有被赶下来的感觉，所以，过了一段时间，他们就风扫残云般地跑回了城市。这些知青来的时候享受的是苦，离开之后感受的是甜，峥嵘岁月，留在了他们的生活里面，成为永久的财富。现在的大学生到九三来，到边远的垦区来，是被挤出来的。拥挤的城市，没有了毕业生的立足之地，学了这么多年，毕业就是失业，不到这里来，就没有其他的地方接纳他们。虽然是被挤出来的，现在看好像也没什么大的变化，但是，若干年以后，他们就会在垦区或者九三发挥巨大的作用。因为垦区现在的人才状况是，主政的人很多是技校和中专毕业，一少部分是农大毕业。后代里面，学习好的都考大学走了，学习不好的留在了垦区搞建设。虽然我们可以驾驭大马力国外进口的高端机车，收获科技含量很低的作物，但是，随着时间的推移，这些毕业生们就会和当年的知青一样，支撑起垦区的天。我一直觉得，招收的大学生虽然很少，但是星星之火，可以燎原。今天走投无路的大学生来到农垦，必然是农垦今后发展的蓄积，这种积累比积累任何物质财富还重要。我这样想着，看着面前的女孩。我想象着她面对的艰难，是可以理解的。

这时候，又过来几个女孩，都是同学。她们看着窗外，担忧着九三的寒冷，回忆着在哈尔滨这段假期里的快乐。她们实在不愿意离开家乡的城市，但是，又不得不离开。我对面的女孩算计着这个假期的花销，不由得心疼起来。七八百元都花光了，见到什么都想买，都想吃。花光了，再挣吧。

快到火车站的时候，她们算计好每人五元钱的车费，然后就分散开，准备下车。九三的出租车每人五元，走到哪里都是。汽笛一声，火车进站了。

小　　站

我只有坐慢车的时候才和路旁的一个一个的小站有联系。从齐齐哈尔火车站出发，到终点站韩家园站，要路过四十六个小站，它们像珍珠一般系在遥远的铁轨的两侧。仅仅是一座房舍，一块台阶，一个站牌，一个举着旗帜的值班人。这些小站小得令人心疼。火车的轰鸣过去后，黑暗就迅速地把小站埋没了。被火车抛弃的那一点灯火，在夜空里面闪烁着，那种无奈和寂寞会很快传染给每个望着它的人。人们的心底就会悠然生出一丝淡淡的离愁，一丝浅浅的对生活的感悟，一丝柔柔的禅意。

每个小站的背后都是一个人群，都带着政府对百姓的爱意。小站虽小，但是它是广阔的居民心头的一盏灯；是那些农民可以带去很远的希望；是孩子们向往的新生活。这么无边无际的土地，两根铁轨把人们连接在一起，把文明连接在一起，把快乐连接在一起。

每次看到下车的男女，手里提着，怀里抱着，肩上扛着，兴冲冲地走在小站的水泥月台上，然后在铁栅栏的小门口消失了，我就有一种温馨的感觉。所谓的旅途，正是这样的行走，才带给人们无限的美好。

火车呼啸而去，把小站甩到后面；火车又迎面而来，走进了小站。在这远离繁华的地方，铁路还是单轨，只有两根女人发辫一样的铁路，抛物线似的钻山过河，爬坡越岭。开过去返回来的火车，要在小站错车。铁路上的术语叫"会车"。我坐的慢车在小站只停留一分钟或两分钟，县城也只停留三分钟。有时候在一个小站就要停留六分钟，这是在会车。我们坐在车里，等得不耐烦的时候，就有一列火车擦身而过。巨大的轰鸣声和风在铁皮车厢之间制造出一股气浪，停顿的火车都在摇晃。此时的小站，几乎被火车的抖动掀翻了。我很佩服小站的值班员，镇定地看着这一切，没有一点反应。真是泰山崩于前而面不改色心不跳啊！最近，我看到一位女作家写的小说，名字就叫《小站》，所叙述的故事就是在小站发生的。一个养尊处优的女人，百无聊赖，在深冬的一天，她坐上了一列北去的火车，在一个小站停留下来。大雪把小站覆盖住了，她在一个洞穴般的旅店住下来，肮脏潮湿寒冷的旅店里她遇见了一个探险家，于是，就有了后面的故事。我赞叹着女作家对车厢里面气味的感觉，赞叹着女作家对旅店里面破旧寒冷的体验，连我都好像走进了这种氛围。一声汽笛，小站抖动起来，积雪在崩溃。寒冷里面的车轮碾压钢轨的声音，给人一种震颤。一个女人和一个远行的探险家会做些什么呢？下面我就不想叙述下去了。但是，她笔下的小站像童话般的美丽，小站男女的故事也像火车会车一样令人激动。

小站会有很多的故事。但是，这样的人物故事只属于这位女作家所有。

太阳升起来，小站在原野上是最美的一座建筑。

车厢一家亲

天色暗得早，火车一启动，车厢里就灯火通明了。

这趟火车是开往韩家园的，是我最喜欢坐的一趟火车。车厢里面人很多，热闹嘈杂而又乌烟瘴气的。岁数很大的列车员，不停地打扫着车厢，每次打扫，都有很多垃圾。他把矿泉水的瓶子强行地都夹到座位底下的缝隙里，这是列车员的通用做法，既简单又可以卖给收购的。看到有带玻璃水杯的，还要登记一下。我每次坐车都看见登记玻璃酒瓶等玻璃器皿，不知道为什么，也许玻璃的东西有杀伤力吧。车厢里的人都很随意，痰和垃圾每时每刻都在制造着。有时列车员刚打扫完，回来的时候就会又发现垃圾。他就用手捡起来，送到垃圾桶里去，我看着都有些过意不去。这些淳朴的人们依然快乐地把地面弄脏，有的把火车当作了自己肮脏的家或者把火车当作了干净的家以外的地方，只是抽烟的人还要跑到列车的连接处去。望过去，连接处的车门玻璃透出白色的烟雾，还有烟雾在一个人手里的香烟上上升着。吸烟的人裹在乳白色的烟雾里，像鱼缸里吐着泡的鱼。我看着心里有一种窒息的感觉，埋在水似的烟雾里面的人却很是舒坦。原来什么东西只要一上瘾，就有了境界，就无法克制了。吃喝嫖赌抽，每一项，上了瘾都了不得。也许人类活的正是这个瘾，在瘾里面有着超脱和享受。

这次我坐的是一个两人的座位，虽然是靠窗户，但是我的肥胖使我坐着不舒服。挨着我坐的是个瘦女人，过了一个站，对面的座位空出一个来，她就急忙坐过去了，免得和我坐在一起，受罪。

于是我放松下来。我想自由一些，就侧着坐。可是我没有坐多久，一个比我还高大肥胖的人坐在了我的身旁，虽然座位给他的空间很小，他也不在意，搭个边坐着。他是我旁边座位上的。那是一个三人座位，坐着他们一家三口。刚才吃了一顿饭，现在吃完了，女孩要睡觉，他们就让孩子躺下。他老婆坐在座位的头上，照顾着孩子，他就坐到我的空座上来了。他巨大的屁股挂住一点座位，低着头玩手机。手机是那种大屏幕的，他下载了小说看，边看还边笑。没想到这种先进的阅读方式这么快被旅客使用了，这就省去了在车上看杂志的麻烦。

他的身材壮，无形间就给我造成了一种压力，好像他粗壮的身体压在我身上似的，我有些透不过气来。我有意地挤他，想把他挤出去，可是办不到。他像座山似的压在那里，动也不动。他看手机小说看累了，还回过头来对我说，咱俩坐在这里，够挤的，然后就笑笑。想到他是为了孩子而坐到我这里，我又同情他了，放弃了把他挤出去的想法。在对面的人下车之后，我就坐到对面去。

我刚坐到对面，他老婆马上离开孩子睡觉的座位，坐到我的座位上来。他的老婆生得不丑，只是脸黑黑的，耳朵上挂着两个大银耳环，笑容也很灿烂。两个人挤在一起，男的就搂住她的脖子，两个人看一个手机里面的小说。看他们的孩子的高度，他们的年纪也在三十好几岁了，可是还这么亲热，也不顾及我坐在对面，可见夫妻感情很好。

两个人的脸凑在一起，都黑黑的，只有女人的牙是白的。她一笑，白牙在灯光里很亮地闪动着，脸却更加长了。她靠在男人的胸前，剃着寸头的男人把头压在她的头顶上。他们开始一起读小说。女的突然说，我饿了。男的说，不看了，吃。于是他们从包里拿出东西来，摆在茶几上。我被他们的亲热感动了，把我这面靠窗的座位让给他们。

我去了一趟厕所，回来的时候，他们已经吃上了。每人拿了一听啤酒，一边喝，一边吃。女的体形也很大，她坐在我的位置上，我也没有地方坐了。我也不愿意打搅他们，我就坐在后面的空座位上，看打扑克。

这个空当里是一家人打扑克，那个年纪大的穿了一件风衣的妇女和她的儿子儿媳在打扑克。她喊着，你们赢我的钱吧。可是真的赢了，她就说没有零钱，破不开，等到再输了，够数了，她再给。当儿子的不干，她也不理。儿媳也不吱声，啪啪地甩扑克。

这妇人紫色的嘴唇，脸上很脏的样子，灯光一照，发灰。她一边蘸着唾沫出牌，一边开着玩笑。儿媳说，警察来了。儿子说，自己家玩也抓呀。

这话正被警察听到，老警察站住，对他们说，把钱装起来。儿子急忙把几张很脏的纸币装进衣兜里，看警察走了，才对他妈说，把钱给我吧，不玩了。老女人说，你有能耐自己挣。儿媳把扑克一扔，说，不玩了，找个地方睡觉吧。

我向窗外看去，发现了灯火。火车又要进站了。

归途如虹

很多网友在网上混熟悉了，所以，在周末的时候，知道我要回到家里面去，就和我开起了玩笑，什么归心似箭，什么周周做新郎，什么什么的，把我搞得很快乐。我把一个网友的"归途如虹"用在这里，是因为我在火车上遇见了一位回家的乡亲。他才是归途如虹呢。

天气很冷，检票员很早就把我们放到了站台上。冷风肆无忌惮地吹着光秃秃的站台和站台上面等车的人们。大家扭转了脊背，抗拒着冷风。终于听到了火车汽笛的声音，大家一片欣喜。可是等了二十多分钟，才从丘陵的低洼里面伸出了火车高昂的车头。

火车缓缓地停下来，车厢里面的人并不多，我们也不急。我上了火车，就看到了很多空座。我正要坐下去，就听到有人在喊我，"大哥"，是在喊我，因为接着的是"刘哥"。我在旁边的座位上发现了他，他挤在靠窗口的里面，穿着迷彩服，还戴着迷彩的帽子，仰着脸看着我。他胖了，脸是圆的。因为他看东西都是脸抬着，眼睛向上望，就有人喊他"望天"。人很勤劳，但是家庭很困难。

我说，你干什么去了？

他说，刚从山里回来。

我知道，他到山里面打工去了，已经一年了吧，现在是回家去。我在离职的时候，还看见他的母亲拄着拐杖到办公室去办事。还到过我的办公室里面坐下，说起孩子的事来。大家不理解一个拄着拐杖的妇女到我的办公室里来，为什么我会这么热情。都是一个场里的，感情也多少年了，她的大儿子我们还一起工作过。所以见了他，心里很高兴。

刘哥，你没带车呀？

我说，没有，我坐火车来的。他不知道我已经没有了以前的职位，哪里还有车可带呢？

他肯定是坐了一夜的火车，很疲倦，坐在那里有些困了。我就想，在那遥远的山里面，吃着苦，挣了一年的钱，就要见到家人的感觉肯定会很兴奋，这才是归途如虹呢。可是又一想，我们不是一样到山里面打工吗？只是我走得近些，他走得远些；我谋的是职位，他找的是岗位。其实，都是一样的。所不一样的是什么呢？我也说不清。也许他眼中的我是完整的，看不到我的残缺，而我羡慕他回家的心情，才知道漂泊远方的人更珍惜家庭。

我到餐车厢吃饭，餐车厢里面一帮乘务员正围着桌子吃饭。桌子上放着几盘菜，厨师正端着大盆给他们添炒洋葱。百合叶片一样的葱头，金红色的汤汁，飘散的香味儿，使我肚子开始饿了。我也想吃洋葱。

乘务员里有人喊：多盛点肉！

厨师说，肉都在底下，你看，我都给你盛上了。

听到这里，我就想，我买炒洋葱，肯定没有肉了。我对过来拿着食谱的厨师说，还有什么菜？厨师说，食谱上有。我说来个快点的。厨师说，带鱼。我说，行。多少钱？厨师说，二十四元。几块带鱼就二十四元，太贵。我想想，还是洋葱吧。厨师说，十五元。我说来一碗饭，他说再加一元。

很快洋葱就上来了。巴掌大的小盘，盛得满满的，汤汁都流出来了。我在吃的时候，仔细地查了一下，一共有两块肉，一块是瘦肉，带着积血，五分硬币那么大；另一块是肉片，稍微大点，有一元的硬币那么大。这两片肉我没有舍得吃，放在盘子里作为吃饭的诱惑。我的妻子看我太胖了，不希望我吃肉，但是都没有成功，没有想到在火车上实现了。我没敢把这种可怜告诉她，免得她站在餐车厢一边。

后过来吃饭的几乎都要了炒洋葱。我坐在我的位置上，看他们盘子里面是什么样子。我以为他们会为炒洋葱里面没有肉而大叫起来，或者质问起来，都没有。他们很香地吃下去。后来我才想明白，他们的炒洋葱里面根本没有肉，当然就不会想到肉了。

这是一趟慢车，我中午十二点坐上，要凌晨五点多到站。吃过饭，我没有回到我原先的座位上去。车上的人少，座位很多。我坐在座位上睡了一觉，醒来的时候，我好像又过了一天。看着外面天色在晚下去，阳光正斜照在窗口上，大地上收获后的田野变成了黑色。冷风在黄叶上抖动，偶尔会有一只鸟鹰在空中一蹿一蹿地向前飞，飞得很用力的样子。我突然想起，我好像在昨天遇见了我的老乡，那个叫望天的人。后来才想到，是今天的事情。慢车把我的思维都弄得混乱了。我旁边的人看着过去的村庄，说，真得感谢农民，他们烧秸秆做饭取暖，省下多少能源啊！

我看着这个人，是从哪里上来的不知道，穿着也很一般，路上不停地说着，只有这句话让我心动。几亿农民，吃着秸秆上生出的粮食，然后用秸秆烧饭取暖，共和国的石油电力他们没有用多少。

如果都是煤炭烧饭取暖，得多少煤炭啊！这种贡献谁也没有发现过。

下车的时候，下雪了。因为没有在一节车厢，我以为见不到我的老乡了。当我站在道边等公共汽车的时候，我又见到了他，他身边是装着被子的编织袋。他对我说，没有车了，他要在城里找个旅店住一夜，明天再回去。

这时候，飞落下来的雪花，在灯光里面正飞舞着，城市的霓虹灯在飘雪的天空里闪烁。我的那位网友说的归途如虹，指的是什么呢？是对家的温馨的向往吗？还是这城市里裹在冰雪里的色彩？

我和我的那个老乡，都想不出来。

火车上的游戏规则

早晨，我在九三火车站等车。有两趟火车会在七点二十之前停靠在这里，虽然两趟火车驶离这个小站的时间不到半个小时，但是一列是慢车，一列是快车。到齐齐哈尔的时间也不一样。快车虽然是在小站上最后发出，但是比慢车早到齐齐哈尔一个半小时。

在我要乘坐的那趟 N42 次快车没有到来之前，我想介绍一下九三火车站。

九三火车站有一段故事。在三年前，九三火车站的原名叫双山火车站。我没有机会研究双山火车站的历史，但是，这个站名是和火车站所在地双山镇联系在一起，才有了火车站的站名。这一路上，几乎所有的站名都和村、镇、县、市联系在一起。从三年前开始，这个小站的站名和九三联系在一起了。九三是黑龙江农垦总局下面的分局，所在地在双山镇。于是，小镇就痛苦地失去了它作为火车站点的功能，而让位于比它大得多建设得要好得多的九三分局了。

小镇不仅因为失去了站点可怜，它本身也很可怜。也许中国北方的小镇都是这样，建筑无论高矮都弄得很脏很难看，道路无论宽窄都弄得很弯很不平坦，好像一阵狂风刮过，残留下这么一个比村要大的村庄。当初建设的火车站，只是一个高高的大房子，空旷的房间里面入口处是一台检测包裹的机器，里面就是两排橙色的座椅，然后什么也没有了。冲着铁路的方向是一个门，用来检票的。我没有看到时钟，更没有厕所。在车站门外五十米处的地方，有个镇里的聪明人用砖搭建的厕所，去一次要收五毛钱。如果是夏天下过雨，路上积满了水，谁也别想去厕所了。车站门前的广场很平，出租车在广场的下面等活。

我为什么要介绍这些呢？因为双山镇是嫩江县下辖的一个镇，你可以通过嫩江县找到双山镇的方位，而九三这个数字没有地域的方位。我到九三工作，很多朋友会问，九三在哪里？我就要解释一番。

火车马上就要进站了，这是从漠河发往哈尔滨的快速火车，人很多，坐车人的档次也比慢车略微高一些。我的意思是说，乘坐这趟火车的人，旅游的多，衣着稍微好一些。

车上没有座位，我就直奔餐车厢。上车前我就做了准备，早餐没有吃，到车上吃，既吃了饭也有了座位。

餐车厢的人很多，都是吃早餐的。其实都是没有座位，利用早餐坐座位的，这是火车上的游戏规则。虽然我对此有想法，但是我不想破坏这个游戏规则。谁都知道，谁也不说。早餐很贵，但又不贵，谁都坐到餐车厢来了。餐车厢卖的是饭，其实卖的是座位。一份早餐十五元，都有什么呢？我说过，这是哈尔滨开来的火车。大城市玩的是讲究：一个托盘，里面一个馒头，一个鸡蛋，一碗粥，一杯水似的奶，四片薄薄的哈红肠，一堆咸菜，这一堆咸菜里面，有点黄豆芽，有点芹菜，有两粒花生米，有几片辣白菜，都算在一起也值不了五元钱。但是，谁也不说。端菜的穿了件白衬衫，很干净的小伙子。一个旅客对他说，我买一份饭，我坐到哈尔滨行吗？"白衬衫"说，我们只卖早餐，吃完了就走。旅客说，车厢里没有座位了。"白衬衫"说，这里不卖座，还有吃饭的呢。我看这个旅客可能是第一次坐餐车，餐车厢里面不都是吃了早餐不走的吗？还用问吗？"白衬衫"的话让这位旅客没办法了，说，我吃着饭，就可以坐这儿吧。"白衬衫"说，吃饭我们不撵，吃完就走。后来这位旅客吃完了十五元托盘里的饭，怕被赶走，就又在卖货车上买了一盒方便面，把水泡上，消磨时间，但是时间很快过去了，方便面不吃就囊了，他不得不秃噜噜地吃下方便面。吃完了，他把方便面的盒子盖上，好像还没有吃的样子，转着头，不安地看着"白衬衫"走来走去，"白衬衫"好像没有看见他一样。

这一天火车上的人很多，餐车厢上也坐了一多半。"白衬衫"把靠近厨房的几张桌子留下，说是乘务的吃饭，这才没有坐满。大家坐在座位上，都有些困了。到齐齐哈尔的时间是十点三十五分。下面的故事发生的时候，我看了一下餐车上巨大的钟表，正好是差二十分钟到十点。我坐在餐车厢的时候，就有一种预感，这种游戏规则要被打破，会出现一些麻烦。因为我看着一对年轻的夫妻在吃完了托盘里面的东西之后，开始吃哈红肠。这种哈红肠我知道，是秋林生产的那种里道斯红肠。外表很黑，但是很好吃。女人把红肠拿在手里，我觉得她好看，但是又找不出她哪里好看。尖而瘦的脸，单眼皮，穿着蓝色的羽绒服。后来我感到是她的皮肤干净而又充满了得意的幸福使她很美。每一对男女只要快乐，就肯定会很漂亮。其实我也没有更多地看他们。她的男人背对着我，但是我从他脖子的白皙里面已经知道了他们的般配。我就是在这样胡思乱想里面听到我背后传来的声音的。

下班了，什么也不卖了。"白衬衫"说。

我买一个份饭，坐一会儿不行啊。一个男的声音。

他们争吵了好长时间，一个要买，一个说不卖了，让他离开车厢，但是他就是不离开。之后，我知道，吃饭坐餐车厢这种游戏规则遇到了挑战。我回头看到厨房的一头，一个穿着皮夹克戴着帽子的人坐在餐车厢里，"白衬衫"和另一个厨师对着他。

厨房停了，不做饭了，过了齐齐哈尔才做饭。

没有饭，我买瓶水，买瓶啤酒也行。

都没有。

那我就坐一会儿，等过了齐齐哈尔再吃。

不行，请走吧。

这么多人，我为什么走？

人家都是吃早餐的，刚吃完。

你卖给我一份不行啊！

没有了，快走吧。

我坐一会儿不行啊，你们咋这样啊！就这样吵了很久，"皮夹克"就是不走。"白衬衫"没有办法了，说我们打扫卫生了。"皮夹克"说，你打扫你的吧。"白衬衫"急了，大声说，这是我家，不是你家，是我承包的，我说了算，你懂不懂？快走吧，我还给你磕一个呀。

"皮夹克"不走，也不吱声了。

我知道，灾难即将向我们的头上移来。

果然，"白衬衫"没有办法了，就来驱赶我们，说，都走吧，都走吧，打扫卫生。开始我们都不走，"白衬衫"就过来挨个撵。我们几个走到车的仓库处，还有几个不甘心，说，你不答应到齐齐哈尔吗？"白衬衫"点着头，说求求你了，我们打扫卫生了。我们无奈地走到了餐车仓库的地方，这里离车厢的连接处还有一段距离，两侧是小门，里面装着工具和食品。我回头看"皮夹克"，他依然坐着，声音不那么响亮了，我买一瓶水不行啊，有你们这样的吗？我不走能咋地？"白衬衫"说，没有水。

皮夹克指着厨房展品柜说，那不是水吗？

展品柜上摆满了矿泉水和听装啤酒。

"白衬衫"拿过一瓶矿泉水，里面装得满满的，可是盖子是拧开的。"白衬衫"说，你看看，这都是假的，样品，摆着看的，不能喝，这都是假的呀。他又去拿了听啤酒，都是空的。

这时候，"皮夹克"没有办法，离开了座位，向我们走来，大家都没有用好眼神看他。小伙子很精神，白而圆的一张脸，大眼睛，手里拿着小包，一声不语地站在我们面前。黑暗拥挤的过道里，有的人不得不站到车厢的连接处。我不敢去，那里的烟雾很大。

餐车很快就打扫完了。我看到展品柜上的钟表是十点过五分，还有半个小时才能到站。打扫后的餐车里面，桌椅是暗绿色的，上面装饰着白单，每个桌子上面都有一支红色的玫瑰，阳光照射进来，餐车漂亮得像教堂，"白衬衫"和穿着白工作服的厨师坐在椅子上，脸上很平静。我和那些离开座位的人都这么看着，谁也没有进去。

两面没有窗户，过道里面很黑，人们陆续地到过道和车厢里去了。"皮夹克"和我站了一会儿，也到车厢里去了，最后就剩下我和一对谈生意的男女。车厢摇晃得厉害，我有些晕车。我在严实的铁板上寻找，终于在一个制动器上，发现了一个孔，我用一只眼睛向里面看，我看到了进入市郊的原野。我细一看，孔对着的是车窗，车窗外面是一闪而过的黄土和树木。我太熟悉这黄土和树木了，那些舞蹈般的榆树和散落的杨树，是只有这里才有的。我看着，我发现了这座城市的不足：原来那高楼的后面，都是这样旧的平房和荒芜。火车呼啸着穿过去。

我来到车厢，准备下车了。那个"皮夹克"找到了座位，他看着我过去，我回过头再看他的时候，他也在看着我。他的被屈辱和失败鼓胀的脸，像木头一样。

一路平安

我多次乘坐这趟开往韩家园的火车，我深深地被这趟编号为6221次火车五车厢的老乘务员感动了。我曾经在过去的文章里写到这个老年的乘务员，他高高的个子，粗壮的体形，头发的双鬓都白了，脑门上也已经光秃，两侧的脸颊下垂着，像组装上去的两块护板，一个普普通通的人。当我来到火车上的时候，他怀里面抱着一块地板革，到处走动着。看到货架上的东西不整齐，他就把地板革放在座席上，然后踩上去，把货架上的物品摆放好。因为这趟车坐的民工多，到市里上货的多，货架上摆得满满的。这些包裹和行李都很大，主人放的时候都很费力气，放在上面就不管了。他看了也不吱声，慢慢地很有经验地摆放好。

整个火车运行其间，他就不停地忙碌。头上出了汗，他就把帽子挂在车厢饮水处的挂钩上，帽子拿下来，头上还冒着热气呢。他接着一声不响地打扫卫生。到站了，他就戴上帽子，去开车门，这时他会转过身来，站在过道上，喊一声："高头车站到了。"火车一开，他就把厕所打开，然后又开始收拾车厢。

我看着他的背影，想着他从年轻的时候就跑车，跑到现在，会有很多故事呢。坐满车厢的旅客和长长的旅途，他在这样的环境里把这些动作重复了多少年，看到了人间几多悲欢，但是他腰板笔直，循规蹈矩。他身上的列车服很旧了，脚上黑色的旧皮鞋的拉锁也没有拉上。一脸慈祥里面，是不多的话语。

"这个罐头瓶子是谁的，扔了吧。"他慢声慢语地说。

"不行，这是我的传家宝啊，我每次坐车都拿着。"老列车员的玩笑使坐车的老头抱住了自己的旧罐头瓶子。

"你不扔我还得登记。"老列车员拿着本子，把车座席号记下。

"不记不行啊？""不行，我怕你把别人的头打坏了。"这样一个老的列车员，认真地服务着。我说过，坐往北方向的火车的人，素质都不高，车厢几乎每时每刻都要清扫，每次都会扫出很多的东西。这位老的列车员，一声不响地做着，没有一句说别人的话，你扔我就扫。谁扔到地上一粒葡萄，在他的扫帚下面滚动着，他就一直扫到门口去。那粒葡萄滚到了座椅的底下，他就弓下腰，把葡萄扫出来。他的迟缓和葡萄的灵敏，使我看了很着急。他完全可以把葡萄踩碎，再扫，可是他就这样地扫着。真有意思。

我想，他的功夫是多年练出来的。

我坐在火车上一直望着他，人们以为我坐车不寂寞，好像很好玩，其实不是这样的。即使有这么多的故事，也无法忍耐这么长的旅途。而这个老列车员这样行走了多少年啊！他不寂寞吗？我想象着，他休息的时候，躺在卧铺的硬板上，腰一定会酸痛得让他情不自禁地叫起来。我是不会有他这种修行的，我一上火车就开始和寂寞展开斗争。我在坐车的前一段时间里，开始寻找着有戏剧内容的人。我旁边座位上的一对男女，上车就开始看他们新买的皮靴。女的很好看，上翘的嘴唇含着笑意。男的很高大，像守着自己的宠物一样得意。他们一边看着，一边说着笑话，我以为会有故事了。男的还把女的搂进怀里，很是亲热。可是他们只坐了一站，就下车了。我大失所望。

没有故事的时候，我就回想以前坐车时留下的悬念。我上次回家的时候，在讷河上来一个女的，挎着大兜子，还提了一个，到我这就坐下了。我说，你上哪儿？她说齐市。我说，你咋不在讷河上公共汽车？这是慢车。她就嗷的一声，说出租汽车司机骗了她，说这是快车，三个小时就到齐市。她是从莫旗到哈尔滨上货的，她在座位上骂了司机一句。我以为能和她说一会儿话，而她为了远行，就和对面的老头商量，让老头坐在她这儿，她到对面睡觉去了。以后上车的人再多，她也不醒，直睡到齐市，换乘到哈尔滨的车去了。这是一个经商的女人，金钱已经迷醉了她，她已经成为了生活里的鱼。我以为她已经满世界跑过了，到了齐市换车的时候，我才知道她并没有出过远门。她下车就问列车员哪里买票，在地下道旁，她又问了车长一次。连卖票的地方都找不到的女人，肯定没有远行过。可是她的脸大，她躺在我对面的座椅上，还不忘把老头老伴的羽绒服要过来盖在身上。谁上了车，要坐她的椅子上，她都装睡不醒。一个老头气得掀开她盖着的衣服，看她的脸，面对着她胖而圆的脸说，这么年轻也不给让地方，还睡呀。她也不语。到站之前，她就开始吃东西。我知道，她是利用在车上的时间把肚子吃饱，下车就赶去哈尔滨的车。她拿出塑料包装的食品，我就知道她家是卖这些食品的。我在站台上，看着她穿着靴子，扭着圆圆的屁股奔跑的样子，我也好像感到了生活的可爱。

一节车厢坐一百一十八人，好像天下的故事都集中在这里了。也是，一个车厢里面，是临时的居所，大家突然挤在一起，磨合是不容易的，但是大家都很亲热。

火车虽然就是北去南来，但是可以看到经济文化在人的身上的体现。坐北去火车的人，衣服没有坐火车去南边的人那么鲜亮，人长得也很大众。我从车窗看那些挤着上车的人，如果有一个女人的脸是靓丽的，那么就会像闪电一样划过人群的上空。虽然这些人都是脸黑黑的，但是笑得都很开朗，都是提包扛袋子的，但是充满了劲头。特别是那些矮而瘦小的女人，领着高高的儿子走在月台上的自信和满足，让人看了很羡慕。

人们短暂地聚集在这车厢里面，然后就回到了用柴草烧热的土屋里去。乘车的愉快和家庭的幸福温暖着他们。无论面孔是什么样子，无论年纪小与大，无论是徒手而回还是满载而归，都抵挡不住旅途带给他们的快乐。特别是这位年纪已经很大的列车员，也许谁也没有注意他，没有理会他，而且在清扫到你的脚下的时候，你还会有一种不情愿的想法，但是，漫长旅途里我们的自在、清爽，都是这位老同志给我们带来的。是啊！我只有叫他老同志，才能表达我对他的敬意。

可是我最想说的却是，一路平安。

火车大家庭

寒冷的冬季到来了。北去的火车车厢都是用烧煤的锅炉取暖，车厢里弥漫着浓重的煤烟的味道，有人喊呛人，我却感到了一种温馨。

在叙述火车里面的所见所闻的时候，我也很愁苦。无论是餐车还是乘坐的车厢，人员都太多，我无法把每一个人都描写下来。而且，虽然衣着都很灰暗，但是样式却很多，几乎没有相同的样式。

《红楼梦》里面的人物都仔细地描写了衣着，我相信，就是曹雪芹今天也不会把这些衣服的样式和色彩都描写下来。上衣的变形，裤子的变形，裙子的变形，披肩的变形，T恤的变形，内衣的变形，把世界装饰得五光十色。这里面尤其女性的变化最多，一件裙子，就变化万端。冬季到了，女性穿高腰靴子的多了。随着靴子的流行，裤子也更改了样式，裤长只到靴子的上面，像当年骑兵的马裤。可以这样说，在人群里面，除了西装和中山装少之又少之外，什么样的服装样式都有。

坐在我过道那边座位上的一个女人，我一直以为她穿的是风衣式样的皮夹克，颜色是咖啡色，腰部是掐了褶的，可是她从我的面前走过，去卫生间的时候，我才看出那不是皮夹克，而是布的风衣。她是做服装买卖的。但是自己都穿得不好看，可见她的服装也不会好到哪里去。和她同来的女人穿着杏黄色的棉袄，黑裤子，裤腿到黑色的皮靴上面，就比她靓丽得多。但是咖啡色风衣的女人很能说，杏黄色棉袄就听她不停地说，直到在伊拉哈下车的时候，"风衣"才不说了。

"风衣"是到齐齐哈尔百花园上货的。上完货之后，因为忙碌，抱在怀里的包让人偷走了三个。来到车厢，"风衣"和"棉袄"就把巨大的布包打开，重新查了一遍。我看着她们翻数着包里的东西，都是那种百花园里批发的商品，都是新的，也都是旧的。那一包的东西，也不值多少钱，但是她们可能会卖很多钱。她们回忆着当时丢包的情景，"风衣"也并不伤心。因为就是三个包，也不会值多少钱。她给"棉袄"说起丈夫的事来。"我来上货，他还要来，我说算了吧，就你那样，进啥都得赔。还要管钱呢，我说一边去，我挣这些钱容易啊！跟你妈一样得了。他妈就知道吃，啥也不管。"她们距离我很远，听起来很难，我就不听了。看来她们做生意赚了钱，一路上说个不停。我也无法描述她们的长相，因为既不好看，也不难看，就是农家院里面经常见到的那种妇女。嘴不闲着，嗑完了瓜子，就骂街，要不就嗑着瓜子说着话，嘴上满是瓜子皮，唾沫里面是瓜子瓤，米粒一样喷到对方的脸上。她们不在意嘴形，牙齿露在外边；也不在意衣服，扣子都系错了位置；也不在意脸上，一个瓜子皮沾了许久了；她们就是想说就说，捡起谁说谁，说完了就忘了。别人听到她们的闲话，找上门来的时候，她们就会和对方一起开骂。

不仅是衣服的样式多，人的模样也多，绝不能简单地分出好看的和不好看的。有的看着不好看，细一看，反而有一种难看的美，这是复杂的面部表情构成的；有的看起来很好看，可是细看，一点味道也没有，就是简单的浓眉大眼。对面一个伺候孩子的女人，我怎么看都像我一个女作家朋友，我就仔细地看。从她哄孩子睡觉，到她买盒饭，我一直看着。她穿了一件白色的羽绒服，里面是镶嵌着白色珍珠的绿色毛衫，裤子是牛仔裤，肚子的肥胖已经把裤子挤出了几道褶来。她吃完饭，就把盒饭给了她的母亲。因为长得像，配合又默契，我断定是母女俩。母亲吃完了饭，就拿着烟到火车的连接处吸烟去了。母亲的瘦弱，使我看到了农村的女人和男人一样地和生活拼争，累了，就和男人一样吸烟解乏。

其实她和我熟悉的女作家的样子还是有差别的。绝对不如女作家漂亮。但是，当时我的思维就是这样的感觉，所以，一路上，好像和女作家同行，就很愉快。

最让我愉快的是挨着我坐的这一对夫妻。他们简直就是孩子，可是他们又是夫妻。男的瘦小得用一个普通的旅行包就能装下，细胳膊细腿上穿着黑色的裤子，黑色的 T 恤。头发我不知道是做的头型还是经常不洗黏糊到一起了，刺球一样，把黑土豆一样的脸遮住了。他一路上很快乐，一会儿吸烟，一会儿吃东西，一会儿和女孩开着玩笑。他的这个妻子纯粹是个小女孩，要比他漂亮，圆脸上一双大眼睛被眼皮遮了一部分，小巧的嘴和鼻子。上身的线织的毛衣是淡灰色的，突出来一个大领子，领子上面钉着三个黑黑的大纽扣，有月饼那么大。她对男人说，这件衣服四十块钱就买下来了，真便宜。

他们要去十八站，遥远的山里面。他告诉女孩，那里下雪了，下得很厚。女孩问他，有多厚？几厘米？女孩用手指比画着。男人说，好厚好厚啊，都快到一米了，厘米行吗？

女孩说，真冷啊。

这时候，男孩开始吃东西，先和女孩吃葵花子，然后嚼他带来的肠，有一股难闻的味道。火车上推着车子卖东西的过来了。

"火腿肠，脆脆肠，矿泉水，啤酒，大碗面……"男孩拦住货车，说，我买矿泉水。多少钱一瓶？来四瓶。

看他把四瓶矿泉水拿过去，我不知道他买这么多矿泉水干什么。

他接着选了一碗方便面。女孩把方便面里面的食品包打开，酱包撕开就连塑料袋也扔到碗里面。推车的把开水倒进去，男孩接着选东西。选了一听啤酒，一个猪手。他一边掏钱，一边对推车的说，钱不够了，我把我老婆卖了吧。

小女孩听了就笑。推车的就说，你什么都说呀。男孩说，真的，卖给你，你给卖出去算了。

推车卖货的赚了钱，笑着走了。男孩把买的东西放在茶几上，我以为他会回到座位上去，可是他突然抱住女孩的头，在她的脑门上亲起来。他动作粗鲁，就像抢到一个东西，抱住，啃咬着，女孩也不吱声。他啃了两下，就回到我们一排座位上了。

这时，对面的座椅上没有人了，女孩自己躺在上面。男孩就把腿伸过去，脚在女孩的肚子上玩。女孩说，你把脚放在我身子下面吧。男孩就把脚伸到女孩的身子下边。他们玩闹着，我反而不自然了。

男孩说：以后你管钱吧。

女孩说：就那几块钱我不管。

男孩说：你要管多少？

女孩想了想说：几倍，几十倍。

我想，一定会说是几万几十万吧，反正是开玩笑，女孩说多些，也不算什么。

男孩说：那是多少啊？

女孩说：二百块吧。

男孩不语。

我打开手机开始听歌。我让孩子给我在手机上录了几首歌，寂寞的路上我就把手机打开听。有《好日子》，有《谁是我的新娘》，有《莫斯科郊外的晚上》，有《蝴蝶泉边》……我手机的歌声也吸引了他们，他们也安静下来了。

这趟火车的车长是女的，也给车厢增添了气氛，大檐帽后面是梳起的发鬏，好精神啊！乘务员也是女的，她像男乘务员一样不停地扫，每次扫都是一大堆垃圾。她和男乘务员对待矿泉水瓶子不一样，男乘务员把矿泉水的瓶子塞到座椅下面，她把滚动的矿泉水瓶子的盖打开，放了里面的气，然后踩扁，踩扁后又把盖拧上。她很熟练地做着。我以为她会把瓶子扔了，后来发现，她把瓶子都装进了座椅下面的一个编织袋里面。

车厢里面一个喝醉了酒的人，在过道上摔倒了几次，又爬起来。大家看着他摔来摔去的，都看笑话。车上不停地检票，我的票上已经被剪了四个检票口，加上出站时的检票，要有五次。可是喝醉了的那个人，连票都找不到了，检票的人就喊着：以后少喝点，看你喝的样。然后就走了。

十点二十分我下火车的时候，天空飘起了雪花。

西北望，天地寒

九三所在的黑河地区在三天前已经下了两场雪，大地已经被白雪覆盖。从讷河以南，雪渐小，齐齐哈尔市没有下雪。我在这座没雪的城市和同学聚会了一次之后，就又匆忙赶往九三。

火车依然是下午五点二十分开往韩家园的 6221 次火车。

我还是从我坐的座位开始写起。我的座席号是 60 号，靠窗，背对着行驶的方向。对面坐着一女一男，都四十多岁的样子，都是刚刚匆忙上车的。他们在谈唠之中，竟然有着奇迹般的相似之处：都是从天津静海过来，又到同一个地方韩家园去。他们在说话间都被这种巧合弄笑了。

男的个子不高，外面穿了一件仿羊皮里子的棉袄，棉袄里面是一件紧身皮夹克，透过皮夹克的领子，我看到里面穿的是一件毛衣。穿得这么厚，看来他已经做好了防寒的准备。火车上很热，他把棉袄脱下来，放到货架上。我说你穿得真多，他说，那边冷。

女的说，下了一米厚的雪。雪大，山上就要干活了。

我说，干啥活？

她说，伐木头。

山上还有树？

有。

我吃惊地看着她。不是说山上的树都伐光了吗，还有树啊？

她慢慢地说，啥时候都伐不光啊，现在的树少了，过去的椽子都当原木往外发了。有能耐的把当官的弄好了，照样发财。

火车上热，她脱去藕荷色的厚厚的毛衣开衫，里面是绣花的红毛衣。穿得这么厚，我不知道她到河北静海去会热成什么样子。她一瘸一瘸地去卫生间，回来就笑着对我们说，脚指头磨坏了。她脱下鞋，让大家看。小脚趾处是一个血痂，已经把袜子浸透了。和她坐一个座椅的男人看到旁边有空座，就对她说，你躺一会儿吧，我坐那边去。女人也没有客气，就盖上长羽绒服睡下了。

又是羽绒服又是毛衣的，可见那里有多么冷。

我旁边坐的老头，他说他有六十八岁了，可是看着还很年轻。我就夸他，他很高兴。他提了一个旧式的黑色的人造革提包，布面老化而涂满了灰尘；还有一个小的包袱，他把这些都放在脚下，而不放在行李架上，也许是第一次坐火车，他怕丢了吧。他坐在座位上很拘谨，可能是第一次出门。他头上戴了一顶呢子的鸭舌帽，穿着黑色老式中山装显得很旧。脚上是少见的过去那种棉乌拉鞋，一件黄大衣放在座位上。后来我发现他抱着一个大塑料瓶子在喝里面的液体，我以为是水，可是很浑浊，我就问了他。他说是牛奶加红糖。我摸了瓶子一下，很热。我怕牛奶凉了，我让他包在大衣里面。

他说他去的地方，要早晨五点到。我说，我一会儿下车，你就睡在这儿吧。他说，睡下怕过站，那边有人接呢。我说不会的，一会儿你对列车员说一下，他就点点头。在我下车的时候，他就高兴地躺下了。这两个相对的座椅，一边是到韩家园的女人。她盖着她的淡咖啡色的羽绒服，睡一会儿，就不停地咳嗽；一个椅子上是刚睡下去的老头。刚躺下，就起了鼾声。

伊拉哈镇在九三站的前面，有十分钟的路程。因为要错车，就要走十几分钟了。每次我都会遇到一些伊拉哈的人，都会很有意思地给我留下印象。距我三个座位的地方，就是一群伊拉哈人。一个穿着白红相间羽绒服的胖女人，头上戴着白色马海毛织的帽子，一路上不停地说着。她看着对面女人的男孩子，叫他人种。抱孩子的女人的姑娘二十岁了，又生了一个男孩，自然就是人种了。胖女人说，他们镇上，有一家生了三个孩子了，还生呢。他家有钱，种了几百垧地，雇人看孩子。这个胖女人趴在座椅的靠背上，一边说一边对着孩子学着孩子吃肉串。"这孩子，真能吃，左一串，右一串，赶上陈佩斯了。"胖女人把牙齿都露在外面，嘴唇翻上去，学得很像。

"我不会咧大彪，就是爱说。你看美国，就是有钱，说打伊拉克，就把伊拉克打完蛋了。现在说美国的钱不好使了，危机了。我看他妈的就是嘚瑟，有俩钱烧的。""你看咱这人种，漂亮的，也别管他爸他妈多大岁数生的，看生得这个白净，睡觉也好看。别他妈尿我身上，我穿的是啥，尿上我就把你人种给废了，你信不信?"小孩哇的一声哭了。"真他妈的是孬种，让你妈抱着一边去吧，我就不得意哭孩子。"离伊拉哈还有很远呢，胖女人就穿戴整齐，到火车的门口去看了。"连个灯影都没有，早呢。"她和那些要下车的人一起转回来，站在过道上。

我注意观察了她几次，她就突然警觉起来，有意地把眼神射向

214

我，我就不敢再看她，怕她没有理由地骂我几句，那我也没有办法。我知道，按时间计算，离伊拉哈还有十几分钟，看着她们包裹得严严的，准备迎接寒冷，却在车厢的温暖里面经受着，我还偷偷地高兴呢。

火车停在九三站。车门打开，寒冷就扑进来。我前面的三个小青年，吓得退了一下，一个说，这么冷啊。另一个说，不下去了。后面的一推，说都到了，下去。三个人下去就跑，我在后面跟着，出了站台，他们就钻进了旅馆。我穿着新的棉衣服，还很得意。可是下到站台上，衣服薄得就像没有穿一样，浑身就冷透了。

冬天就这么早地来了。火车在站台上停了好久，车身上冒着热气，好像在思考是否还要往前走。站台上最后剩下的一两个值班人员，他们在寒冷里面走动着，脖子缩在呢子大衣的领子里面，也忘记了在出站口检查我们的票据。

他乡遇故知

最近一段时间坐了三趟火车。一次是从齐齐哈尔去哈尔滨的动车，车速飞快，车厢清洁，旅客除了看书就是睡觉，几乎没有故事；一次是回家的快车，和我原来农场的十几个人坐在一起，打了一会儿扑克，也没有故事可谈；再一次就是昨天夜里的6221次慢车，我终于找到了可以向大家说的事情。我的一些朋友也知道我坐这趟火车，所以，我坐在车上，他们就给我发了很多短信。可是当我耐心回复的时候，他们却失去和我联系。我半夜下火车时，原来他们早都睡着了。

我想，可以把火车的车厢比作餐厅，人们都在火车上吃着；也可以把火车比作宿舍，人们吃完了就在座椅上睡下了，也算是一个聚会的场所，南来的北往的，在一起说笑着。

火车启动之后，两名列车员站在过道上自我介绍。过道很窄，一胖一瘦一高一矮两个人站在过道上，矮胖的像郭德纲，高瘦的像马三立。两个人说话不清、声音不齐地说了一串话，大家都乐了。歪戴着帽子的"马三立"，呜噜呜噜地说着，好像上不来气，噎着了似的。大家给了掌声，有个后脑勺很大的乘客说："啥都不易，说不好真能噎着。"

我坐的是三人一组的座位，加上对面的三人座位，我们只坐了四人。我一问，都到塔哈下。塔哈站只有三站地，一个小时就到了。对面老人的皱褶像豆腐块一样切割了满脸，穿红色羽绒服的小媳妇很白净，他们挨在一起坐，好像是父女。挨着我坐的小伙子是从河北打工回来的，带着箱子和包裹。他给他妈打电话，他妈说活忙，接不了站，穿红羽绒服的媳妇说，给你四姨打。小伙子又打，然后小伙子说，四姨跟我妈在一起干活呢。红羽绒服就不吱声了。她对小伙子说，你脱了羽绒服吧，热。说着她自己脱了红色羽绒服，里面是黑色的毛衣，毛衣的领子和袖口都是红色的，很好看。小伙子说，我的羽绒服掉毛。他把羽绒服脱下来，果然，线衣上沾满了白色的细毛。

我都没有要叙述这些，因为小伙子回家和金融危机有关系，那个小媳妇生得也很俊，我就记在这里了。他们一下火车，我的座位就空出来了。我前面的空里就过了一个男人，我一看是刚才说"噎着"的"后脑勺"。他占了一个座位。接着就又来了一个大个子，瘦骨嶙峋，但是眼睛很小，小得看不到眼珠。"小眼睛"说，我们在这儿打扑克，你到我们那儿坐吧。我听错了，以为叫我也打扑克，我说我不会。"小眼睛"说，我们人手够。我不想破坏他们的兴趣，就到前面一个座椅上去坐。"后脑勺"是他们一伙的，和我一起到了前面的座位上。

这个空里，我和"后脑勺"坐在一条椅子上。对面是一家三口，孩子在茶几上描画，穿红毛衣的女人看着孩子画画，自己吃着毛毛虫面包，丈夫在车厢头上吸完烟回来，红毛衣也给了他一个毛毛虫面包。然后又拿出一袋鸡爪子，两个人就吃起来。我也爱吃鸡爪子，我就看着他们吃。丈夫很瘦小，但是很精神，穿了一件灰毛衣。他和我攀谈起来。当他知道我是九三的时候，高兴了。

"我们是一家，我是大兴安岭农场局的。过去我家就是九三的嫩江农场，后来我父亲到了大杨树农场。那里不好，可是单位把关系都给办来了，也回不去了。""现在我们搞集团了，大兴安岭农场局变成集团公司了。农场也变成公司了，搞政企分开。以后农场就是乡镇了。到时候就好了。谁也不管了，种地就行了。""学校交地方了，也没有啥了。现在有钱了，搞建设，大杨树是内蒙古最大的镇。镇里也搞建设，比着干呢。"

知道我是九三的，他们夫妻对我很亲切，又说了很多。九三也在搞政企分开，没有想到其他地方都搞起来了。

他们吃着鸡爪子，又说起了飞龙汤，说起了野鸡。这时候，山里面正多。和我坐在一条椅子上的"后脑勺"也很高兴，他穿着士兵的迷彩服，脸色红晕。他说，我们那里抓野鸡都是用药，把药放在黄豆里。黄豆你知道吧，豆脐用刀子剟开，把药放进去，野鸡一咬，就完了，专门药野鸡的神经。我去年还捡了八个别人药的野鸡呢。

我说，能吃吗？"后脑勺"说，能吃。红毛衣的女人说，炒辣椒行，要不也不好吃。

这时孩子困了，要睡觉。他们把孩子放到座椅上，可是孩子不睡，非让妈妈读一会儿书，要不睡不着。没办法，爸爸在提包里面找到了书，妈妈就念起来。"猴子来到山上一看，大吃一惊，就拼命地往山下跑，一边跑一边喊……"妈妈的声音很好听，我听得也入迷了。我看那本书，是绘画本，拿在妈妈的手里，声音就像从书里面跳跃出来的。

我那个空里的两人座位空出来了，丈夫就坐过去。我说我去吧。丈夫又高兴地坐回来。我在一边看着这幸福的一家人，一边感叹在他乡遇到故知。

我旁边打扑克的人也散了，把东西拿出来，准备吃饭了。一包是猪手，一包是肠，一包是鸡腿，一包是干豆腐，一包是鸡爪子。这么大的鸡爪子我还没有看到过，像婴儿的手一样大。穿迷彩裤的年轻人开始把一塑料袋酒打开，往杯子里面倒。杯子有空瘪的矿泉水瓶，有刷牙的塑料桶，有果汁瓶，每人一个，塑料袋里面是一斤半酒。火车晃一下，"迷彩裤"就骂了一句。"后脑勺"说，这是车，能不晃吗？你以为在你家炕上呢！

"小眼睛"在一边咬一口鸡爪子说，哪里都有你接话，你是爹呀？

"后脑勺"拿起一杯酒，说，别在这里逞能，到时候干活看。

"小眼睛"说，干活我服你呀？抬木头，比比。

"后脑勺"一边咬着一块猪蹄，一边说，到时候见。

我在一边看着他们香甜地吃着，一边想，幸亏中国人啥都吃，这么多人，鸡爪子猪爪子就够了。真如鲁迅所说，吃的是草，挤出来的是奶。

吃到一半，酒喝没了。"迷彩裤"开始找酒。"后脑勺"明明在上车前买了一瓶二锅头放在"迷彩裤"的兜子里，现在就找不着了。于是"后脑勺"也开始翻自己的兜子，其他人也翻自己的兜子，好像都得了健忘症，都记不起来了，好像每个兜子里面都会有酒的出现。都翻遍了，也没有找到那瓶二锅头。

"小眼睛"说，谁也别翻了。他指着"迷彩裤"说，就在他的兜里，我看得清楚，放进去了。

"迷彩裤"又翻了一阵，没有。

"后脑勺"说，要是掉到地上也会有个响啊！酒没有找到，大家放弃了继续吃饭，开始收拾东西。快乐被压抑了。

酒，真是百姓生活里面的伙伴，没有酒，好像一切都没有意思了。

"迷彩裤"把装着行李的丝袋子拿下来，放在座位中间，看不够高，又拿下一个，然后把身子放在袋子上，头和腿放在椅子上，睡觉。其他人都不欢而散。

我问正在把大头鞋脱下来，放松脚的"后脑勺"，你们是哪儿的？"后脑勺"说，是泰来的。到哪里去？去塔河。

我听到泰来就很愉快。那是我的一个朋友工作过的地方，是我的家乡人啊！

火车还没有到站，他们就睡着了。

我静静地坐在座位上，看着他们香甜地睡着，疲惫爬满了每个人脏乱的衣服，但是他们的脸上都飘逸着轻松和放任。那里的冰雪好像对他们来说根本没有什么，而是一个最理想最圣洁的地方。

这时我听到车厢的门口有人在大声地说话：你到红五月农场就找机务开大拖的，就找着我了。

我像听到了亲人的声音。红五月是九三的一个农场，而且是我的联系点。我急忙在车厢的连接处见到了他，他提了兜子准备下车呢。

车站上，大风正刮起来，石板路上满是晶莹的霜花。站台上值班的正吹起哨子，声音在风里面穿行，在没有月光的天空飘荡。

美丽的霜花

哈尔滨的早晨突然被狂风暴雪封锁，偌大的一个城市白茫茫一片。我站在宾馆的窗口，想着怎样坐火车回到九三去。

因为风雪，高速路都关闭了。铁路成为最后一条道路，所以，火车票很难买。我在排队购买火车票的时候，售票员正在修理打印机。九三的一个记者也在买票。我们熟悉，他告诉我，九三的票没有了，我很失望。我说软席呢，一边安装着机器一边说话的售票员回答道：我看看吧。

和我一起排队的一个年轻人说，这里要没有，你就到对面消防队去买，那里有，我昨天在这里没有买到，在那里买到了。我说不是联网的吗，年轻人说不是。里面的售票员听到了说，谁说不是？

为了证明是联网的，售票员立即就打出了两张软卧。

这趟火车是到加格达奇的。车体是新的，软卧里面的被子都是新的，车里面也很暖和。我和电视台的领导在一个包房，还有一个是在加格达奇当兵的年轻人。和电视台的领导谈了一会儿诗歌之后，他就买了很多东西以及酒，我们吃喝起来。睡觉的时候已经是半夜了。车厢里面很热，睡不着觉，我就给那些能睡着觉的人发短信，直到弄得乌烟瘴气，我才睡下。其间，几次热得醒过来，好像到了世界末日一样，让人喘不过气来。在似睡非睡中，列车员开始换票了。

我感觉到浑身在汗水里面，这样下车肯定会感冒。我就来到火车的连接处，在那里把汗消一消。

连接处很凉爽，门的缝隙里进来的寒风冻成了冰雪。我不知道外面有多寒冷和风雪有多大，车轮摩擦的叫声和列车撞碎黑夜的凄厉的痛苦声，拍打着列车。

这时候，我看到了车厢两面的门上的霜花。

我已经很久没有见到这样的霜花了。记得小时候，在草原上的土屋里面居住，每个冬天的早晨，窗户上的玻璃都被霜花涂满了，直到太阳升起来，霜花才变成一汪水。孩提时候对于寒冷还没有感觉，就是盼望着霜花早早地融化，好看到太阳。焦急里，我会用手把厚厚的积雪般的霜花刮掉，手掌被冻得通红。我也会在霜花上面涂鸦，把自己的想象涂在霜花上面。太阳没有升起来的时候，我会焦急地用嘴哈气在霜花上面喷出一个小洞，圆圆的，小镜子一样镶嵌在霜花上面。

火车上面的霜花一侧也被涂抹了。那是用圆圆的钢笔帽涂抹的，一个一个的圆圈在霜花上面印下，成为漂亮的项链，中间是个大大的"丹"字。我猜测是两个恋人在上面涂抹的。那个叫丹的女孩，看着男朋友把自己的名字印在上面，会多么兴奋啊！在霜花的中心，还有一只手印，融化了冰霜，像朵花一样开放着，这应该是那个叫丹的女孩印上去的。冰冷的霜雪和滚热的心肠，曾经激动了这个女人的心扉。霜花上面还有一个融化的点，是焦急地等待到站的人向外瞭望用的。和我同行的人，正在把这个点扩大，但是已经冻得手指发麻了。

另一侧的门上的霜花是完整的，下面是奔跑般的霜花勾画出的树林，洁白而柔韧的树枝，交织在一起，刺绣般十分好看。树枝上面的霜花，就像堆砌的晶莹的冰糖一般，厚而高，堆而韧，错落而又整齐。站在霜花面前，我困倦的大脑突然就敞亮了，好像看到了遥远的大兴安岭，莽莽的被积雪覆盖的山脉，梅花鹿在嬉戏，野鸡在奋飞，松鼠在树木的老干上嗑着松子；一只斑斓的虎正在雪上追赶一只雪兔，溅起的积雪白得透明，在阳光里面闪着金色的光芒。我想还应该有一只狼，在树丛里休息，皮毛在雪地上压出细密的花纹；吃饱后的狼，眼睛里流露出一丝温暖，于是就麻痹了身边善良的动物，它们一步步地靠近狼，想和它做朋友呢。狼把自己柔软的爪子贴在发黑的嘴上，表现出一种亲昵的样子。世界一下子变得洁白起来。

我不知道我这样写阅读的人是否能理解。我知道，明天早晨太阳升起来的时候，霜花就会变成水，美丽就会消失。我也知道，当寒冷再一次到来的时候，霜花就会重新悬挂在玻璃上，制造出迷人的美丽。能够把冬天的寒冷变成霜花，我想这是水的烂漫还是冬天的烂漫呢？

我的想象被列车员的走入打搅了。到九三站了，我对九三没有落雪感到惊讶，因为只要预报东北地区有雪，这里就肯定要下的。哈尔滨的雪弥漫了整个城市，而这里却很平静。可是，当我坐上汽车向九三开去的时候，车窗上却迎面飘来了雪花。这是九三的雪。

生儿育女进深山

我想用这样的句子开始我这篇文章。

221

朋友，当你正和家人一起在餐桌上吃饭的时候，当你吃完饭把削好的苹果放进孩子嘴里的时候，当你为电视剧里精彩的情节激动不已的时候，当你站在沙发前伸一个懒腰的时候，当你拥着香酥的爱妻走到床前的时候，当你一觉醒来正是冬夜十点钟的时候，朋友，你会想到什么呢？

你会想到你的朋友正坐在火车上坚守着寂寞吗？会想到你的朋友正在一盒一盒的方便面的热气里忍受饥饿吗？会想到你的朋友正躲闪着列车员一遍又一遍的清扫吗？会想到你的朋友在搜寻漂亮的异性的面孔中失望地垂下眼皮吗？会想到在女人的鼾声里面产生的厌倦吗？

我知道，朋友，你会想到的。过去的岁月里面，你比我多坐了这趟火车，而我才刚刚开始。你在睡下之后，给我发出的这一条条同情的短信，使我本来已经平稳的心变得不安起来。更让我不安的是，本来知道我在这一刻会从一个熟人的身边走过，而这位熟人却关闭了手机。

其实，这北去的火车是很有人气的，生活在最北面最底层的人们，活得更快乐。他们咀嚼着火车上的野餐，烧鸡和烧酒的味道弥漫着；他们放开地说笑，咒骂和玩笑压过了女播音员好听的报站声音；他们呼呼地大睡，靠着倚着躺着趴着弯着只要想睡就会睡着。什么苦恼什么压抑什么无聊什么挫折，回家的路上只有幸福只有期待只有美好。坐在我对面的夫妇，女人胖得有三百斤，但是有力气，把大包小包扛在肩上，还要往行李架子上放，我说放在座位下面吧，她才把包放在座椅下面。她老实的丈夫不胖不瘦，挨着她坐下。胖人从来不把自己当胖人，她本来在座位上就占了一个半人的座位了，还把装满了盒式方便面的提兜放在身边，直到我座位上的男人喊起来："还让人家坐不？"我看到胖女人夫妇已经把一个瘦小的女孩挤到座位的边上，眼看就要坐不住了。胖女人急忙把兜子拿出来，往茶几下面放。我说放茶几上吧，胖女人又把兜子拿出来放在茶几上，我看到里面的方便面的盒子已经有瘪的了。

这时候，一个穿着土红色毛衣的中年人走过来，说：你们坐这儿呀，我那儿下一站就有两个下车的，过去，咱们喝点酒。胖女人夫妇笑着迎合着。不一会儿，那个穿土红色毛衣的男人就喊起来："过来吧，喝酒。"胖女人说，不去，你就说血压高。要是喝多了，又该干仗了。

丈夫想去，眯着眼睛不吱声。一会儿，那个"土红色毛衣"又过来了，声音里面有了强制的意思。丈夫站起来，胖女人是坚决不去。"土红色毛衣"和她丈夫走了，这时又来了一个妇女，看来是和"土红色毛衣"是一起的，对胖女人说：过去吃点吧。

胖女人说：我不吃，我闻不了那个味，凡是喘气的我都不吃。

我十分惊讶。不吃喘气的，还这么胖，真是奇迹。

过了几站，下的人很多，胖女人座位上的女孩下去了，我旁边的男人也下去了。我们一人一个三人的座位，胖女人就躺下睡觉。这时候我才发现座位是多么的小而窄，她在我的面前像座山一样。

我心里面发热，就买了一个冰棍吃。冰棍里面奶很少，咬起来很硬，我就一点点地吃。正吃着，我的左前方座席空里面出现了一个小孩，他正在他妈的胳膊上弯下腰来够他的鞋，想用嘴咬住。在他反复够的过程中，突然看到了我吃的冰棍，他吃的欲望迅速地表现出来了。小小的眼睛，看得我吃起来都不自然。

那个座席空里是三个人，我想应该是一家的，后来证明了。穿黑色 T 恤的是孩子的妈妈，因为她在给孩子喂奶。穿红色羽绒服的是孩子的姨，她偶尔抱一下孩子。穿蛾绿色呢子对襟便服的是她们的母亲。

穿红色羽绒服的女人过来问我，在哪个站下车？我说了站名和时间，她说，到时候她的姐姐把孩子抱到这里来睡觉。我看到她们坐的两人座位，是小了些。我就说，我过去，你们现在过来吧。穿红羽绒服的女人很感激，急忙就让姐姐和孩子过来了。

我坐到小座位上去，她们的母亲正在我对面的座位上睡觉，趴在茶几上。我回头看，她们姐俩正忙着照顾孩子。对面座位上的胖女人睡着了，有了鼾声，我能看到她那巨大的屁股探出了座位的外面。

我想我这次的散步的火车就叫学雷锋吧。我就忍不住自己笑起来。

火车的运行十分漫长。我对面的女人醒了，她忙着给孩子拿尿不湿。坐下以后我们就说起话来。不说不要紧，说了吓一跳：我们是老乡啊！我把我们的对话变成介绍写在下面。

她是回老家来看看的，老家的老人都没有了，只有姐妹了。她二十六年前到的山里，当时就是为了生个男孩。这边计划生育紧，生了两个都是女孩。走的时候，老大八岁，老二三岁。到了山里面，又生了三个，到底生出个男孩。现在她五个孩子，四个姑娘，一个儿子。四个姑娘都出门子了，一个老疙瘩，就是最后生出的男孩，十九岁了还没有结婚。

山里面日子也很好过。到这里来后，自己开了地，种土豆。现在城里扩建，也住上楼房了。说起土豆，她就有说不完的话。这次回来，家乡的土豆卖到四毛钱一斤，都是小土豆，她们那里的土豆都这么大（她用两个手的虎口对在一起，比画着），才卖七分钱。那里的土豆是黄瓤的，放点豆油一炒，香着呢。土豆还不回生，吃起来好吃。这么大的土豆，光溜的，没有一个坑，掉芽子都找不到印。

这时候我就想，一方水土一方人。山里冷，但是有土豆吃，而且产量高，人们就很容易生活了。

她后来的介绍，我就有些担忧了。她超生的孩子都有了户口，她的老家还有着她和丈夫以及以前生的孩子的户口，有着口粮田。

我望着生过五个孩子的女人，她一点都不老，反而很年轻的样子。瓜子脸上没有一点皱褶，头发也是黑色的，手上戴着银戒指。我想象她生下一个孩子是女孩，又生下一个孩子还是女孩，她和丈夫是什么心情？如果她坚定了要男孩的信心，那么她也要把女孩养活到一岁左右，才会怀上下一个呀。一个一个地生，还要自己挣钱养活自己。在北面的山里，寒冷和贫穷，都没有挡住他们生育的脚

224

步。现在她回头望过去，都大了，成家了，她是什么心情呢？我第一次感到了人的生育的力量。

火车运行着。刚才喝酒的那帮人，已经结束了。土红毛衣已经喝多了，和他一起喝酒的已经滚到地板上裹着破旧的军大衣睡着了。胖女人的老伴回来坐到我的座位上，看着胖老伴呼呼地睡着，自己听着我们的谈唠。

旁边座位上坐着三个女人，她们是从关里打工回来的；还有两个男人，也是在南方哪个公司打工的。他们的对话，也可以写出一篇文章来。寒冷中，火车在九三停下了。

冬　至

每年的冬至都在 12 月的 21 日或者 22 日。用术语说，冬至是冬天寒冷的开始。在我的心目中，冬至也是最短的一天。

今年的冬至是 21 日，周日，我在这个晚上返回九三。天色还没黑，寒冷就来了，我记不得这是第几场寒流。现在的天气预报在报道气温回暖的同时，会立即告诉说，又有一股寒流将覆盖东北地区。于是在共和国的地图上，那个鸡头的地方，就会遮一层蓝色，表示寒流的到来。每次预告都十分准确，寒流带着风雪降临在这座小城里面。

我又开始坐这种北去的绿皮车。这是铁路上的一种叫法，我当初要是知道，我会把我的火车系列变成绿皮车系列，会更有深意。这列火车上人多，还很暖和。看到旅客们都穿着羽绒服，如果是前些日子，人们会把羽绒服脱下来，挂在车厢的挂钩上面。现在不行了，寒冷到来了，大家都把衣服裹在身上，坐在车厢里面。

这一段时间里，身体感到不舒服，有几分疲惫，我就裹住羽绒服靠在车窗的角落里面，这是一个供两人坐的座椅。开车的时候我以为没有人来，我自己坐着也很好。这时候，一个穿着黑色羽绒服的人坐过来。我也不好撵人家，他就靠着我坐下了。我感到很挤，后背靠着窗户，感到有些冷。上车的时候买了一瓶水，可是我又怕喝了凉水肚子会不好。改革开放三十年，我记忆里面最深的也许就是矿泉水了。过去哪有买水喝的？可是，现在到处都是矿泉水，真的还并不多。我在候车室里买的那瓶矿泉水就是假的，因为我回到住宿的地方，把矿泉水的瓶子放在茶几上，但是立不住，矿泉水的瓶子底是歪的。那是一瓶"农夫山泉"，要是真的，这么有名气的矿泉水怎么放在平的桌面上会倒呢？不说这些了。当年跑项目，天天喝矿泉水，肚子喝坏了，现在一口都不想喝了。但是口里面很渴。我就和妻子商量，我应该吃一盒方便面，这样，就可以用方便面的盒子喝水了。妻子在电话里面当然同意，但是我怕吃了方便面会加胖。妻子说，胖就胖吧，喝水要紧。

正在犹豫着，我旁边的"黑衣服"要了一盒方便面，我也急忙要了一盒。倒水的时候，我让列车员多倒点水。方便面在盒子里面没有泡多大一会儿，我就急不可耐地吃上了。"黑衣服"一边把方便面的盖子盖上，一边从衣兜里面掏出一个鸡蛋，扒光了皮子，把鸡蛋放在了方便面里。我被他的老谋深算打动了。记得刚才验票的时候，他冲列车员点点头，他没有票，但是也没有验他的票。他对我说，他从长春来，到加格达奇去。看来他一路很熟悉。

我的过道那边是三个人的座位，两面都坐满了人。我对"黑衣服"说，你的路途很远，你要找个长椅子坐，没人你就可以睡下了。他点点头，好像早想好了。下面我就没有在意，他吃完了就站到过道上。在一个站点下车的时候，他有些老的体态突然灵活地运动起来。当我明白的时候，发现一侧座位上的三个人要同时下车，他在抢那三个人的座位，但是他晚了，对面一个穿着红袜子的年轻人站起来就坐到对面的空座上去了。"红袜子"得意地躺在空空的长椅子上，把地上的鞋捡起来，两只鞋叠在一起，枕在头的下面。"黑衣服"并没有在意自己的失败。他坐到"红袜子"腾出来的地方，问好了座位上的另两个人所去的站点，开始等他们下车。也不知道过了几个站点，他们终于下去了。"黑衣服"长舒了一口气，把黑衣服脱下来，盖在身上，也躺下了。他也把自己的鞋枕到头上，因为低，他把一个矿泉水瓶子放在鞋里面，然后枕上，矿泉水的塑料瓶子被压出响声来，他也不顾了，慢慢地休息。

我的一个朋友曾经感叹过，说在火车上谁坐在我的对面，我就会研究谁。其实也不对。我现在对面坐着的人裹紧了蓝色的羽绒服，羽绒服的帽子都戴在脑袋上，只留出半个脸，一路上除了吃了一次水果，都没有露过脸。我疑惑他为什么这样。我在他面前给朋友打电话，他认真地听着，但是他一句也不说。我想我怎么写他呢？

火车快到九三的时候，他不装睡了。他在准备下车，我才知道他是九三人。他开始把羽绒服的拉链拉上，我注意到他的羽绒服的拉链是细密的小锁链，他拉上去，中间就开了。他一遍一遍地拉，也拉不上。他突然用牙齿咬拉锁的手柄，他把脑袋低得很低，咬着。我想，要是拉锁拉不上，下了火车，在冬至的天气里面，走在九三的旷野上，该多冷啊！

我光顾看他了，忘记了拉自己的拉链。火车到九三了，我急忙拉自己羽绒服上的拉链。这种低档的羽绒服，拉链是很难拉上的。在我临近车门的时候，才把拉链拉上。这时候我看那个没有拉上拉链的人，已经找不到他了。

冬至，2008 年的最后一个节气，我在最北方的寒冷里面，向九三走去。

滚滚人流

临近春节的时候，火车是最拥挤的。我在很早就买了车票，那个偏僻的售票点在我买票的时候第一次排了很长的购票队伍，都是齐大的学生。我买的还是那趟去韩家园的慢车，有座席号，四车厢，座位好像是不变的六十九号。提前一天我买了车票，心里就安稳了。

在家里放心地睡了两天，以为休息会把感冒消除，但是浑身还是不得劲。本来以为走得晚，可以多陪妻子一会儿，可是要走的时候，心里还是不能把那种短暂的离别而生出的温馨的依恋隐藏起来，尤其是妻子表现出的不舍，更让一个七尺男儿脚步难迈。

我也常常想，到了这个年纪，还依依惜别，究竟是工作重要还是感情重要呢？有的时候我不理解自己的就在这里。妻子说，你爸把你妈领到北大荒，你又把我领到最北边。我的一个文友说我，你转了一圈，还是在大屯子里，也进不了城啊。但是人们走南闯北地这样行动着，也是很有意思的。我一旦走上喧闹的马路和熙攘的车站，心里就什么也不想了。虽然看到那些妇女背起大包小裹，如蚂蚁一样的勤劳，在同情她们的时候，我理解了她们的力量是奔家里去而产生的，对于她们我又有几分羡慕。是啊！拼足了力气，吃得不好，穿得不好，但是，是回家呀。也许只有我在这趟火车上是去工作的。因为春节就是团聚的日子。

那些巨大的包裹塞满了车门、过道、货架。扛包裹的女人们气喘吁吁地坐下。当然，我永远不会理解为什么是女人在扛运包裹。

上车后我换了两个地方。我买的是靠窗户的座位，旁边是一个穿浅绿色羊毛衫的女人。她说，我们换个座吧。她指着我们一个空里的过道斜对面靠窗户的位置说，那是我弟弟，你坐他那儿，让他坐这儿来吧。那是正座。所谓的正座就是对着火车前进的方向。

经常出门，也随意了，管他是她弟弟还是情人，与人为善吧。那个弟弟穿了赭石色的毛衫，头发是卷曲的，鬓角有块白头发。他过来之后，我就坐过去。这时来了三个女人，大包小裹地过来之后，把东西就放在座位上了，我等着她们把东西拿走。一个穿着黑色上衣的女人对我说，我们三个人，坐在这个座位上正好。你坐我们的那个座吧。我只好再一次放弃了，跟着她指的方向，坐在了我原先座位的对面。这也是正座。

对面穿着浅绿色羊毛衫的女人正和她的弟弟谈着，兴趣盎然。我一直没有猜透他们，到底是不是兄妹，有时我怀疑他们有更深的关系。我仔细看了他们的长相，没有找出一处相似的地方。尤其是男人的头发卷曲，那个女人的头发竟然一丝也没有。男人的稳重和女人的刁蛮，男人的善谈和女人的挑剔，都格格不入。尤其是男的是长脸，女的是圆脸。

一会儿，他们开始吃榛子。男的用钳子一个一个地把榛子夹开，女的在一旁说，这样吃没味。说着我看她正把榛子放在嘴里，右边的牙齿咬住后，啪的一声，就爆开了，把瓤吃了，把皮吐出来。看着她咬榛子的样子，我都替她牙疼。我从来没有看到女人会把榛子吃成这样。男的手里的钳子是电工用的，钳子的把手是红色的胶皮，嘴很长，夹住榛子后，要费很大的劲才能夹开。男的一边咬牙切齿地把榛子夹开，一边很香地在嘴里嚼着；女的把榛子放在嘴里，啪啪地咬着。我看那是生榛子，没有香味。我也喜欢吃这种生的榛子，嚼了之后，那种原始的黏味和山野里面的气息就会在嘴里面喷射出来。随着吃的多少，脑海里面就形成了一种快乐的感觉，植物果实的真正含义都在这生熟之间了。记得小的时候，我的母亲吃花生都吃生的，我还吃不下。后来我也养成了吃生的葵花子的习惯。面对着他们咀嚼的愉快，我在想象着这种香甜的味道，直到他们吃累了为止。

我的旁边后来坐进去一个穿蓝色羽绒服的女孩，她除了玩一个游戏机之外，一直不说话。我也不知道什么时候，她和浅绿色毛衣的女人说起了话。她说她的一个亲属如何读大学，三年后又到德国读研究生。浅绿色羊毛衫的女人听了她的话，就开始讲起来。说哪个大学的专业是好的，哪所大学是重点。又说读了三年大学出国是不可能的，大学都是四年，三年是不给毕业证的，要是三年就不是那所好大学。她说得头头是道，而且那种讲话的神态和语气，俨然是老师在教育学生，说话的速度让对方也难以反驳。小女孩被说得哑口无言，不住地说："我妈这样说的，我妈这样说的。"

看到小女孩可怜的样子，我很同情。我插了一句话说，你是老师吧，浅绿色羊毛衫的女人停下来，看我一眼说，不是，我退休了，啥也不是。

她说话的兴趣和争斗的样子都衰败下来,转过头和身边的男人开始了新一轮的谈话。

这趟火车上的人很多。一般到了讷河,人就下得差不多了。可是这次到了讷河之后,人还是满满的,货架上的货依然摆放着很多。我上了几次厕所,厕所的门口都站着两三个人在等着进去。我有个习惯,一旦想起上厕所而又没有进到厕所里面,我就好像急得了不得,恨不得在过道里面就解决了。那种忍耐是痛苦的,可是人还是多,我没有办法,就去另一节车厢。这种老式的车厢,就有一个厕所,可见当年设计的时候,没有以人为本。我到了另一节车厢,发现座位是绿色的,而我坐的车厢是咖啡色的,看来这列火车是拼凑起来的。还好,这节车厢的厕所没有人,我进到里面。这种小的厕所,把我和喧闹的车厢隔绝开,使我透了一口气。和车厢里面浑浊的空气比,厕所里面反而空气新鲜了。我想多站一会儿,就有人敲门了。这种不文明的做法,只有这样的火车上有。你要不赶快出去,门就会被敲破。

直到我下车,人也没有少。在春节到来的时候,人们在急于回家,在急于把年货带回去。春节,是浓浓的亲情。

九三站下车的人也很多。我突然发现,站台上吹来的风,没有了刺骨的冷意,柔和得像一个女性的围巾拂着我的脸。

穿过红灯区

我当然不会想到我的这个正月十五是在火车上过的。我安慰自己,我可以坐着火车穿过明亮的月光,在银粉般的光辉里向我的目的地驶去;我可以在九三站的月台上欣赏最圆的月亮,然后在一地的月光里,走出寂寞的站台;我可以在火车的窗口遥望升起的月亮,遐想着明天的美好。我没有把在这月圆的夜晚离开家去工作当作痛苦的事情，心里还有几分烂漫。

鹤城在熬过寒冬之后开始了春天的旅行，积雪已经融化。我来到齐齐哈尔火车站的门口，凉爽的风吹过来，心里一片轻松。拂面不寒杨柳风。风贴在脸上，我以为是女人在寒冷里面跑来，把脸放在了我的脸上，凉里面的那种开心是无法形容的。虽然火车站依然很脏，安检机在检查过程中的麻烦让人烦恼，可是我的心是快乐的。

在候车的时候，我突然想买一份刊物在车上阅读，我就选了一种小说选刊。过去我曾经订阅过这种选刊，名气很大，但是选的作品质量不高，我就放弃了。我买了以后，想看看它是否提高了质量。

正是团圆的正月十五，中央电视台的晚会是看不到了。我以为火车上的人会很多，我坐的第四节车厢，很快就挤满了人。我细细地看了自己的座位，对准了座席号，每次我都会这么认真的。刚坐好，身后就有人拍我的肩膀。我一回头，是个小伙子。

小伙子说：你买票了吗？

我说：买了。

小伙子说：你坐错了。

我说：没有。

小伙子不耐烦了：看看你的票。

我把票递给他看。他看看说，啊，你的号是边上。我指着号牌说，你看，我的是窗口。他看看，不吱声了。然后小伙子挨着我坐下了。

我不想因为他的失误而带给他不愉快。我就问他，到哪儿去啊？小伙子说，到新林。我说，挺远啊。小伙子说，是。我说那应该找个长座，没人可以睡觉。他说，不用。我看看他的手，手上是蓝色的文身。

车厢里面都坐满了，而且很挤。我对面坐着两个女人，一个穿着很好看的黑色羽绒服，脸上的皮肤有些黑，但是样子还是属于那种好看的范围，她不住地打电话给家里，可能家里就一个孩子在家。另一个女人穿着红色的羽绒服，脸是方的，胖，让人感到肉在脸上多余地运动着。她也在用手机发短信。

过去在这时候，天色早黑下来了。可是现在天长了，高大的建筑物后面，是明亮的天光。火车徐徐地开动，慢慢地告别了车站，驶入了广阔的田野。

正在我感到热而闷的时候，和穿红色羽绒服的女人一起来的黑脸男人走了过来。他一身的衣服有好多层，里面是衬衣、坎肩，外面是棉袄，都很破旧。他对那个"红色羽绒服"说，走，我们到前边的车厢去，那里没有几个人。

这时，列车员过来也说，那边的车厢都空着呢，到那边去坐吧。

列车员喊了几声，但是，没有人动。

我知道人的毛病，有了座位就不愿意动了，也许是人的惰性造成的。挤公共汽车就是这样，上不去，就使劲挤，等到上去了，明明里面有很多地方，却站住不动了，没想到火车也是这样。大家都挤在座位上，不动。列车员说，买票是从前面卖，后面的没有卖呢，座位很多。我看着我身边文身的小伙，他和我坐在一起，因为我的胖，他只有一点座位，他是最应该去的，可是他一动也不动。我想想，站起来，到下个车厢去。我想我应该改变自己。我从四号车厢到了六号车厢，看到人很稀少，就找座位坐下。我身后的"黑脸"说，再往前走，比这还少呢。我就拿起包，跟着他们往下一节车厢走。下一节车厢果然没有几个人，座位都空着。我找了一个长座位，坐下。看看四周，没有人，我想，这次旅行是没有故事了。于是我从书包里拿出那本选刊来看。

自从我少饮酒之后，我的眼睛好了许多。车厢里并不明亮的灯光我也能看清书上的字了。我从第一篇读起，小说开始几段还有点味道，再读就没有意思了。我知道每一个书刊的第一篇都是政治化的，不好读，是因为什么深刻的意义而放了头条。这一篇是写一个多亲家庭的孩子和半路夫妻生活在一起的事，故事情节的缓慢，描写的琐碎使我难以下咽。第二篇是一位著名作家的作品，玩的是技巧。把思想解放初期大兴安岭上的一件小事，写出了很长的一个故事，写得很一般，虽然是以一个悬念统领着全篇，而且这个悬念很简单又很有政治趣味，但是读后感到还是上当了。在我百无聊赖的时候，看了下一篇，是大学里的老师写的，文笔老到，男女的事写得很有趣味。

　　每到一站，车厢里面就会上来一些人，下一站就下去了。几个列车员在一起开玩笑，说平常也这么多人多好啊。列车长听见了说，那还不黄了？我感到人少也不好。我几次想上厕所，我就想我的书包怎么办。如果人多放在哪里都放心，人们会以为是别人的，而人少就不好办了。放在座位上都知道我去了厕所，谁拿走我也不知道，于是我就背在身上，去厕所，别人看了还以为我要下车呢。

　　这趟慢车停靠的站很多，每个小站都可以看到远处红色的灯笼。一盏一盏的红色的灯笼，在黑夜里飘荡着，像红透了的山里红。还有礼花在空中爆炸，很好看。要是到了大站，灯笼就更多了，礼花也更多了。这时候我知道是节日在这个夜晚降临了，我还孤独地在火车上奔走。一个朋友给我发来短信：海上生明月，天涯共此时。我回复：月亮照山河，家里的是你，走着的是我。她又回复：月亮走你也走……在这样的夜晚，我才突然知道什么叫天涯的奔走。望着外面的灯火，好像庆典一般陪伴着奔驰的火车。在我生命的旅途上，也算是一段特殊的经历了。

　　九三的站台上是冰雪，我想找出融化的地方，一点都没有。坐在出租车里，望着在明亮的路灯照耀下的积雪，也是没有一点被阳光蚕食的痕迹，这里的寒冷还没有退去。我感到自己来到了一个冰雪的洞穴里面，感到浑身寒冷。一觉醒来，窗帘透出了亮光，新的早晨开始了。我突然想到月亮的事，火车上没有看到，从月台上匆忙地到车站的门前找出租车，也没有看到。那又圆又大的十五的月亮，到底被我忘记了。

咆哮的风雪

东北的春天其实是冬天最后发威的日子。明明感到温暖的气息
了，风雪就来了。虽然风雪是软软的、温温的感觉，但是寒冷在热
气里面的侵蚀，还是冰一样的凉。鹤城一整天裹挟在雪雾里，但是
雪不大。火车里面是湿漉漉的感觉，我坐在座位上，偶尔头上落下
一滴水，"啪"地打在我的衣服上。因为是坐两个人的短座位，我和
我的同座都穿着羽绒服，我想躲都躲不开。我说：上边漏水。

他抬起头看看。

隔着座位的一个女的说，是棚顶上滴的水。

我知道他们是夫妻。挨着我的男的穿了件暗色的黄羽绒服，生
得周正，脸上很光洁。他说他去嫩江。我就喊他嫩江吧。妻子也是
嫩江的，就叫嫩江妻。

"嫩江"说，没事，一会儿谁把东西放上，水就滴不下来了。我
看看我头上的行李架，是空的，我觉得他的主意很好。于是我就等
待着谁把东西放在我的头顶上。

当时火车上的人已经坐满了，我以为没有人会上车了。火车在
一片白茫茫里徐徐开动，车窗上的潮气和水珠沾在我的羽绒服上。
我以为我就这样在"啪"的一声的水滴落在我的衣服上的煎熬里面
走过这段遥远的路程了。车厢里面潮湿而热，我的羽绒服眼看就穿
不住了。

这时候从车厢的头上走过来一男一女，男的扛着一个巨大的布
包，女的跟在后面，她要和我旁边座位上的女人换位置，她们都是
一起的。扛包的男的准备把包裹放在我的头顶上，正要放的时候，
女人叫住了他。她看着她座位旁边的头顶上的行李架，要把包裹放
在自己的头顶上，她以为这样安全。但是她头顶上的架子空很小，
放不下。她要把上面的东西推一推，把空间推大。男人看了看，推

234

不了。这时候人们都建议放在我的头上，可是女人犹豫着。

我看着也很焦急。她的包裹在我头上正好可以挡住水滴，可是她执意要放在自己的头顶上，难道里面装了什么好东西吗？我看看，一种大花布做的包裹能装什么呢？里面的东西支出来，肯定不值钱。我把目光放在女人的身上，她穿了一件红色的长羽绒服。冬天的男女服装太好描写了，都是羽绒服，只是颜色不一样，长短不一样，款式几乎都是一样的。她娇小的尖形的脸，眼睛因为双眼皮而很好看。她在思考的时候，很小的嘴就噘起来，一动不动地站在那里。那个男人去把行李架上的物品挪动一下，但是没有空间了。尖形脸的女人只好回过头来，看着我的头上，然后让那个男人把包裹放到行李架上去。

我松了口气。

火车到富裕火车站的时候，车上的人都下去了，尖形脸的女人又把包裹放在自己头顶上的行李架上了。车厢里的温度也上来了，不潮湿了，天棚上的水珠也就没有了。其实那几滴水珠也浇不湿衣服，可是当时心里表现出的自私也带来了几分惊险，那尖形脸女人的沉着坚定也让我好不佩服。人在任何时候都在保护自己，这就是本能。

我对面是一对夫妻，他们刚买了 MP4，新的，妻子认真地听着，弄不好就让丈夫帮助，两个人很是恩爱。我一直想听歌，很想问他们是在哪里买的，多少钱，可是我又不好打搅他们。他们听了一路，丈夫也教了妻子一路，下车的时候才装到衣兜里。过道里排满了人，丈夫说，这么多人，下车早呢。妻子说，我到厕所蹲一会儿去吧。丈夫说，那不行。妻子说，你不是说时间早吗？丈夫就掐妻子鼻子一下。我看着这对面色黑乎乎的夫妻，还很浪漫的。

富裕站过去了，人就少了。我身边的“嫩江”站起来坐到我的对面，他老婆也过来了，两个人开始吃。我刚上车的时候，看到车厢的座位上坐着两个女人，每人都拿着一个很长的糖葫芦在吃，旁边的四个小伙子在打扑克。我就想，女的好吃，男的好玩啊。“嫩江"和"嫩江妻"坐在一起，"嫩江"喝酒，吃鸡；"嫩江妻"就吃瓜子。"嫩江"把一瓶红高粱酒喝得剩个瓶底，鸡也没有吃几口。男的还是好喝酒啊。"嫩江妻"嗑瓜子嗑了一堆皮子，列车员收拾一下，她又接着嗑，直到把一袋瓜子嗑完，才休息，接着就躺在椅子上睡觉了。

我感到在火车上遇见的故事越来越少，但是这些人群却越来越感到亲近，好像每个人都有一段故事。我身后的座位上是到省城里看病的一家人，看病的女人在述说着看病的经历。这么重的病，她就躺在座席上，头枕着丈夫的腿，瘦弱的丈夫就一直坐着。孩子把手机打到山里，女人让孩子告诉舅舅，把炕烧热，明天早晨才能到家。他们要去的林业局还很远，我就想着那里的寒冷。可是他们就要回到自己的家的那种惬意和温暖就弥漫在他们的头顶上了。家，多远都是家啊！

斜对面的两个妇女在不停地嗑着瓜子。一个女人嘴里是翘出的一对板牙，嗑瓜子的时候很不自然。因为年龄的关系，她们的牙齿都不好了，可还是不住地吃着。嗑完了瓜子，就吃苹果。我不知道什么树上能结出这么大的苹果，比足球小点儿。她们吃的时候很费力气，贴着苹果的表皮啃，吃过的苹果像鸡叨过的一样。我不是在嘲笑这两名妇女，因为我一抬头就看到她们，她们也看到了我。长久坐车使她们很疲倦，困意满脸，要睡着的样子，脸上的皱纹就堆在了一起。

我为什么要写这些呢？九三站到了，我就急忙下车了。九三的雪很大，站台上铺了厚厚的一层，我在冷风里向出口走去，火车打开的门里面冒出滚滚的热气，出站口停着很多出租车。我钻进一台面包车里的时候，我发现了那两个妇女，原来我们是一路的。

司机小心地开着车。大雪下了两天，已经把这座小城埋没了。

幸福指数

人们喜欢说上帝是公平的，无论多么富有，多么官大，生与死都是平等的。其实不只生与死，其他很多方面都是公平的。富有者以为山珍海味最好，穷苦者以为家常便饭最香。所以人类无论是富足和升降，都心安理得地存在着，其中之一就是幸福感，现在的名词叫"幸福指数"。

我和我的朋友是坐中午的火车去齐齐哈尔的。上车前我们就做了准备，他买了酒和菜，我们一起在火车上吃。所以，虽然人很多，但是我们并不急于找座位。等大家都挤上车，我们就直奔餐车而去。

餐车上只有几个工作人员在吃饭，没有旅客，我们坐在一个座位上，虽然自己带了酒菜，也要买点餐车里面的饭菜。我说要一个吧，服务员说两个吧。我们就要了两个菜，两碗饭。朋友在方便袋里拿出熟食，有五香鸡爪、五香猪耳朵、炝猪肝、酱猪蹄。他说还有香肠，我说这就够了。据说国外不吃动物的蹄子、内脏，而中国人喜欢吃。我想，一是中国人的烹饪技术高超，把这些东西都能做得很香；再就是中国人多，不吃这些，光吃动物的肉，不够吃。

朋友开始启酒瓶子。他买的是茅台王子酒，一两一瓶。这酒存了很长时间了，味道很好，但是瓶盖不好开。服务员帮助把五瓶酒都启开，我们就喝上了。要是平时喝酒就会躲起来或者尽量少喝。可是我们两个人，不仅吃得很香，而且不知不觉就把酒喝没了。好像还没有喝够，可是瓶子里确实没有了。享受火车上的野餐，是很幸福的事情。因为瓶子的样子和茅台一样，检票的过来验票，我们正要掏，验票的一点头说，领导喝酒吧，不用验了。我们得意一把，车上的人都被我们的吃喝吸引了。真是吃得很幸福啊！

在车厢里我们找到了座位，人不多，我的朋友闲不住，看旁边的人打扑克。他一眼就看出玩的是斗地主，他走过去给穿粉色衣服

237

的女人支招，很快就赢了。女人的年纪不大，也就是三十岁左右，但是又不能叫女孩，好像比女孩大了点，比女人小了点。那两个玩扑克的是和她年龄差不多的男人，也应该叫男孩。他们好像玩得不好，就是为了消磨时间。我的朋友一指点，女人的扑克就开始认真了。我的朋友打扑克是高手，他指挥完女的指挥男的，还真忙起来了。

扑克麻将本来是娱乐品，可是在有些人的眼睛里就是工作，玩起来很认真。所以，有的人拼命工作，有的人工作就是玩，有的人玩也是工作。有的人在工作中没有思路、套路，但是在扑克麻将上却很会算计，有的人星期几都记不住，但是谁手里有什么牌却记得准。

火车上的人很少，我在过道上来回走着，我的朋友突然和一个座位空里喝酒的老两口说笑起来。我问我的朋友，你怎么认识他们的？我朋友就告诉我，这个老头六十五了，每次九三赶集，他就从对青山坐火车去，到集上卖点东西。上次在九三的集上卖鹅肝，在一个包子铺里我的朋友看到他了。他每次来赶集，就带一矿泉水瓶的小烧酒，在包子铺里买几个包子，喝上一矿泉水瓶酒，然后回家。没想到在火车上遇见了。

我刚才看他们喝酒，喝得很香。有干豆腐、黄瓜、酱、咸菜、煮鸡蛋、一个熟鸡。装酒的是用矿泉水瓶割出的杯子。我的朋友正给他们劝架，开始喝酒的时候，老伴是用矿泉水瓶喝的，老头用的是杯子。喝完了，老头发现矿泉水瓶做的杯子大，老伴比他喝得多。老头非要补上，老伴不让，两人就争了起来。

老头个大，小脸，门牙没了，笑的时候一个窟窿。老伴背对着我们，头发花白，穿着黄棉袄。我们和老头说话，她也不看我们，也不说话。

老头说，他们到天津去，姑娘叫去的。然后从吉林回来，转一圈。老头很得意自己能出去旅游，没想过坐卧铺，这就很好。每次两人各喝一杯酒，然后在座位上睡觉。在家里每月到酒坊打一塑料桶酒，六十度，五十斤，一个月喝完。开春种地，秋天收地，再做点小买卖，过得很好。

老伴不听老头说话，躺在座席上睡觉了。老头要把后倒的酒喝完。

在一个大站上来很多的人，老头和坐在自己身边的人唠着，高声大嗓的，老伴也不能睡觉了，坐起来，让新上来的人坐下。老两口到齐齐哈尔后还要在明天中午坐去天津的火车，就这样用一天一夜的时间去天津。老头很快乐。是啊！看姑娘，旅游嘛。

火车进入齐齐哈尔站。我的朋友像解放了一般在站台上走着，嘴里还不停地说着，这里多暖和啊！上车的时候我们冷得恨不得连脑袋都钻进棉袄里面去，可是下了火车，天气温暖，衣服敞着，呼呼地往前走。那种因为温暖而带来的幸福是不可言说的。温差也许就几度，这几度我们就十分满足了。

满足，就是幸福。

人与狗的欢

今年的雪多。3 月 21 日下过一场大雪，3 月 22 日雪就开始化了。我说的是鹤城，九三那边的雪还要大些，据说没有化。虽然有雪，毕竟是春天了，穿棉袄有些热。天气也长了，火车开出去的时候，太阳还是高高的。火车在傍晚的阳光里飞驰，给人以明快舒畅的感觉。

我对面坐着的是个穿着很有身份的女人。紫色的皮夹克，翻卷出的毛领，里面是羊绒小衫。方正的一张脸，胖乎乎的，还很白净，年纪有四十岁左右。她说到一个县的车站下车，我就问起我一个做副县长的文友。她说认识，还是老乡呢。

我看到她，就想起我的一个同事来，她们长相和说话都很相似。于是我和她谈起了话题，从旅游说到工资。她对旅游很通，说到哪里的价格都很清楚。说起工资来，我们都感到很低。本来以为在这边远的地方会多挣点钱，可是比起繁华的南方来要低得多。所谓有钱，都是省吃俭用省下来的。她旁边的一个男人听了我们的话就嘿嘿地笑着说，你们挣好几千都说少，我一个月挣六百元，还要供养一个高中生呢。

这人有四十五六岁的年纪，微胖，脸盘周正，头顶有些稀疏，穿着一件灰色的中山装，说话很有条理。他说他是大兴安岭林业局的，一个月六百元工资，过去是粗木头，现在是细的了，没人要，俄罗斯的木头好，要的人多。

在这么冷的地方工作，还这么少的工资，我们就没法再谈论工资的事了。我旁边的女人说起他们新建的办公楼，中央空调，每天都要消费两万块钱，我们就更惊讶了。

这时候我去厕所。我们这节车厢有两排座位被车上卖货的占了，拉了一个白布帘，上面印着红字：列车商店。厕所也被他们隔到里面了，我只好穿过两节车厢去上厕所。我离开座位的时候，女列车员在隔着的椅子下面发现了一只狗，灰白相间的小狗很好看。女列车员把狗抱起来，问是谁的，没有人回答，我就去厕所了。

回来的时候，女列车员又在喊：谁的狗？

我对面那个男人低下头看了看，对女列车员说，我的狗。

这时车长也过来了，对他说，是你的狗吗？

男人说，是。

补票。

我这狗一千五买的，我身上一点钱也没了。

补不多。

那是多少啊，我可没有钱。

一个人的车票。

那还行。

男人站起来，到隔开的卖货的里面去补票。我对面的女人说，挣六百元还花一千多买狗，是倒狗的吧？

不一会儿，男人抱着狗回来了。他低下头，把里面的箱子拿出来，把狗放进去，再把包裹箱子的布兜系上。然后对我们说：

我这狗叫哈士奇，好狗，都有名次的。

说着，他从衣兜里面拿出两张纸，上面写着一行一行黑字，他让我们看，上面是全国五十强狗的排名，他的狗排在四十二。这是有名次的狗啊，是名狗的后代，他刚买来的。

说起狗来，他就兴奋了，说中国的狗最好的是藏獒，一只狗就好几百万，配一次种，也要十万块。他的一个朋友是个残疾，胳膊少了一截，就是驯狗发财的，现在他培养的狼狗都卖到美国了。狗运到美国，在机场测试，开始，美国人掏出左轮手枪，一开枪，狗就吓得跑，现在是怎么开枪，狗都不动。说着，他佩服的脸上严肃起来。接着他又说起德国的蓝盖、俄罗斯的狼狗。他像陶醉了一样。

我说，中国有好狗吗？

他说，有啊，藏獒就是中国的。西藏不是中国的吗？

他把我问得好像我是"藏独"了。我说不是这个意思，你看藏獒就是藏民放羊的牧羊犬，就成名犬了。我说的是汉民有没有名犬。

汉民没有。他毫不犹豫地回答。

我说你再想想，我们抓兔子都是用的狗啊。

他一歪脖子，说，那是猎狗，好猎狗过去鄂伦春有。细狗，腰有一扎粗，前裆宽，后裆窄，跑起来后腿伸到前腿的裆里，快起来，像飞轮一样转。平时这狗蹲在鄂伦春狩猎的马上，见到猎物它就从马上跳下来，去追。现在不知道这狗还有没有。

我们不住地追问他的事，他低着头，箱子里面的狗拱着布兜，他怕憋着狗，就把布兜解开一点，狗就把红润的嘴伸出来，然后又把眼睛露出来。他说，你看，它的眼睛是蓝色的，不是蓝色的就不是真的。

我看到狗蓝色的眼睛看着我们，那种小狗的幼稚让人感到很亲切。我看着狗蓝色的眼睛，想到电视剧《中国往事》里面的瑞典和中国女人生的孩子被送到教堂里，眼睛就是蓝色的，湖水一样。可是这只狗的眼睛比那个孩子的眼睛要温柔许多。

狗也要考试的。狗的智商低，就不值钱。

我说，怎么考啊？

他说出题呀，看狗能答上几道题。

我暗暗地叹了一口气，原来狗活着也不容易啊，也得考试。我就想，给狗出题的人，智商一定很高，因为他们懂得狗在想什么。

火车在深夜里到达了九三站。我行走在积雪的王国里。

拥挤的潮流

天气渐暖，阳光明亮。我选择这样一个日子，在午后一点乘坐4075次旅客列车返回九三。我是第一次坐白天的车去九三，心里还有几分兴奋。

我每次坐傍晚的火车去九三，都是在母婴候车室上车。这一次我又来到了母婴候车室，可是告示显示板上没有去九三的车次。我以为车站没有预告，就在那里等了一会儿。可是离发车的时间越来越近了，还是没有告示出来。我已经在车站的广播里面听清了这趟火车是从哈尔滨发车到嫩江县的，现在就要进站了。我急忙问站台上的服务员，她让我到楼上去上车。

在二楼的大厅里，队伍已经排了很长，拥挤地堆在检票口。从哈尔滨来的火车进站后，才开始放人。人流在天桥上迅速地流动下去，转眼就到了站台上。我很吃惊这种速度。我在疼痛之中走得很慢，可是那些扛着大大的包裹的女人竟然也跑到了我的前面。我远远地看着那些大包裹在我前面快快地走着，这个车门人多不好进，又跑到另一个车门口。那个矮胖的女人被包裹压得快进到了地里，但是两条腿弯着而且飞快地调换着，人进了车门，包裹还在车门的外面，她用力地拉，列车员用力地推，才把包裹弄进去。

因为拿包裹的人太多，我是三号车厢，人群还是堆成了一堆糊在车厢的门口。列车员让我到四号车厢上车，我转过身来的时候，两个扛包裹的妇女已经在我的前面向四号车厢跑了。我在她们的后面上了车。

车厢里面挤满了人，我只能慢慢地往前挪动。这时火车开动了，几个满脸是汗的送客的人急忙往下走。他们是帮助送包裹上来的，火车虽然开了，但是门正在关，他们能否下车，我就不知道了。我想，这趟车人这么多，应该先放人，等火车到来就上去。可是一想，先放人，这些拼命的人们也许会把车站弄乱。

我在拥挤的过道上挤到三号车厢，找到座位。因为是对号入座，座位是空着的，但是上面的货架子已经放满了。一件大的包裹摇摇欲坠地放在货架上，包裹里面新上的一打一打的衣服都露出来，好像要掉下来似的。我喊，是谁的包裹？

一个瘦瘦的穿着一身黑色衣服的女人走过来。她的脸也是瘦而尖的，腮上没有肉，说话的时候嘴的两侧是薄薄的皮肤在一张一合。

她说：那是我的。

我说：里面的东西要掉下来了。

她说：掉不下来，不怕的。

我说：你是不怕，我怕掉下来砸到我。

她说我脚上都是泥，要不你上去把东西往里面塞一下。

我看到她为难的样子，说，我看看吧。于是我把掉在外面的东西塞了一下，东西一个压一个，很紧，掉不下来。

我刚坐好，一个男的把一个包裹拿过来，往我的座席底下塞。我说塞不进去，他说能。他一用力，真的塞进去了。

火车行驶一个站地的时候，车厢里面的东西都安置好了，车厢也平静下来了。大家都舒了一口气，坐在自己的座位上，望着飞驰而过的窗外。

春的大地，积雪在三两天内就融化了，只有在沟渠和村落的边缘，还残留着一片一条的积雪，恋恋不舍地驻留着。站立的玉米秸和矮树丛里还有一块块的积雪，像躲藏的猎物一样。土地湿润得发黑，沟渠里的雪水流淌着泛起波澜，白色的泡沫在水面上漂浮着。虽然大地一片暗黄色，但是我知道，春天来了。春天不仅在原野上出现，不仅在水流里面行走，在车厢里这些上货的妇女的包裹里面，我看到了春天。那些一打一打的衣服，都是春天和春夏之间穿的。原来这乡间的春天是她们用自己的勤劳背来的。

于是我就想起了这样一句美好的话：开往春天的火车。

车厢里面很闷，热气在升腾着。穿得很厚的旅客对这种天气没有适应，汗水从额头和脸上流出来，人们在不住地擦汗。我身边座位上一个穿得很薄的孩子，不停地喊叫。在这突然的燥热里，孩子都难以忍受了。

车厢一直都是满满的，座位上挤满了人，货架上挤满了货物。列车员用急促的声音报着站名，身边的旅客在用手机打着电话，安排着下车后的晚餐。那些背包裹的妇女，在商量着到站后的事情。

她们在我的旁边站着算账。这是三个妇女，除了我刚才介绍的那个黑衣服的妇女，这两个都比她要老。一个长脸的妇女，脸是红色的，头发修剪得很短很齐，说话很慢；另一个已经很老了，我怀疑她有六十岁了。白头发很多，方脸上的皱纹很密集，五官在皱纹里都分辨不清楚了。她看着她们两个算账之后，就要分手，她有些急，不住地说："没有了。"好像是没有了。在那两个妇女就要分手的时候，老女人实在忍不住了，说："公共汽车的钱是我拿的。"

两个女人忽然就想起来了。说，是，是。然后把衣兜里的钱拿出来，在手里点得正好了，把票子打个卷，递给老女人。老女人把钱接过来，也没有说什么，也没有查，就放在衣兜里了。

我知道老女人的心理，挣一分钱都是不易的，自己的就是自己的，不能白给别人花。别人想不起来，忘了，自己不提，别人花的钱就和自己没有了关系，这样就连点人情都没有了。

火车在老莱镇停下的时候，她们急着开始运送包裹了。我从车窗口望去，车站的站台上堆积了很多的包裹。有人来接她们，包裹被人们分散着背走了。

在目前的这场危机中，世界上的人愁的是购买力。而我们的乡下，这巨大的购买力什么经济拉不动呢。而拉动着城乡经济的人，正是这些忙碌的倒运着包裹的妇女们。科学家们喜欢说给个支点，就能撬动地球。其实，真正撬动地球的是这些蚂蚁一样劳动的妇女们。

火车到达九三站的时候，太阳还没有下山，站台上的人群拥向车站口的时候，我第一次看到了这个小站拥挤的景象。

人民的列车

我是从哈尔滨到齐齐哈尔的动车下来，上的这趟去往九三的火车。我在哈尔滨早晨七点三十分上的动车，十点到齐齐哈尔，十点半在齐齐哈尔上的这趟开往古莲的慢车。因为明天分局要开会，我如果不这样，就要坐晚上的火车，或者坐直达的火车。但是都没有车票，我就选择了这趟火车，奔波使我十分疲惫。

这趟火车就是见站就停的那种火车，大个子列车员呜噜呜噜用说不清的声音报着站名，车厢里拥挤得和肉罐头一样。车窗没有打开，各种气味浑浊在车厢里面。坐车的几乎都是农民，看到那些奔忙而愉快的农民，我才理解了这种慢车的意义。我们坐车都恨不得开车之后，下一站停的就是自己要去的地方。所以都希望车快，车不要停。可是列车沿线的居民也要坐火车出行啊。所以，这种车，停的是村屯，是乡镇。随便裹一身衣服的人们，大包小裹地上了车，他们不计较有没有座位，在车厢的连接处，包往地上一放，坐在上面，抽着烟，也很高兴的。

这趟火车一路上都是满满的人，这个下去那个上来，总是没有座位坐。我们坐的是车厢的一头，在两节车厢连接的走廊里，总是有很多的人站着，很多的人在连接的地方抽烟。车一停下来，随着惯性，就有一团烟雾涌进车厢里。我们就会被呛得受不了。我们对面坐着的女人，穿了一件玫瑰色的粗呢子外套，发红的两腮上涂了粉，牙齿有些褐色还有些残破。她是讷河退休的，有退休金，很得意的样子。她告诉我们，她是去城里看孩子的，孩子找了对象，他们答应给孩子买楼房。坐一会儿，她就站一站，说胯骨疼，胯骨过去被车撞过。她不住地强调是奥迪车撞的。她的一个包放在茶几上，她一边嗑葵花子，一边把瓜子的皮子放在包里，她不想让皮子污染了车厢。她坐了一会儿，就到车厢的连接处去抽烟，把在过道上站着的一同来的一个男人叫过来，坐在她的位置上。这个男人的胳膊受了伤，用一个红绸子吊在胸前。她在车厢里抽烟抽了很久，才过来。胳膊受伤的男人给她让座，她说不用了，我已经在另一节车厢找到座位了。看别人吃东西，她也饿了。说着，她从放在茶几的包里拿东西。在瓜子和瓜子皮的下面，是塑料袋装的两根麻花。她拿出一根，拽成两半，一半给了伤胳膊的，一半自己吃。麻花很有劲，她费力地拽开，在坏胳膊的男人的推让里，塞给了对方，自己就大嚼起来。她细碎的牙齿切割着麻花，麻花很快就在她的手上消失了。

坐在我旁边的另一个女人也在吃。这个健壮的女人，身体高而庞大，穿着一件土黄色布料上面描画了很多红色紫色的花的衣服，这是一件时装，脖领子和衣袖上都抽了褶。这位已经六十八岁的女人一点老的意思都没有。她吃着女儿拿过来的水果，整齐的牙齿很快就嚼光了。然后又接过女儿买的鸡爪，她把一塑料袋的鸡爪一个一个细细地啃光，嘴上和手上都沾满了油。没有皱褶的脸上，表现得十分满足。在这样的火车上，她们还要坐一夜，然后还要坐汽车。但是她们没有丝毫的疲倦和烦躁。我对她一直站着的女儿说，你们应该早买票，这要站多久啊。她的女儿说，下车就买票，就没有座号了。她的女儿一张黑黑的健康的脸，对没有座位地站着，一点遗憾都没有。这母女两个，在火车的运行里，安静地待在那里，任世间的一切去纷扰，她们都不留在心上。

我座位上靠窗的男人和我过道对面的女人是一家，他们一路上计算着车票的价格。女人说票价是八元钱，男人说是十三块钱一张车票，他们争吵了好久。男人不服气地把衣兜里的钱都拿出来数。因为他不知道自己的衣兜里以前有多少钱，现在剩余的十几块钱就对不上了。女人说她给了他多少钱，应该剩余多少钱。男人把手里一元的票子翻来覆去地数。最后女人把手里的车票拿出来，说应该是八元钱吧。最后他们终于达成了一致。

这时候我的旁边站着两个年轻人，他们都穿了一身黑色的衣服，互相抱在一起。男孩拍着女孩的肚子说，这里像席梦思。我听了就想起前些时姜文拍的一部电影。主人公姜文说他女朋友的肚子像天鹅绒。村主任不知道什么是天鹅绒，就问他。他说天鹅绒是什么呢，像面粉，像草原。当村主任在他女朋友身上明白了天鹅绒的时候，姜文没等他说出来就开了枪。今天的孩子又有了新的比喻，像席梦思。

那些大人们看这两个年轻人很有意思，就和他们说话。他们也不在意。他们有了座位，但是女孩还是坐在男孩的腿上。男孩是克山县的，女孩是大杨树的，都还没有结婚。他们很自豪地说，处对象呢。工作嘛，没有。钱嘛，家里给的。结婚嘛，家里让结婚就结婚，不结婚这样也很好啊，生活很有意思啊，我去她那儿，她去我那儿，来回地走，有意思啊。

在年轻人的谈唠里，我们已经坐得疲倦了。火车的外面是正在苏醒的田野。这些坐火车的农村的人们，正在赶着这沸腾的春潮呢。

山里开来"子弹头"

周六。

这是我和妻子第一次站在九三的站台上等车，明媚的阳光在站台上跳跃。临近暮春，虽然天气还没有温暖，但是已经没有了寒冷，清凉的空气让人感到十分舒适。远山近树在冬天的沉睡里面还没有苏醒，因为有了阳光的泛滥，那山和树也变得亲切而光亮起来。一种好的心情在我的心里荡漾着，我向妻子讲述着冬天我们是如何站在这里，冷风是怎样欺负着这些旅客的。妻子看着那光秃秃的站台，很快就懂得了寒风的残酷。

这是新开通的一趟空调火车，票价提高了一倍，但是旅客依然很多。大家为了赶路，就不会计较票价的高低了。我们站了一会儿，就听到了火车的汽笛声。在远处的山谷里，银色的火车头露了出来，就听见站台上有女人兴奋的喊声：

"子弹头！"

车头快近了，我才看清鳄鱼一样的车头呼啸着来到了面前。封闭的大山里，这样的一个车头给人带来了无比的兴奋。那种对进步的期盼是多么的强烈啊！

因为没有座号，我就要先挤进去，占上座位。车厢里也是那种单个的椅子，上面是黄色的椅套，坐着很舒服。车棚是空调的那种装饰，看了很舒适的感觉。我看到一个空座，就先占上，让妻子坐下。我又到里面找到了一个座位，刚坐下，说是有人。对面的说下站他就下车，我就等着吧。我不知道我肥胖的身体在忙碌着寻找座位的时候是什么样子，但是肯定感动了很多人。说到下站下车的那个衣帽整齐的人告诉我，还有十几分钟，就会把一个长的座位都给我坐。我很是感谢。

坐惯了火车，我是有体会的。上车的人进到车厢里看没有座位就不愿意走了，站在车厢头部的过道上等着，所以经常会看到车厢里的人站在过道上，里面的空座位却没人去问。而有了空座的地方，坐着的旅客还想放松一点，不想让别人来坐，就说还有人，把找座的支走，或者自己躺下来，占着空座位。这种占用欲，和上车人的抢座位的寻找的欲望正好相反。把车厢里的心态扩大到社会里去，也正反映了社会的现实。坐着的不去理解站着的累，站着的就会骂坐着的没有良心。

我给妻子占了座位以后，对面的三人座位上是两个人，我完全可以坐在那里，可是挨着我妻子坐的女人非说有人，我就不能坐。火车开出去很远了，也没有看见有人去坐，我就看着说那个座位有人的女人，她有些不好意思了。她以为我不住地看她，我是有了意见，而我这时是看她穿得很有特点。

她穿了一件西服上衣，下面是筒裙，筒裙里露出的是黑色的长丝袜。虽然她的西服和筒裙是棉毛的，但是这个季节还是早了些。尤其在北面的山里，会很冷。我现在还穿着冬天的棉衣和棉裤，还没有感觉到热。她为了美丽，就这样地穿着，却不能给人带来好看，因为她的一张脸不好看。

大兴安岭刀子一样的风和冰一样的寒冷摧毁了人们的皮肤，山里来的女人的脸几乎都留下了山风扫过的痕迹。皱纹密布，黯淡无光，粗糙质朴，有的脸上还留下了红色的印痕。可是我说的这个女人没有这些，她的脸色发灰，皮肤上抹了一层化妆品，显得很油腻，眼睛化了黑色的眼圈，本来很大的眼睛，就显得更大了。她不停地和对面的女人说话，脸上松弛的皮肤像一个皮口袋里面装进了一个老鼠，这只老鼠不住地往外撞着。

这样的子弹头车在别处肯定不新鲜了，而用到山里来，也是别处用过的旧车了。但是我在车里面坐着，依然有一种全新的感觉。看着外面荒凉的大地，子弹头在山脚下弯成弓形的弧度，奔驰着。那还裹挟在寒冷里面没有翻过身来的山野，在这新的火车过去之后，好像划开了一条崭新的分界线。

我们旁边一对夫妇在忙活着他们的孩子。孩子好看而且聪明，只要父母有脸色一点难看，小孩就会哭，就会闹。父母投降了，态度好了，孩子就会立即笑起来。长得很好看的女人在严厉地训斥着孩子。可是孩子在地上跑的时候，她又疼爱地将他抱在怀里。她一边蹲在地上和孩子贴脸，一边不停地说着亲切的语言。人们说，现在男人的衣服是越捂越严，女人的衣服却越穿越露。这个女人不仅外衣短，内衣也很短，蹲在那里，白色的后腰照亮了火车的过道。

下了这列子弹头火车，我又乘坐上另一列去往省城的子弹头火车。这个子弹头火车要比山里的子弹头好了许多，车上的人穿戴也时髦了。也不知道是哪级的领导，列车长看完又安排列车员用瓷杯送来热水，没有地方放，就把瓷杯放在座位上。一个领导模样的人高谈阔论的。我乘坐在这样的列车里，经常会见到这样的事。其实，一个领导出门，也没有必要这样做。

一个乘警没有事，过来和领导诉苦。我在一旁听着，没想到火车的内部也很有意思啊！

乘警说：领导你不知道，现在啥都难干，我们乘警也有罚款任务，我一年四百块钱。你看这车厢，罚谁呀，哪有吸烟的啊？抓住在车厢里吸烟的，张嘴就得要五十，旅客就和你磨叽，一会儿降到三十，还是不给，最后就二十吧。二十，咱也没有规定啊，可是罚了也就罚了。这老百姓还行，要是碰上当官的，不仅罚不着，还会搭顿饭。前些日子，我罚了一个在车厢里吸烟的。人家拿出手机就打电话。一会儿上级来电话了，告诉我，罚的那人是个检察长，让我照顾好。我又把人家领到餐车厢吃了一顿饭，里外里我不赔了吗？

长途车还好，但是也不容易。西安上的民工多，挤了一车厢，我就得在那儿蹲着，看他们谁吸烟。白天他们能忍住，晚上我就和他们一起熬，到了后半夜，就熬不住了，吸烟的，玩扑克动钱的都出来了，我就抓。看他们光着膀子，穿得破破烂烂的，也不忍心罚，但是我得完成任务啊。尤其那些打扑克玩钱的，就几毛钱，我也得罚，硬着头皮罚吧。数着那些又是汗又是土的毛票子，也顾不得那些了。

火车快到站的时候，乘警才停止了说话，高大的乘警向车门口走去。那位领导和身边的一个女人在说着什么。

我也停止了睡意蒙眬的状态，拿着包裹准备下车了。

子弹头火车，会射向新的目标了吧！

闯 关 东

我和妻子加入到北去的人群。我已经和这些大包小裹的旅客完全一样，肩上挎着一个大包，手里提着一个大包，在铁路的栈桥上随着人流向前涌动，我身边是呼呼跑过去的旅客。他们衣服破旧，扛着或者背着巨大的包裹，但是脚步却很快。我追赶不上他们，就在后面走。我们是那股人流里最后到达火车车门的。

这次我们买了卧铺车票。在卧铺车里，我把两个大包放在行李架上，妻子把小包放在卧铺车里。我和妻子相对一望，那种如释重负里有一种别样的东西，是什么呢？在我们心头咝咝作响的，都不想说出的，正是放下包裹的感觉，我们已经找到了那种心情，都不愿意说出来。我们坐在卧铺上喘气，把弄乱的衣服拽好。天气很凉，我们没有出汗，可是心却随着凌乱的衣服飘荡着。在齐齐哈尔休息一整天，就又出发了。还没有体会到休闲，连一口像样的饭都没有吃上，就匆忙买了车票，上车了。头一天的晚上，去了一次沃尔玛，把带的东西买好，算是这次回来的收获。

我给我熟悉的女人发了一条短信，内容是：

> 买了猪肉、香肠、面包、洗发水、酱油、小食品，整整两提包，刚上车，又要到最北方去了。

过了很久，我收到了回复：

我感觉你们好像是去逃荒，真可怜。

我没有感到可怜，我很充实。我突然想起了我高中时候的数学老师王耀文。他教我们的时候，他的家在赤峰市。他想回到赤峰去，却不能。每当春节放假的时候，他就高兴起来，把脸上的胡子刮得精光，衣服也换上了新的蓝色的中山服。我们到他的宿舍里去，他正在整理行装。他把给两个女儿买的衣物放在旅行包里，我看到里面有淡粉色和淡绿色的三角裤衩，还有衬衣，另外还有半角猪肉。那时猪肉是供应的，但是军马场家家养猪。他在谁家买了猪肉，拿回去，这是最好的节日礼物了。他把猪肉用一个毯子包好，外面用麻袋包上，再用绳子捆成军队打背包的样子，留出的两个绳套挎在两肩上。我们坐在那里看他忙活。他把捆好的猪肉背在后背上，然后提起两个旅行包，在屋里走了一圈。他停在我们面前，抖了抖后背上的猪肉，还很贴身，他才放心地放下来。这时我看他刮过胡子的脸上已经有了汗珠。因为有溃疡病，他十分瘦弱，但是回家给予他无穷的力量。我想象着他挤火车的情景，他一定是靠着背后的冻肉和两个提包开路的。他的东西给家人带去多少快乐啊！

火车开动了。

我们买的是两个下铺，两个中铺的人坐在下铺吃饭。一男一女，他们是一家人吧。他们一人一罐八宝粥，塑料袋里是几片糕点。吃完后，他们就到中铺休息了。他们衣着干净，口音是江浙一带的。男的知道我去九三后，就问我大杨树几点到。我说了时间，他还有些不信。问列车员，结果列车员回答他的时间比我说的还多一个小时。他们忘记了这是慢车，他们无可奈何地上了中铺睡觉，我们也在下铺睡下了。

在慢车上坐卧铺我是第一次。躺在车上，经受这样的享受，感到很舒服。不知道从哪天起，火车已经取消了餐车，列车员吃饭都是自己带的，补助费直接给了他们个人。他们有时候相互叫着，在一起吃饭。我们这节车厢的女列车员胖胖的，带了发糕，换班后自己吃去了。接她的男列车员也是胖胖的，很多来买卧铺票的旅客被他挡住了，他说，实在没有卧铺了。我在睡得迷迷糊糊的时候，听胖列车员在和一个南方口音的人对话。

南方人：穿这一身到漠河行吗？

列车员：再穿一件外套。

南方人：明天几点到漠河？

列车员：我们这趟不到漠河了，你们下车换汽车。

南方人：为什么不到？

列车员：不知道。

不知道过了多长时间，午后的太阳斜照在火车的车窗上。我上面睡在中铺的夫妻也睡醒了。妻子问我到什么地方了，我看了一下外面，是伊拉哈。还有一站就到九三了。我上面中铺的男人很了解这里，他对对面卧铺上的女人说：这就是北大荒。

女人说，这里都是劳改犯吧？

男人说，不都是。

女的说，我看电视上不是说劳改都到北大荒吗？还有下放的。

男的说，这里什么都有，不光是劳改犯。劳改犯多，现在人很乱了。这里的土地好，种地的多。

我听着他们的对话，想起很多大人物犯错误之后，就说，让他到北大荒去，好像北大荒是专门惩罚犯错人的。可是那些开发北大荒的军人呢？那些勤劳的移民呢？他们的劳动和建设是历史的功绩。可是很多的误解说明了我们宣传上的缺陷。

我们乘坐的这趟火车和加格达奇去大连的火车同时进站。我们在二站台，等一站台的去大连的火车发出后，我们才能越过铁路，来到出站口。这列火车下来的人很多，但是小站只开了一个门，大家拥挤在门口，慢慢地往外走。突然来的冷空气，使这里的气候变得凉了。天空的阴云在飘，但是没有下雨。站台上停满了出租车，都是夏利和微型车，不占地方。大家挤进车里，然后就向九三开去。

路上是一条车的长龙。

火 车 票

最近一段时间，我坐火车的机会少了，因为工作的原因，周末很少回到我居住的城市。即使回去，也是与在九三一起工作的同事一同回去，一起说笑，一起玩扑克，也就没有机会观察周围旅客的行动；另外我们乘坐的火车都是条件比较好的，乘车人都很礼貌地坐在自己的位置上，无声无息地到达，使我很失望。

我回九三一直乘坐傍晚五点那趟去韩家园的火车。由于在修铁路，我和小田一起回九三那天，列车耽误了一个小时还多，回到九三已经是半夜十二点以后了。坐在火车上，外面是漆黑的夜晚，车厢里的人都困倦了。我们对面坐着的是一个农场的工人，三十多岁，细高，光头，长而扁的脸。一路上他很活泼，坐不住，一会儿站起来转一转，一会儿和我们说话。他是到外面倒黄豆的，把黄豆卖了往家走。我们没有话说的时候就坐在那里，他没事闲着，就把车票撕碎了。我说还要检票的，他把撕碎的车票放在茶几上。快到站的时候果然有人查票。他把一堆碎票在茶几上摆开，让检票员看。检票员起初不相信，我们就帮着说话。小伙子把车票摆到一半就摆不全了，因为他撕得太碎了。检票员很生气，但是有我们两人证明，也不好发作，就转头走了。一边走还一边说，哪有这样的，下次就让你补票。

回齐齐哈尔那次在车站上，碰到了一个单位的，我和妻子都很高兴。小圆送我，我说我们一起走吧。小圆两地生活，好久没有回家，我们一起回去，小圆当然高兴。但是没有买票，我们就一起上了车。四个人一起回去，就可以打扑克了。我们买了一副扑克，四

254

个人打起来。我让小圆补票，他说不忙，下一站补会少花钱。我们一路上打扑克，过了一站又一站，小圆也不想补票。如果不查票，就一直到家也不补票了。车上还真没有查票的，我们很得意。过了最后一站，车上坐满了人，还没有查票，我们以为成功了。快到目的地的时候，查票的来了。我们把票拿出来，小圆拿出钱来补票。

从哪儿上车的？

刚上车。

列车长笑了：哪有你们这样的，四个人打扑克，三个人是九三上车的，就你一个是刚上车的。

小圆愣在那里。我们急忙补充说，他刚上车才打扑克的。小圆也急忙说，我刚上车。

列车长看看我们，就走到前面继续检票。后面的补票员站在那里，说，到底从哪里补票啊？前面的列车长也不吱声，补票员看着我们。一起出门的朋友说，从九三补吧，也不差几个钱。

从九三到齐齐哈尔是十七元钱，前面走过的路程是七元钱，最后这一站的距离是十元钱。小圆掏出钱来买了票。我们互相对望着，不由得笑了。

有时候很多事并不是品德问题，在年轻人的心里，不买票能够坐车成了一种能力和技巧，这种侥幸的心理带来了很多的故事和快乐，也许生活就是因此而丰富吧，逃票的人也能创造出很多笑话来。我听得最多的是一个逃票的人，在列车的厕所里正用一个木棍捅下水道，列车员过来问他干什么呢，这人说，上厕所把车票掉到里面了，想用棍子把票捞出来。列车员生气地说，捞什么呀，早掉到下面去了。别捞了，查票的时候我和车长说吧。

因为修铁路造成晚点，我就不坐傍晚那趟火车了。前个周末我坐去讷河的火车，然后再去九三。这是一趟旅游列车，双层，空调，不仅坐着舒服，旅客也是干净而绅士的。讷河作为一个城市，居住着很多富足的人们，但是文化和修养就是另一回事了。和我同车而

255

行的是一群出去旅游的教师，他们年轻而有朝气。他们挤在一起吃饭喝酒，大声地说着话。那种嘈杂的声音像苍蝇一样嗡嗡地响，直到下车，在站台上还在大声地说。出国的人都有这种体会，在国外的餐厅里吃饭或者车站里候车，吵闹的声音都是中国人制造出来的。而国外的人都默不作声地在那里，就是愤怒的游行也是沉默地站在那里。我想我们国人为什么喜欢吵闹和大声地讲话呢？在这群老师身上我找到了答案。我不是说老师喜欢在公共场合说笑就会影响到学生，我是说我们的教育方法。我们看我们的学校，老师来上课，学生就大声地喊老师好。老师教识字，学生都跟着大声念，念课文都是大声朗诵。即使孩子们做错了事，羞于认错，老师都会说，大声点，怕承认错误吗？孩子从小就练习了大声喧哗的本领。所以，凡是聚集公众的地方，就会有嘈杂之声。我不想批评我们的教育，但是教育确实在影响着我们的孩子。

这些年轻的教师吃过饭后，酒劲也发作起来，加上几个女教师的观望，那些男教师都在争着炫耀自己的语言能力。说笑话的，玩弄语言技巧的，你还没有说完他就抢过来说，此起彼伏。扑过来的声浪激起我的仇恨，我恨不得冲过去，对他们大喊一声。

我让自己安静下来，看我身旁这一对夫妻。男的胖，女的瘦。瘦女人穿着白上衣，脖子上一条金链，牛仔裤是七分的。她尖形的脸瘦得只有摆放紧凑的两只眼睛和一张嘴。她和胖男人对坐着撒娇，她的两只手抓住男人的胸脯，不住地揉搓。我的妻子在另外的座位上，她以为我坐在这儿影响了这对夫妻的恩爱，示意我跟瘦女人换座位。后来我告诉妻子，他们只有对坐着才方便。

这种转移注意力的方法使我忘记了旁边的吵闹。快到站的时候又开始查票了，是列车员查票，很简单。那一对夫妻把票拿出来的时候，列车员已经过去，去查下一个的票了。那一群教师一边把票拿出来，一边说，别弄坏了，我们回去还报销呢。

站着回家

　　这一段时间很忙，也没有回到那座大城市——齐齐哈尔。周五的下午开完会，我就急忙上了开往齐齐哈尔的火车。正是大暑，阴了很久的天气，今天明亮起来，车站上等车的人在热烈的阳光下，光艳的衣着和光洁的脸庞都那么鲜亮。这个季节农活也不多，人们都忙着出门，车里车外都挤满了人。

　　还好，我找到了座位。是三人座位上中间的那个，我很得意。火车快速地行驶起来，车窗外绿色的原野令人心旷神怡。连日的低温，庄稼没有生长起来，低矮地匍匐在地面上，那种幼小的凄凉和天气的灼热之间的距离带给人几分焦急。

　　列车在讷河站停靠之后，靠窗户的旅客下车了，我蹿到窗口。虽然只挪了一下屁股，窗口的舒适让我松了一口气，我也就有了几分思考。我想，人生就是这样一段旅途，一列火车，出生了就上到了列车上，开始了人生的旅行。有了座位就有了位置，有了位置就需要命运和等待了。前一个空出来了，命运就会改变你，前一个没有离开，就要等待，也许等待一生。那些没有座位的人，不就是失业的人群吗？

　　我为自己这么有思想而高兴，我还想继续思考下去。这时，讷河的旅客开始上车了。跑来的旅客问我们对面的座位有人吗，我们点头告诉他没有人，他坐下。我身边刚才空出的位置也来了个妇女，刚坐下，还没有来得及喜悦，就有人拿着票来对号入座了，她只得离开。这时候我才知道要对号入座，这里要卖车号的啊。在那个拿着带号的车票坐下之后，我开始紧张。但是我没有放弃思考。我想这种带号上车的人，在官场上就是高干子弟了。我对开国将领的子弟并不反感，但是一个高干子弟做了官之后，他说老百姓只看到他的升迁，而没有看到他的工作努力，我就很反感。在我的想法里，人活在世界上没有不努力的，但是谁又那么快地像他那样做了几乎是省部级的领导呢？没有他的家庭，他的努力能够被承认吗？升迁就升迁了吧，就不要说多余的了。他也不是开国将领的子女，没有功绩在身上，说了就让人不愉快。

其实最不愉快的是我。对号入座的终于来了，我站起来让座。车厢过道里挤满了人，我连站的地方也没有，我就奔餐车厢走去。形象地说，我是挤过去的。每次坐车没有座位，都是餐车厢救了我，这一次却不行了。餐车厢里已经坐满了人，还有几个空位是留给列车员吃饭的。我只得退到下一节车厢，开始站立。

讷河到齐市，这种慢车要行驶接近三个小时。开始还有力气站着，一会儿就没有了力气，只好倚在座位的靠背的边缘，休息一下。大家舒服地坐着，离开座位马上把包放在座位上，怕别人来坐，我就装作没有看到。站着，站着。幸好那么多人和我一起站着。这时候我应该想象，想象我是那些农民工里的一个，在铁路上奔波，可是我看到那些光着脊背的农民工根本就不来挤，他们在列车的连接处，坐在脏而凉的铁皮地板上，静静地等待着列车的运行，就是有座位也不进来，怕有票的把他们挤掉；我把自己想象成沙漠之旅，饥渴和跋涉让我精疲力竭，可是我看到车窗外是绿色的田野以及奔涌的河流。太阳正穿行在一片云翳里，光芒在挣扎中暗淡下来，那种现实的沙漠离我很远，思想的沙漠还没有形成。

我实在想象不动了，就站在过道上。挤过我身边的，一会儿是提着包裹下车的人，一会儿是上厕所的，一会儿是接开水泡方便面的，一会儿是推着车子卖晚餐的，一会儿是推着车子卖食品的。我要不停地让开，让开。我以为我已经减肥成功，可是我发现我的身体，特别是我的屁股大得占满了过道，推车在我的屁股和座椅之间挤过去，包裹把我的屁股挤得滚动起来才过去。让我最生气的是一些肥胖的女人在我身后挤过去，她们不把胸脯对着座位，而是对着我的脊背。那种柔软在我的身体上划过，一点一点地瓦解着我的意志。

我一直认为女人和母亲是有区别的，母亲和成年母亲是有区别的，这种区别可以用很多的文字来书写。正在我坚持得很累的时候，一个声音喊我坐下。我以为是梦，没有理会，直到有一只慈爱的手碰了我一下，我才知道那个中年女人是在喊我，让我在她的位置上坐一会儿。我先是拒绝，然后就感激地坐下了。她是和儿子旅行，那个矮胖的儿子，穿了一件制服上衣，是藕荷色的，他白皙的圆脸还很稚气，他有用不完的精力。他一边在身上拿下一根长长的头发，说，这绝不是我的头发，他剃的是寸头。和他一起旅行的女人们就说，不是你的，是你和我们在一起沾上的，小男孩说我还没有成年。他的妈妈说，你都多大了，还没有成年？小男孩说，我的身份证还是学生呢。大家就乐。

我不忍心长久地坐着，我把座位让给那位母亲，接着站立。这时候我才知道路途的遥远。站了一会儿，小男孩又拉我坐在他的位置上。看他那么真诚，我没有拒绝，原来爱是一家一家的。但是我也没有长久地坐，我不能把别人的爱当作享受，当作恩赐，我还是要站下去。我看看手机上的时间，这种让座切开了我站立的长度，使我有了休息的机会，我很快恢复了自己。

我站的过道上近距离内没有几个人，最后就剩下两个。那个背包的男人和我一样胖，他的肚子伸出去，挡在了过道上。我们这样的两个肚子一左一右地在过道上立着，那种滑稽真的会令人笑起来。上海的周立波说，他反对深入生活搞创作，因为生活就在身边。我相信。

不站着，我这趟火车就白坐了。

心　态

乘坐火车出行既安全又便宜。如果心情好，从车窗向外瞭望，锦绣山川尽收眼底，天地之磅礴令人激动；如果心情不好，微睡在靠椅上，浮想联翩，倒海翻江，随着漫长的旅途也会平复如初。小时候和母亲回关里探亲，坐在座位上二十四个小时，母亲也不劳累，母亲说就爱坐火车，这一句话我现在才理解。母亲忍耐了荒原上的寂寞和凄凉，火车带给她的是心底的欢乐。只有心静如水的人，才能在永不停顿的运行里得到安逸。我把每一次乘车都当作一种修炼。

也有忍耐不住的时候。车站的检票员看着我们这些焦急奔跑的人们的冷漠我能体会出来。在狭窄的过道里等待检票，检票员却和前面的人说个不休。我们背负着大包小裹等待着，稍有不满意，检票员厉声地说，我又不是给你一个人服务的。我把我的压抑炸雷般地回应过去，检票员在惊骇之中看着我远去。她不会理解一个出行者在背负沉重下的心情。人的愤怒和理智是在挤压下爆发和失去控制的。

上车最难受的是没有座位急急忙忙地抢座。肥胖使我不能奔跑，我的正经的样子使我不能参加拥挤。可是我还是要争取，否则我就会永远站立下去。在一群陌生人面前，没有同情和身份，没有礼让和谦虚。在上车抢座这件事上，我从懂事就开始了，也就是说我坐车多少年就抢座位多少年。我知道我奔跑不过空手的年轻人，我可以和背着东西的妇女竞赛，我知道我不能不文明地加进队伍的中间，我可以在观望的同时寻找机会。我每次都成功地上车，但车厢里的座位都是满的。

每次上下车的时候，都是一次利益的调整。下车的就跟解放了一样，而坐车的把空下的位置迅速地扩充到自己的势力范围。屁股大的就用屁股把空座占满，屁股小的就用腿伸过去占上。有的索性躺下来，把椅子当作床，在新的旅客上来的时候装睡觉。占有自己原有的位置，扩大别人空下来的位置，是人们的遗传还是生存的本能，我没有研究，但是这种欲望既表现了人的自私，也表现了人的生活目的。但是无论怎么占有，到站都要下车。火车上的座位不属于某个人，这一点坐车时没有去想，下车时去想也没有用了。

当我和奔跑的人群爬上这趟早六点十九分从齐齐哈尔站出发的火车的时候，车厢里挤满了人。站里不卖座号，我回忆我上次站着坐车的痛苦经历，我对妻子说，要是上车没有座位我就下来。妻子说，你从哪里下来呀？是呀，我不能中途下车啊。我又说，要是明天下雨我就不去了。可是雨在下了几分钟后就停了。

我在车厢里挤，见到空位置就问，回答都是有人。我在绝望的时候，突然想到下一站是富裕站，这个距离是一个小时，如果富裕站有下车的，我就可以不站着了。于是我就挨个座位问：富裕下车吗？摇头。富裕下车吗？不吱声。富裕站……

终于有了声音。一个汉子站在过道上，说，我们富裕下车。他指着座位上的一个妇女和一个孩子说，那儿有两个座位呢。我望着这个高高的汉子，心里有着无限的感激。于是我站在座椅的旁边开始等，一个拿着纸盒的小伙在听说之后也站过来等。小孩坐在靠窗的地方，中间是个矮个子，外面靠我坐着的是个光膀子的胖子，对面座位上坐的都是女性。到富裕下的女人是小孩的姨，是站着汉子的小姨子。她坐在中间，靠窗的是母女两个，都穿着白色的裙子，都是细尖的葵花子脸，薄薄的单眼皮，瘦，小，两个人占了很少的地方。靠过道还坐着一个女人，穿着花格衣服。算上女孩这个座位上坐了四个人。

我站在过道上。这时候我开始焦急，盼着火车开动。过了六点十九分，火车还没有动。我的腿感到了累，我换了站立的姿势，我的焦急使我烦躁。因为是从大连过来的火车，正是早晨，坐了一夜火车的旅客开始洗漱，过道上来往的人很多，我不时地给他们让路。火车不停地松闸，气流的巨响让我以为就要发车了，可是没有。一连响了三次，火车才启动。晚点五分钟，我感觉好像晚点一天了。等一辆货车进站，长长的货车走了很长时间才过去。火车驶离了站台，我的心才轻松下来。因为希望在下一站。

我担心在去富裕的这一个小时里会出现变故。要是谁挤进来，我也不能和他抢。于是我把胳膊放在椅子背上来阻止新情况的发生，也告诉别人我的势力范围。这期间，座位上的矮个子去洗脸，我让光膀子的胖子挪一下，我好坐下。胖子不想动，我就坐到中间的矮个空出的位置上，胖子到另一个座位上去了，那个座位上的坐到了胖子的位置上。胖子一家人都在那个座位上，他去团聚了。胖子的女人穿着吊带的黑色裙子，裙子上装饰着一个麻绳的绳结，虽然时髦但是不好看。她在给自己化妆。

富裕站到了，我才心安理得地坐下。本来我可以靠窗，但是矮个子坐过去了，我也不能抢，这时候有座位就是件很伟大的事了。对面那对母女不停地闹，孩子很顽皮，也很有意思。母亲一会儿哄，一会儿吓唬，一会儿打，女孩也不在意。原来很多孩子的遗传就是这样传下去的。女孩的母亲虽然瘦，但是很能吃。我最羡慕那些瘦而能吃的人了。她吃着方便面，还不停地向胖子的女人要咸菜。吃着咸菜，她还要把咸菜放进方便面里。吃完了方便面，开始吃黄瓜。她拿出半截黄瓜，问女孩吃不吃，女孩说不吃，她就咬了一口。女孩看着母亲说，黄瓜上有黑毛。母亲看了看，用长指甲把上面一截掐下去，接着吃。

又上来客人了。母女俩想睡一会儿，上来的人在她们面前站了一下。母女俩坐起来，把座位让出来。上车的都是短途，座位一会儿空一会儿有人。一个妇女坐下，来个人也挤在座位上，都很不高兴。下站就都下去了。我突然想，这个座位和这个世界是一样的，都想坐，都坐着，以为是自己的座位，可是到下车的时候，就要把座位空出来。座位是谁的？是他的？是她的？最后谁的也不是。来到这个世界上，每个人都想找到自己的座位，都想座位永远属于自己，都想占有更宽的座位。生气，争抢，装傻，吵架，使尽了心计和精力，但是到下车的时候还是要下车。座位空出来，是谁的？火车依然走着，走着，人不停地上着下着。来来往往，没有一个旅客把座位背下火车，也没有一个旅客背着座位上车。赤条条地来赤条条地去。火车小车厢，人生大世界。

当阳光转到火车上面的时候，窗口的暴晒也就结束了。矮个子在伊拉哈下车，下一站就是九三。母女俩还要接着行走，她们的家在大山的那一面。

留　念

在北去的火车上散步有一年之久。那种陈旧的绿皮车，乘载着山里的农民在最北方的山川里驶过。虽然车厢里拥挤，嘈杂，肮脏，烟雾腾腾，气味杂陈，让人体会着贫民窟的感觉。但是，那种最真诚的快乐和幸福，那种最原始的舒展和得意，那种最美好的表情和知足，那种最没有欲望的欲望和最没有痛苦的痛苦，都那么真实地存在着。它把山里的希望和冰雪拉进现代化的城市，又把城市里不成熟的文明带进山里。它是一条河流，冲刷着一切，传送着一切。我们永远永远望不到尽头的山的那面，她们永远永远望不到出处的山的这面，被火车连接在一起。

我曾经被火车的慢、火车的停顿折磨着。这种折磨是一种震撼，是一次启迪。我在最淳朴里找到了我的过去，我的最遥远的草原，最闭塞的那个草地的角落，最没有人烟的那几户人家。大自然的空静和寂寞夺去了我的思维和语言，至今我的表达都很困难，只有在烈酒的驱动下我才会突然地爆发。所以那些山里的人坐在牛车一样慢的火车上，没有怨言，没有期待，就那样沉静地坐着，坐着。他们习惯了，习惯了山里的静，山里的等待。自然在改造着人，人的幸福观是自然带给我们每一个人的。他们，能坐在这么安稳、这么宽大的车里，还有什么想的呢？我曾经说过我的母亲。我的母亲无论是坐火车还是公共汽车，都坐在那里，不去想车的速度，车内的喧哗，就那么旁若无人地坐着。那种把乘车当作幸福的人，也只有山里人了吧。城市的浮躁，推动着火车和汽车的速度。希望用速度把一个人的生命掰成两份，去体验那种高速的生活。可是失去了原始快乐的人类在被速度左右的时候，已经失去了做人的那种天籁般的颐养天年的榨取自然和肉体的享受，就如农民们在冬日里坐在墙根吸取中午的阳光一样，谁能体验这种放松后没有一丝杂念的肉体的休息的最伟大的幸福呢？这种幸福只有乡村和山里还有，只有散步的火车上还有。那些被烤在工作和生存的火上的城市和准城市的人的基因里已经没有了这种慢节奏带来的快乐。每个周末的两个休息日，一个懒腰还没有伸完，就又开始工作了。即使让你天天休息，你也找不到农民和山里人的那种感觉，那种人类原始遗传下来的感觉了。

每次我乘坐动车往返于哈齐之间时，我发现车上的人虽然穿得都非常的好，做派都非常官僚，底气都非常足。但是我细看，就会看出他们的疲惫，他们的焦躁，他们的迷茫，他们的无奈。他们已经离开了人的根本，就如一个赌徒，把自己押在了官场和商场的轮盘上，飞速旋转的轮盘的离心力已经把他们自己甩了出去，他们已经是一个空壳。无论他们吃什么，乘坐什么，乃至于有漂亮男女陪伴的性的乐趣，也找不到乡下人一顿粗粮的快感和搞破鞋的沾沾自喜了。

于是我开始留恋慢车，留恋人类最美好的根本。那北去山里的列车如此沉重，也许就是人类的原始状态在车的上面。我原来写《散步的火车》的时候，我是想观察车上的百态，车上的故事。但是

264

当我离开那"散步的火车"的时候，我才突然发现，我的"散步的火车"上，乘载着的是人类最真挚的感情，是老祖宗的人类在车的上面，于是我就十分惊讶。这个地球把人类的文明储存在一个边缘里，其余的都破坏掉了。我们原始的文明在农民中保存着，城市是破坏人类文明的腐蚀剂。当城市化到来的时候，我在我"散步的火车"上，发出一声呐喊：救救那些可怜的城市的人群吧！

汽笛一声，"散步的火车"又开动了。

图书在版编目（CIP）数据

人与狗的欢 ／ 刘海生著. — 北京：中国文史出版社，
2017.10

（跨度新美文书系）

ISBN 978 - 7 - 5034 - 9372 - 0

Ⅰ. ①人… Ⅱ. ①刘… Ⅲ. ①散文集 - 中国 - 当代
Ⅳ. ①I267

中国版本图书馆 CIP 数据核字（2017）第 150707 号

责任编辑：马合省　薛媛媛

出版发行：**中国文史出版社**

网　　址：http://www. chinawenshi. net

社　　址：北京市西城区太平桥大街 23 号　邮编：100811

电　　话：010 - 66173572　66168268　66192736（发行部）

传　　真：010 - 66192703

印　　装：北京盛彩捷印刷有限公司

经　　销：全国新华书店

开　　本：720 × 1020　1/16

印　　张：17.25　　　字数：221 千字

版　　次：2017 年 10 月第 1 版

印　　次：2018 年 1 月第 1 次印刷

定　　价：45.00 元